Sukiyaki de domingo

Bae Su-ah

Sukiyaki de domingo

Tradução do coreano e notas de
Hyo Jeong Sung

Título original: 《일요일 스키야키 식당》/*Sunday Sukiyaki Restaurant*
© Bae Su-ah, 2003
© Editora Estação Liberdade, 2014, para a presente edição

              Revisão   Vivian Miwa Matsushita
        Composição   Miguel Simon
                Capa   Isabel Carballo
Editor assistente   Fábio Fujita
            Editores   Angel Bojadsen e Edilberto F. Verza

A EDIÇÃO DESTA OBRA CONTOU COM SUBSÍDIO DO LTI KOREA
(LITERATURE TRANSLATION INSTITUTE OF KOREA)

CIP-BRASIL. CATALOGAÇÃO NA PUBLICAÇÃO
SINDICATO NACIONAL DOS EDITORES DE LIVROS, RJ

S932s

    Su-ah, Bae, 1965-
    Sukiyaki de domingo / Bae Su-ah ; tradução Hyo Jeong Sung. - 1. ed. - São Paulo: Estação Liberdade, 2014.
    304 p. ; 21 cm.

    Tradução de: Sunday Sukiyaki Restaurant
    ISBN 978-85-7448-242-2

    1. Romance sul-coreano. I. Sung, Hyo Jeong. II. Título.

14-12690   CDD: 895.7
                    CDU: 821(519.5)

30/05/2014   04/06/2014

Todos os direitos reservados à Editora Estação Liberdade. Nenhuma parte da obra pode ser reproduzida, adaptada, multiplicada ou divulgada de nenhuma forma (em particular por meios de reprografia ou processos digitais) sem autorização expressa da editora, e em virtude da legislação em vigor.

Esta publicação segue as normas do Acordo Ortográfico da Língua Portuguesa, Decreto nº 6.583, de 29 de setembro de 2008.

Editora Estação Liberdade Ltda.
Rua Dona Elisa, 116 | 01155-030 | São Paulo-SP
Tel.: (11) 3661 2881 | Fax: (11) 3825 4239
www.estacaoliberdade.com.br

Sumário

Sukiyaki de domingo 9

Mandu, bucho e queijo 19

Sociedade matriarcal 31

Santa mãe e filha 43

Retrato de um intelectual 67

A rainha da neve 79

Dois pombinhos fofos 113

Modelo de pelos púbicos 127

Viagem a um paraíso desconhecido 141

Cão amarelo 159

Gang-shi 175

Um dia negro 191

Mas, vem cá. Você tem alguma coisa para comer, aí? 207

Estou apenas, apenas rabiscando... 225

Contrabaixo 241

A triste sociedade miserável 259

Um mero ser humano cruelmente pisoteado 275

Palavras da autora 297

Sukiyaki de domingo

Naquele dia, ele propôs ir ao restaurante de *sukiyaki*.
A esposa de Ma[1] estava em pé, mordendo os lábios, e logo se pôs a chorar. Ma estava tirando a cinza de cigarro do lixo ao lado da cama, mas como estava com preguiça de levantar, ficou apenas olhando a cinza fedorenta se esfarelar no ar. O lençol estava cheio de manchas de urina de gato.
— O que foi? — perguntou Ma, mostrando-se impaciente ao ver que a mulher chorava.
— Não temos dinheiro.
— E isso lá é motivo para chorar? Droga.
A esposa de Ma, Kyung-sook Don[2], estava tirando a roupa da lavadora, movendo devagar seu corpo pesado, mais forte do que gordo, de mais de setenta quilos.
— E isso lá é motivo para chorar? Droga — repetiu Ma. Até teve vontade de dizer outra coisa, mas nada lhe vinha à cabeça. Ele deitou o corpo esguio de 55 quilos virado para o lado oposto, imaginando o doce odor de cogumelo *shiitake* embebido em molho *katsuobushi* que lhe tirava o fôlego. Droga, mas era verdade: não tinham dinheiro.
— Além do mais, a gente não pode sair hoje — disse Kyung-sook Don, passando as costas da mão no nariz para limpar a secreção brilhante que escorria.

---
1. Ma: "Cavalo" na fonética da língua coreana.
2. Don: "Dinheiro" na fonética da língua coreana.

— Posso saber por quê?

— A minha única roupa de sair está na lavanderia e só tenho sapatos sem sola. E olha o meu cabelo! Faz tanto tempo que não vou ao salão que o meu cabelo parece mais um novelo de linha enrolado por uma louca desvairada. Como é que você quer que eu saia desse jeito?

Kyung-sook Don estava certa. Os seus seios estavam espremidos num velho sutiã de algodão. De vez em quando se via através da camisola sua barriga flácida que contrastava com as coxas rosadas, tão firmes e duras que chegavam a dar medo. As batatas da perna eram tão finas que formavam um equilíbrio peculiar, não combinando nem um pouco com o resto do corpo. Movia-se com aquelas perninhas por todos os lados do quarto. Parou em frente a Ma, tomando-lhe o cigarro da boca e pondo na sua. Ma irritou-se com isso e pensou em chutá-la, mas ficou com preguiça e mudou de ideia. Será que estava protestando pelo fato de Ma não ter dinheiro?

— Fora que hoje temos visita.

— Que visita?

Ma ficou surpreso. Quem é que visitaria esta maldita casa?

— Então, vá colocar uma roupa ao invés de perambular por aí balançando esse trequinho do tamanho do pinto de um sapo.

— Hum. Todo esse cuidado para receber quem? Nem parece você.

Ma se levantou e ficou sentado sobre a cama, coçando as axilas com cara de quem está morrendo de preguiça. Como disse Kyung-sook Don, ele estava nu e ela, de camisola. As axilas de Ma tinham o mesmo fedor da virilha de Kyung-sook Don.

— A sua ex-mulher.
— O quê?
— Está surdo, é? A sua ex-mulher ligou falando que vinha hoje.
— Desgraçada! E você disse que podia vir?
Era raro ver Ma se irritar e blasfemar. Seu semblante foi se enchendo de tensão.
— E você quer que eu desperdice o meu domingo assim?
Ma ficou com a boca seca. Depois do acidente de carro, esse sintoma sempre acontecia nos momentos de nervosismo.
— Desperdiçar o domingo? Mas você nem trabalha!
Kyung-sook Don tirou do varal um vestido florido e berrante ao estilo havaiano para vestir, e procurou um elástico para amarrar os cabelos. Como Ma não podia fazer nada, puxou o cobertor e se cobriu até a cintura. A sua garganta estava tão seca que acabou arrotando.
— A que... a que horas ela vem?
— Às três.
— Mas já são três horas.
— É por isso que disse que a gente não podia sair.
A conversa do casal nem tinha acabado quando a campainha tocou. Kyung-sook Don engoliu seco.
— Acho que ela chegou.
Virou-se e foi abrir a porta.
— Escuta, mas ela está vindo por quê? Ela não tem nada para fazer aqui, ou tem? Posso saber ao menos o motivo da visita?
Enquanto Ma gritava essas frases, a ex-mulher já estava tirando os sapatos para entrar.

— Oi, ex-mulher — cumprimentou Ma, meio sem jeito.
— Esqueceu-se do meu nome, então.
A ex-mulher de Ma não se surpreendeu com a casa desarrumada. O gato olhava Kyung-sook Don tirar a pilha de roupa seca do sofá, com os olhos repletos de fúria, mas acabou fugindo. O sofá fedia, mas era o único lugar onde a visita podia se sentar. Havia também a cama onde Ma estava deitado, mas isso parecia não agradar à ex-mulher.
— Nossa, a sua meia-calça é toda bordada — disse Kyung-sook Don, olhando para as pernas da ex-mulher.
— E como vai a saúde?
Com certeza o motivo da visita seria outro, mas a ex-mulher perguntou por educação.
— Bem, bem.
Ma mal tinha acabado de responder quando parte do seu rosto se deformou numa convulsão muscular. Babava pelo canto da boca, prova de que estava mentindo. Mesmo assim ele sorriu.
— Como pode ver, eu vou bem. E muito bem acompanhado.
— As crianças vão bem.
— E eu perguntei?
— A menina entra na escola no ano que vem. Você está sabendo disso?
— E eu com isso? Está querendo que eu pague as mensalidades?
— Não, o que eu quero dizer é que você, como pai dela, podia vir no primeiro dia de aula para...
— Ah, cala a boca.
— A sua filha gostava tanto de você.

— Que história é essa? E além do mais, as aulas só começam daqui a meio ano. Você veio até aqui para falar disso?

— Isso mesmo. Eu sabia que você ia dizer não, mas mesmo assim eu quis vir, porque fiquei com dó da minha filha. Ela esperou tanto a sua ligação no dia do aniversário dela. Não sei o que dizer às crianças. Como é que eu vou explicar essa mudança para elas?

— Isso não é da minha conta, mas fico feliz em rever a sua bunda.

— Como... como você é vulgar — a ex-mulher fingiu olhar para a janela para esconder a expressão de decepção. — Você não era assim antes do acidente. Você se esqueceu? Éramos tão felizes.

— Sou mais feliz agora.

— Você nos trouxe o inferno e está feliz sozinho, é isso?

A ex-mulher deve ter planejado uma visita alegre. Mas, aparentemente, não conseguiu reprimir a raiva que subiu do fundo do coração ao ver o estado desprezível de Ma. Ele era o homem que ela amara e com quem se casara. A ex-mulher olhou para o outro lado e deu de cara com Kyung-sook Don sentada no sofá, observando os dois. O olhar dos três se entrelaçava desordenadamente nesse espaço minúsculo. A respiração dos três foi ficando mais forte.

— Querido, acho melhor você ir — disse Kyung-sook Don pausadamente.

— Eu vim porque a sua filha está morrendo de saudades do pai. Você acha que foi fácil para mim vir até aqui? Mas você não tem um pingo de sensibilidade, não é?

— Exa xaiva num paia discoié... (Essa saliva não para de escorrer.)

Kyung-sook Don não teve outra opção senão colocar o prato do gato em frente à boca de Ma. Assim que ela o colocou, Ma cuspiu a baba, estremecendo todo.

— Então, você vai ou não? — pressionou Kyung-sook Don.

— Não, não vou.

— Pense direitinho.

— Eu penso é na sua boceta.

Kyung-sook Don olhou para a ex-mulher levantando os ombros, como se dissesse que havia feito o possível. E disse à ex-mulher:

— Está vendo? Não tem jeito.

A ex-mulher se levantou.

— Eu não aguento mais. Vou dizer às crianças que o pai delas morreu. Vai ser mil vezes melhor para elas. Ninguém pode dizer que não tentei.

— Então, dá o fora daqui.

— Você nunca mais vai nos ver de novo. Nem eu e nem as crianças.

— Hunf.

— Maldito o dia em que te conheci. Seu... seu porco!

— Esse foi o pior palavrão que você achou?

Foi Kyung-sook Don que acompanhou a ex-mulher até a porta. Ela a consolou.

— Entenda. É que ele está com fome.

— Há dois anos ele era professor de uma universidade nacional.

— Não sei como ele era dois há anos, mas agora...

— Ele era um cavalheiro. Era tão educado.

— E o que adianta falar disso agora?

Sentindo uma coceira na cabeça, Kyung-sook Don enfiou o dedo no coque. Ela franziu a testa enquanto coçava a cabeça e várias rugas bem profundas se tornaram visíveis.

— Mas, vem cá. Você tem algum dinheiro com você aí?

— ...

— Quando ele fica com fome sempre fala besteiras. E hoje veio com essa história de que estava com vontade de ir comer *sukiyaki*. Que coisa, não? E ainda faltam uns quinze dias para a gente receber algum dinheiro.

— *Sukiyaki*?

— É. Com cogumelo.

— Ele sempre gostou disso.

— Pelo menos disso ele não esqueceu.

— Dinheiro, pois não — a ex-mulher juntou o que tinha na bolsa. — É tudo que tenho.

A ex-mulher tirou todas as notas da carteira e entregou a Kyung-sook Don.

— Isso é mais que suficiente. Não se preocupe, pois conhecemos um restaurante baratinho. Fica ali na rua da feira, as mesas ficam na rua mesmo e tem uma panela de *sukiyaki* pendurada por fora. Está certo que esse restaurante está mais para uma barraquinha. Não sei por quê, mas Ma chama esse lugar de "restaurante de *sukiyaki* de domingo". Ele gosta muito do lugar.

A ex-mulher ficou parada no topo da escada. Com cara de quem estava prestes a cair no choro a qualquer momento.

— O que as crianças vão pensar ao saber do estado

do pai delas? A menininha nem entrou na escola ainda... Você não tem ideia de como ela é meiga. E sempre quer falar do pai...

— Então as crianças são apenas um pretexto para você dar em cima do meu marido, não é?

— O quê?

— Está pensando que eu sou o quê? Não vem que não tem! Não importa que você seja rica. O marido agora é meu. Ele pode ter sido o seu marido no passado, mas agora ele é meu. Como é que a gente vai viver em paz com você vindo o tempo todo dando a desculpa das crianças? Isso aqui pode não parecer, mas é o nosso lar. Está entendendo? É melhor você parar com esse seu fingimento.

— Mas... como é que você pode falar assim? Eu... eu liguei antes pedindo sua permissão para vir.

— Pois é isso mesmo. Se está com tanta dó do pai dos seus filhos, então por que você não traz um pouco de grana? Não está vendo que a gente é pobre? O seu ex-marido, um intelectual de merda, nunca trouxe um tostão para casa desde que está casado comigo. Ouvi dizer que ele ganhava bem. Não acha justo dividir isso comigo agora?

— Esse dinheiro que te dei é tudo o que tenho. Eu não sei do que vou viver com as crianças de agora em diante. E como você pode falar de dinheiro comigo tão vulgarmente assim? Não dá para entender como o pai dos meus filhos foi se casar com uma mulher como você. Ele deve estar louco! Só pode ser isso. Você sabe por que a família dele cortou as relações com ele? É por causa de você, sua...

— Fora daqui! — gritou Kyung-sook Don, franzindo a

testa. Agarrou um tijolo que estava no canto do corredor e quis jogá-lo. — Vá embora, sua cachorra! E nem pense em ver esse dinheiro de volta.

O pavor transparecia no rosto da ex-mulher.

— Anda, anda, dá o fora daqui! Acha que o meu marido vai olhar para você só porque está usando uma meia-calça bordada, é? Você é uma vadia como todas as outras. Só sabem rebolar com saltos altos nos pés.

Lágrimas escorreram dos olhos da ex-mulher. Kyung-sook movimentou violentamente os braços, ameaçando-a. Esse movimento era suficiente para mostrar uma força anormal. Só depois de ter visto a ex-mulher desaparecer escada abaixo é que Kyung-sook Don largou o tijolo no chão e virou as costas.

— É isso aí, o que é que ela pode fazer contra mim? É uma covarde que só fala — Kyung-sook Don limpou as mãos batendo uma contra a outra. — Você não vai se levantar?

Quando ela entrou no apartamento, Ma continuava na mesma posição, meio adormecido, com um monte de baba ao redor da boca. Kyung-sook Don tirou o lençol de Ma com força.

— Perguntei se você não vai se levantar!
— Levantar para quê? Para ficar com mais fome?
— Você não estava com vontade de comer *sukiyaki*?
— Mas não temos dinheiro.
— Limpa a baba e vai colocar uma roupa. Vamos sair. Vamos comer *sukiyaki*.
— Você tem dinheiro? — perguntou Ma todo contente, sentando-se sobre a cama.
— Peguei emprestado — respondeu Kyung-sook Don secamente, porém cheia de si.

— Para onde vamos?

Ma estendeu a mão para pegar a calça no canto do sofá, mas não alcançava. O braço estendido de Ma tremia todo, tentando alcançar a calça amarrotada. Kyung-sook Don pegou o pano de prato que estava na pia enferrujada para limpar a boca de Ma. A baba deixou uma mancha preta no pano.

— Para o restaurante de *sukiyaki* de domingo.

— Está bem.

Ma abriu a boca. Estava com água na boca só de pensar no restaurante. Engoliu a saliva fazendo um ruidoso barulho. Kyung-sook Don pegou a camisa de Ma do meio das roupas tiradas da lavadora. A camisa ainda não estava seca. Mas Ma não se importou. Estava com tanta fome que chegou a titubear.

— Ah, a gente tem o direito de comer tudo o que tem vontade. Afinal, um morto não come.

Ma resmungou.

— Seu imundo desgraçado.

No momento em que Ma coçou a cabeça, uma bolota de sebo gorduroso caiu no chão, fazendo até um barulho. Kyung-sook Don xingou o marido, dando-lhe um tapa nas costas.

— Não quero ouvir esse tipo de besteiras no restaurante, viu? Se continuar com isso, não vai ter *sukiyaki*.

— Ah, a gente tem o direito de comer tudo o que tem vontade... Ai, estou babando.

Um grande sorriso, de boca aberta, se formava no rosto de Ma. O gato, vindo de um canto do quarto, lambia o sebo que havia caído da cabeça dele.

Mandu[3], *bucho e queijo*

Hye-jeon Park, a ex-mulher de Ma, o conhecera aos 23 anos e se casara com ele aos 24, no ano em que terminou a universidade. Por isso ela nunca tinha tido um emprego fixo e nunca havia ganhado dinheiro em troca do seu trabalho. Mas isso não queria dizer que ela tinha sido criada numa família rica ou que era histérica demais para não suportar trabalhar com outras pessoas. As suas notas na escola estavam sempre na média, isto é, não eram nem boas nem ruins. Os colegas de classe não se lembram dela com exatidão. A sua altura e o seu peso também ficavam na média. Não uma média no sentido positivo, mas no sentido de passar despercebido.

O pai de Hye-jeon Park era taxista e a mãe era dona de um mercadinho na periferia. Eles não eram ricos, mas tampouco pobres, eram trabalhadores comuns. Hye-jeon Park não era teimosa e nem gostava de sofisticação ou luxo, não tinha talento especial em dança ou canto e não era afeita a coisas exóticas. A sua aparência era mediana. Seria impossível chegar a pensar em se tornar uma modelo ou atriz com essa aparência, mas também não era feia a ponto de recorrer a cirurgias plásticas para poder se casar com um homem como Ma. A personalidade de Hye-jeon Park, assim como a sua vida, correspondia à sua aparência.

---

3. *Mandu*: espécie de pastel com recheio variado, popular na cozinha coreana.

Não era especialmente feliz e nem havia passado por momentos trágicos ou desesperadores. Se ela não tivesse se casado com Ma, provavelmente estaria trabalhando num banco ou numa cooperativa. Com mais idade e dinheiro, estaria gerenciando uma biblioteca ou um mercado. Mas depois do casamento com Ma, ela largou o trabalho. Tudo o que fez foi ter dois filhos. O pai de Hye-jeon Park não escondia o orgulho de ter um genro professor de universidade nacional. "Boa tarde, que belo dia, não? Pegando táxi com uma pasta executiva em frente a uma universidade... ah... o senhor deve ser professor universitário, não é? Que coincidência, pois o meu genro também é professor de universidade nacional. Contratado oficialmente pela universidade. Estou falando do meu genro, o marido da minha filha. Eu sempre o chamo assim. Ô, vem aqui tomar uma bebida comigo. Ah, o senhor não é professor universitário? É vendedor de livros? Desculpe. Mas vendedor de livros também é uma ótima profissão, sem dúvida nenhuma. Dizem que a venda é a melhor profissão nos dias de hoje, já que a renda é proporcional ao trabalho. Quanto mais se trabalha, mais se ganha." Era mais ou menos assim. Hye-jeon Park acredita até hoje que toda a infelicidade de sua família começou pelo *mandu* com bucho daquela noite. O menino, com caxumba, tinha acabado de voltar do médico e Ma retornara cedo do trabalho. Acabara de terminar uma tigela cheia de arroz, uma tigela de sopa de algas com camarão e um prato de salada de pepino. Ma, uma pessoa extremamente magra, nunca tinha muito apetite, por não digerir muito bem. Mas naquele dia, mal pusera os pés em casa, foi logo pedindo o jantar dizendo que estava com fome. Como fazia pouco tempo que voltara do médico com o filho, Hye-jeon Park ficou um tanto irritada, mas se apressou para fazer o arroz. Ma só comia arroz feito na hora. Enquanto Ma comia, Hye--jeon Park devia pegar a filha da casa da babá. O filho choramingava reclamando de dor enquanto Ma devorava a comida na mesa, sem ligar para as meias jogadas no sofá. A camisa de Ma estava desabotoada e a cada vez que ele engolia, suas magras costelas se movimentavam de maneira estranha. A sua barriga estava tão saliente, que constrangia. Mas mesmo assim Ma não parou de comer, dizendo que continuava com fome. De repente, Hye-jeon Park sentiu pena dele. Deve ter sido a primeira vez que ela teve esse tipo de sentimento desde que se casaram. Ma não era um homem digno de se ter pena. Antes de sair de casa, ela teve vontade de acariciar as costelas e a barriga de Ma pedindo que comesse devagar, que tomasse um gole d'água de vez quando. Mas ela ficou com vergonha. O casal não estava acostumado com esse tipo de cuidados recíprocos sem motivos. Vendo que Hye-jeon Park estava em pé, quase paralisada, Ma comentou, ao terminar de comer:

— Você não disse que ia buscar a menina?

Então Hye-jeon Park saiu de casa com pressa. Por mais que ela estivesse usando uma echarpe no pescoço e a gola do casaco estivesse levantada, sentia muito frio naquela noite de outono. A babá morava a apenas um quarteirão da casa deles. No caminho, Hye-jeon Park mergulhou nos próprios pensamentos.

"Não há razão nenhuma para eu sentir pena dele. É isso mesmo. É mais do que lógico ele se sentir cansado depois de um dia inteiro de trabalho. Mas mesmo em casa, eu também trabalhei tanto quanto ele. Eu cuido das crianças, cozinho, faço a faxina, ligo para os parentes dele perguntando como estão, lavo o seu chinelo, cuido do peixe dourado e limpo os pelos do gato. Sobretudo as crianças! As crianças são sempre um problema. Tenho que ajudá-las com a lição de casa, levá-las ao cinema e mandá-las para acampamentos. Ma pensa que eu passo o tempo sem fazer nada em casa e não sabe que eu fico ocupada o dia inteiro com esse trabalho tão valioso. Hoje também! Não tenho hora para terminar o serviço. Estou sempre à disposição. Ma é tratado como um rei desde o momento em que volta do trabalho. Também preciso saber exigir os meus direitos. Tenho que dizer "Eu também mereço descansar, pois me dedico às minhas funções". Acho que vi num programa de tevê um psicólogo dizer que as mulheres não precisam se estressar por ser financeiramente dependentes dos maridos... Qual era mesmo a primeira coisa? Não lembro se era "mostre firmeza diante de questões financeiras" ou se era "eu também tenho o direito de me presentear com um casaco de pele"... Ai, esqueci de dizer a Ma que ele veio. Mas ele deve ligar mais tarde. Nesse momento, tenho que me concentrar na tarefa de ir buscar a minha filha. Nossa, nem vi a hora passar. A babá deve estar irritada. Eu disse que viria buscar a menina no máximo até as sete. Acho melhor não falar que me atrasei preparando o jantar do pai das crianças. Ela vai achar que eu sou uma mulher servil, daquelas que obedecem cegamente ao marido. Não digo isso de jeito nenhum. Está fora de questão."

Os pensamentos de Hye-jeon Park se entrelaçavam de modo desordenado na sua cabeça. Depois de tocar a campainha da casa da babá, Hye-jeon Park supôs que ela provavelmente estava jantando, pois veio abrir a porta mastigando algo.

— A senhora se atrasou. A sua filha está brincando naquele quarto ali. Não passou mal e foi muito boazinha hoje. Nem chorou procurando pela mãe.

As crianças já tinham ficado várias vezes com essa babá, por isso estavam acostumadas com ela. Hye-jeon Park desamarrou a echarpe e enxugou o suor frio da testa.

— Nossa, a senhora está suando num tempo frio como esse? Não está doente, não? — perguntou gentilmente a babá, entregando-lhe uma toalha.

— Não, não. E me desculpe pelo atraso. Hoje foi tão complicado... Eu passei a tarde inteira no hospital e nem pude almoçar. Além do mais, o pai das crianças chegou cedo sem avisar e fiquei toda enrolada — Hye-jeon Park acabou dizendo a verdade por causa da amabilidade da babá.

— Que coisa. Os maridos não ajudam mesmo. Seria tão bom se eles soubessem que o melhor que eles podem fazer é jantar por aí antes de voltar para casa. Mas a senhora deve estar com fome se nem almoçou. Quer experimentar um *mandu*? É gostoso. Ainda está quente, acabei de comprar.

A babá trouxe o prato com o *mandu* quente e a menina veio abraçar a saia da mãe.

— Mamãe, o papai chegou? Eu quero ir para casa.

— Chegou sim. Vamos para casa — respondeu Hye-jeon Park à filha, já mirando fixamente o prato de *mandu*. Ela estava com tanta fome que os seus olhos estavam prestes a lacrimejar. O *mandu* fumegante parecia delicioso. Hye-jeon Park estendeu a mão para servir-se de um que a babá oferecia.

— Cuidado que ainda está quente.

Era delicioso. A massa do *mandu*, que exalava um odor saboroso, se rompeu sob os dentes de Hye-jeon Park, e a cebola, a acelga e o bucho bem picados se misturaram com o salmão temperado com queijo e pimenta-do-reino, enchendo a sua boca inteira. "É um sabor inédito", pensou Hye-jeong Park.

— Que maravilha, nunca comi um *mandu* assim. Onde você comprou? — ela perguntou à babá, pegando no colo a filha que choramingava.

— Abriram uma barraquinha lá na rua. É um trailer que vende comida. Eu também experimentei pela primeira vez hoje. *Mandu* com queijo e bucho... diferente, não?

A gentil babá ajudou Hye-jeon Park a ajeitar a echarpe.

— Diferente mesmo.

Antes de sair da casa da babá, Hye-jeon Park deixou a vergonha de lado e pegou com a mão mesmo o *mandu* que sobrou no prato. Tinha um sabor que provocava arrepios. Para fruí-lo melhor, Hye-jeon Park saboreou devagar, mastigando sonoramente. De todos que provara até então, era o que tinha o melhor sabor.

"Acho que eu estava com fome. É por isso que fiquei tão maravilhada. Se não estivesse com fome, não me deixaria fascinar por um ou dois *mandus*."

Foi o que Hye-jeon Park pensou ao avistar a placa "*Mandu*, bucho e queijo" no fim da rua da casa da babá. Mas foi difícil resistir à lembrança da doce, saborosa e tenra tentação. Ela juntou todo o dinheiro que havia na carteira e voltou para casa com *mandu* nas mãos. Assim que abriu a porta de casa, a menina foi logo correndo em direção a Ma, que estava jogado no sofá. Por mais que estivesse cansado, no seu estado normal Ma teria abraçado e brincado com a filha, mas naquele dia tudo foi diferente. Por mais que a menina chamasse pelo pai, ele não lhe dava atenção.

— O que você tem na mão? — perguntou Ma, devorando com os olhos o *mandu* que Hye-jeon Park segurava.

— É *mandu* — limitou-se a responder Hye-jeon Park.

— Que bom, eu estava mesmo com fome. Dê-me isso aí — Ma se levantou do sofá empurrando a filha para o lado e seguiu em direção ao *mandu*.

— Espere um pouco. Vou trazer o molho de soja. Mas você já não comeu bastante no jantar?

Ma já devorava o *mandu* antes mesmo de Hye-jeon Park terminar de falar. Comia com tanta voracidade, que um monte de *mandu* misturado com saliva escorreu da sua boca.

— Espere um pouco. Você está muito estranho hoje. Está com tanta fome assim?

— Não sei por quê, mas continuo com fome.

Hye-jeon Park conseguiu comer apenas um dos *mandus* que comprara. E estava surpresa com o apetite monstruoso de seu marido. Ma sempre reclamou da própria magreza. "Será que ele tomou algum remédio para abrir o apetite e engordar um pouco?", pensou Hye-jeon Park antes de dormir.

Depois de pegar no sono, Ma se levantou antes mesmo da meia-noite. Arrotava sem parar, a testa e a cabeça molhadas de suor. Tossiu seco como se estivesse com falta de ar e chegou a cuspir sangue. Os lábios incharam como um rato morto. Hye-jeon Park tinha se deitado tarde por causa da caxumba do filho, mas voltou a se levantar por causa do marido. Ela lhe deu remédio contra má digestão, fez compressa de gelo e lhe deu até um emético, mas nada de ele melhorar. Ma ficou até as duas da manhã vomitando o *mandu* que comera durante a noite, mas parecia que o bucho do recheio estava bem grudado no estômago de Ma, curtindo o sofrimento dele. No meio da madrugada, ele finalmente caiu no chão molhado do banheiro, chorando, sem forças. Hye-jeon Park chamou uma ambulância.

Assim, Ma foi levado ao hospital onde ficou internado durante uma semana. No início, os médicos diagnosticaram uma hérnia de abdômen e alguns diziam que era convulsão estomacal. Hipóteses como colite nervosa, alergia estomacal, hipersensitividade, epilepsia, convulsão ou até mesmo infecção alveolar foram consideradas, mas ninguém conseguiu cravar o que era. O fato é que Ma passara mal e a causa, com certeza, tinha sido a enorme quantidade de comida daquela noite. Será que havia algo de errado com o *mandu*? No entanto Ma não era o único a ter comido *mandu* naquela noite. A babá e Hye-jeon Park comeram igualmente. A única diferença estava na quantidade, mas todos haviam comido *mandu* naquela noite. Uma semana mais tarde, as dores de Ma melhoraram e ele teve alta. Hye-jeon Park trouxe o marido de volta para casa jurando que nunca mais comeria bucho ou *mandu*. A caxumba do filho sarou sem ninguém perceber. As crianças ficaram tão chocadas com o fato de o pai delas também poder ficar doente, que esqueceram por um momento de atormentar a mãe com dorzinhas.

Na tarde em que Ma teve alta, Hye-jeon Park resolveu passar roupa na área de serviço toda ensolarada. O último raio de sol da tarde coloria tanto o jardim quanto a área de serviço que tinha cor de mel. As crianças brincavam no segundo andar e Ma dormia no quarto. Ele estava muito magro por não ter conseguido comer bem depois da internação. Já era magro antes, mas agora estava com as costelas parecendo as de um faquir. Como as dores estomacais foram tratadas no hospital, agora era preciso alimentá-lo bem. Por isso a mulher lhe preparou um belo *gomguk*.[4] Mas Ma mexeu e remexeu a sopa para verificar se cheirava a bucho e não tomou mais do que algumas colheradas.

— Aonde você vai? — perguntou Hye-jeon Park, quase gritando de susto. Ela não tinha percebido que Ma estava em pé atrás dela como um esqueleto, vestindo uma camisa desabotoada.

— Ao barbeiro.

— Tem certeza? É verdade que o seu cabelo está um pouco comprido, mas para quem está doente isso não é importante. Você deve descansar. É o que disseram lá no hospital também.

— Os médicos não sabem de nada. Eu me conheço melhor do que eles. Naquele dia, eu simplesmente comi demais. Na verdade, fiquei com vontade de ir tomar um pouco de ar fresco e dar uma caminhada. Não aguento mais ficar deitado. É sempre bom se mexer um pouco, não?

— Então espere um pouco, querido. O que você acha de eu terminar de passar essas roupas aqui e ir com você?

Assim que terminou a frase, Hye-jeon Park se arrependeu. Ela não tinha pensado que estava sem fazer os pés e

---

4. *Gomguk*: sopa espessa de carne e osso, cozida durante várias horas, servida geralmente com arroz.

as mãos, que não tinha lavado os cabelos já havia alguns dias e que estava com o rosto todo manchado por não ter tirado a maquiagem com cuidado desde que voltara do hospital. Ela não tinha pensado que poderia sair de casa e, além do mais, ela esteve muito ocupada durante a internação de Ma.

— Não, não se preocupe comigo. Não estou à beira da morte, estou?

— Tome cuidado, então. Mas tenho que te dizer uma coisa.

Enquanto Hye-jeon Park dizia isso, Ma já estava saindo pelo portão. Ela queria falar da visita de Doo-yeon Baik de uma semana atrás, no dia em que Ma passara mal. Doo-yeon Baik era um amigo dele da época do colegial e da universidade, com um pouco mais de idade, e eles eram relativamente próximos. Como moravam em cidades diferentes, cada um com a sua respectiva família, e trabalhavam em áreas diferentes, os dois não podiam se ver com frequência. Doo-yeon Baik era alto e forte, tinha as mãos sempre bem cuidadas e os dentes reluzentes de tão brancos. Diferentemente de Ma, Doo-yeon Baik parecia usar uma armadura robusta sobre o corpo. Ele seria capaz de comer até cem *mandus* de bucho sem dificuldade. Mas não era gordo a ponto de parecer lento. Dava a impressão de cuidar do físico com regularidade. Tinha ar de ser frio, mas alguns diziam que havia uma certa empáfia de intelectual. O que Hye-jeon Park mais gostava nele era a sua beleza máscula e essa imagem de intelectual (Ma era professor universitário, mas não passava tal imagem). Ela estava contente pelo fato de seu marido ter um amigo assim.

Pois aproveitando que tinha vindo a Seul tratar de negócios, Doo-yeon Baik aparecera naquele dia sem avisar, para ver o amigo de longa data. Ele viera lhe fazer uma surpresa, mas Ma não tinha voltado da universidade e nem respondia ao telefone do escritório. Mostrando-se decepcionado, Doo-yeon Baik disse que tinha de ir, pois estava sem tempo, mas deixou o novo número do trabalho dele para que Ma ligasse. Naquele dia, Hye-jeon Park não pudera passar o telefone do amigo ao marido. Além de o filho ter ficado doente, naquela noite tudo estava confuso, sendo a dor estomacal de Ma a gota d'água. Hye-jeon Park procurou o telefone de Doo-yeon Baik na gaveta da sapateira e pensou que deveria entregar esse número a Ma naquele dia sem falta. "Não sei por que eu esqueço das coisas assim. Eu estava pensando nisso o tempo inteiro, para não esquecer", refletiu Hye-jeon Park, achando tudo muito estranho.

Naquele fim de tarde, quem encontrou Ma voltando do barbeiro foi o motorista da loja de móveis, mas infelizmente Ma estava debaixo da roda de trás do caminhão. Inconsciente, Ma vomitou tudo o que tinha dentro dele. E no meio disso tudo podia se ver uma quantidade considerável de bucho que, por incrível que pareça, mantinha a forma original. Diziam que mesmo depois de ter perdido a consciência, pedaços de bucho continuavam a sair da boca de Ma. Hye-jeon Park recebeu a notícia enquanto penteava o cabelo. Assim, mais uma vez, ela não pôde entregar o número de Doo-yeon Baik a Ma.

Sociedade matriarcal

— Os homens realmente não prestam. São inúteis! Não importa se são velhos, novos, estudados ou ignorantes — gritou Kyung-sook Don, jogando o pano de chão na banheira. Bufava de raiva. O nariz espatifado de Kyung--sook Don brilhava de suor e gordura, enquanto as narinas abriam e fechavam de acordo com a respiração forte. Ela estava muito maquiada, com forte rímel violeta e batom; no entanto, o seu rosto não era o de uma mulher, mas de um pedreiro de 50 anos travestido de mulher.

— Pouco importa se são novos ou velhos. Os homens só pensam em lamber aquilo entre as pernas das mulheres. E dinheiro que é bom, nada. Já estou com atraso de dez dias para pagar os juros no banco e os homens não movem um dedinho sequer! Todos acham que eu saio por aí catando dinheiro do chão. Seres abomináveis! Sanguessugas! Carnívoros inúteis! Acham que eu dou jeito em tudo, é?

Kyung-sook Don tremia de raiva. Ma estava todo encolhido no cantinho da cama. Ele já tinha aprendido que o melhor nessas horas de crise histérica de Kyung-sook Don era ficar invisível, quieto no seu canto.

— E você, hein?

Finalmente o olhar de Kyung-sook Don foi parar em Ma.

— Diz alguma coisa! Não vai me responder, não? Eu me mato de trabalhar para te sustentar e você fica aí como se não fosse com você? Não fique aí só chupando esse dedão do pé fedorento e me responde alguma coisa. Responde, seu merda!

Ma ficou com mais medo ainda e se enfiou no cobertor. Ele queria paz. Tudo o que queria era ficar à toa enrolado no cobertor sujo e poder comer o ovo cozido da geladeira sem se preocupar com nada. Mas, infelizmente, Kyung-sook Don começara uma crise. É verdade que ela tinha um temperamento um tanto estourado, mas, na maioria das vezes, o motivo dessas crises era Ma. Inclusive hoje.

— Está achando que 90 mil wons não valem nada? Você nunca trouxe dinheiro para casa! Não tem vergonha, não? Você sabe quanto eu ganho para trabalhar o dia inteiro no restaurante? Além de eu pagar sozinha o aluguel, os juros do empréstimo, os cursos de Sae-won, o seu remédio, a mensalidade do seguro, a comida e a condução, você ainda quer comer carne e fruta todos os dias? As minhas costas estão acabadas porque passo o dia inteiro lavando louça e penso mil vezes antes de comprar um creme relaxante, sabia? O que é que você fez por mim até agora como marido, hein? O quê? Responda, vai, responda!

Kyung-sook Don ficou tão nervosa que sua última frase parecia mais um uivo.

— Desculpe pelo dinheiro — foi tudo o que Ma conseguiu dizer debaixo do cobertor.

— Desculpe? Isso é tudo? É tudo o que você tem para me dizer? Vai trabalhar e vê se traz dinheiro para casa! Divida esse peso comigo!

Kyung-sook Don chutou a bacia de plástico na parede do banheiro, fazendo um barulho tremendo. Uma grande parte do azulejo do banheiro já estava quebrada e as frestas estavam cheias de mofo. Entre as manchas escuras, várias minhocas vermelhas, finas como linha de costura, se mexiam sem parar.

— Tudo o que você faz é ficar em casa coçando o saco. Alguma vez você já pensou em lavar o banheiro? Os homens não prestam mesmo. Eles só servem para babar pelo dinheiro e pela boceta das mulheres.

— E não é por isso que você se chama Kyung-sook Don? — murmurou Ma, virando-se para o outro lado. Ele tinha dito isso bem baixinho, para ela não ouvir, mas Kyung-sook Don não deixou escapar essa frase e veio voando para onde estava Ma.

— O que você disse? Está tirando com a minha cara, é? Você está achando que o meu sobrenome é Don para sustentar um vagabundo que nem você? Não me venha com gracinhas, seu asqueroso!

— Não, não é isso. Ai, socorro, por favor! Por favor! Eu te chamo de mamãe, não me machuque, não. Por favor, mamãe.

Kyung-sook Don fechou a boca de Ma com o pano de chão que estava segurando. Sufocado e amedrontado, Ma esperneou. Essa atitude significava que ela tinha chegado ao auge da sua crise de raiva. Isso era perigoso porque Kyung-sook Don podia perder a cabeça e tomar uma atitude drástica. Com o pano de chão cheirando a urina sufocando a sua boca, Ma soluçava sem poder respirar. Ele estava sem ar. Teve a impressão de que encontraria a sua bisavó que falecera algum tempo atrás. O cheiro de urina não era nada diante dessa situação drástica à beira da morte. Kyung-sook Don se tornava dócil quando Ma a chamava de mãe. Ela passava até a tratá-lo com mais delicadeza. Mas dessa vez nem isso teve efeito. Ou então ela não ouviu. Ela continuou a apertá-lo com força. Ma sentiu que a morte estava perto.

— O que você está fazendo, mãe?

Quando Kyung-sook Don se deu conta, Sae-won, seu filho, estava em pé, atrás dela. Eles moravam num minúsculo apartamento alugado que esquentava como uma sauna durante o dia. Por isso, a porta do apartamento ficava quase sempre aberta. Sae-won deve ter entrado enquanto os dois brigavam. A força nos braços de Kyung-sook Don se evadiu com grande rapidez. Ma rolava pela cama segurando o pescoço sem poder respirar direito e com os olhos revirados.

— Ah, é você?

Dobrando o pano de chão cheio de urina que tampava a boca de Ma, Kyung-sook Don arrumou o cabelo. Nascido do primeiro casamento, Sae-won era o primeiro e único filho de Kyung-sook Don. Sae-won morava com o pai, a madrasta e seus meios-irmãos, mas depois de ter largado o colegial técnico, tinha ingressado em um curso profissionalizante interno. Kyung-sook Don se orgulhava de poder pagar os estudos do filho. No que diz respeito à incompetência, o pai de Sae-won não ficava nem um pouco atrás de Ma. O pai de Sae-won era motorista de ônibus intermunicipal e nunca voltava para casa sem antes torrar todo o salário do mês em bebida. Não passava um só dia sem beber e, sempre que bebia, batia na mulher e nos filhos, como se fosse um ritual sagrado. Era frequente ele ser mandado embora do trabalho por causa da bebida. Kyung-sook Don era cobradora e se casou com o primeiro marido, o motorista, só por causa da sua elegância. Hoje, tudo o que ela sentia por ele era raiva por ter sido enganada. Mas sempre que via o filho bonito como o pai, sentia um frisson indescritível.

"Que beleza de menino. Olha só as bochechas cor de pêssego e os lábios carnudos. Ele não combina com esse lugar que mais parece um beco de mendigos. E ainda por cima, está no auge da juventude. Como é que um menino pode ser tão bonito assim? Puxou o pai. Só não imagino qual sirigaita vai ficar com esse meu menino de ouro." No mesmo instante em que viu o lindo rosto de Sae-won, Kyung-sook Don ficou com o coração derretido, como se tivesse esquecido a crise histérica que estava armando para com Ma.

— O que você está fazendo com ele, mãe?

— Os 90 mil wons que eu devia receber do vidraceiro... Esse desgraçado... Nem consigo falar de tanta raiva, droga!

Kyung-sook Don fez um gesto de bater no peito. Mas a raiva já havia derretido como neve na primavera.

— Eu não aguentava mais esse tralha rolando na cama e fazendo xixi e cocô ali mesmo. Então arranjei um emprego para ele no vidraceiro. Tive que implorar para o vidraceiro, você conhece, não? O da província de Ham Kyung Do, que montou uma vidraçaria com o filho, sabe? Quem é que contrataria um fracote desse? Eu tive que implorar pro filho do vidraceiro, dizendo que não precisava pagar muito. Que ele até sabia ler inglês e caracteres chineses. E sabe o que ele me disse? Que eles não precisavam de nada disso na vidraçaria. Bastava saber andar de bicicleta. A verdade é que esse meu marido não sabe fazer nada de útil para ganhar algum dinheiro. Mas eu reconheço que o filho do vidraceiro é bonzinho demais, pois ele sempre teve pena de mim. Por isso ele aceitou dar o emprego pagando 90 mil wons por mês, com almoço e janta inclusos. Ele até prometeu mandar Ma fazer coisas fáceis, pois você sabe como ele é incompetente, né? Mas sabe o que esse desgraçado fez?

Kyung-sook Don contou até aqui e enxugou o suor da testa.

— Ele simplesmente se recusou a ir trabalhar desde o primeiro dia. O argumento era que não ia gostar do serviço na vidraçaria. Eu tentei convencer, até chorei na frente dele, mas de nada adiantou. Ele prefere morrer a trabalhar. O pior é que sempre quer comer do bom e do melhor. Isso aí não é homem, é uma tralha! Só não sei por que eu o deixei entrar na minha vida, droga! Não vejo a hora de ele cair morto. Se fosse um porco, fazia churrasco dele.

— Não fala assim, mãe! Foi você quem decidiu se casar com ele — disse Sae-won, sentando-se na cama de Ma. Na verdade, para ele, pouco importava o fim que levaria esse casal. A única coisa importante era não deixar de passar na casa de sua mãe de vez em quando para conseguir algum dinheiro. Kyung-sook Don sempre teve pena desse filho que crescera apanhando do pai, sendo maltratado pela madrasta, se alimentando de pão mofado e dormindo no chão gelado depois da separação de seus pais. Mesmo assim, Sae-won tinha se tornado um belo homem e como ele sabia que a mãe nunca lhe dizia não, sempre tirou proveito desse sentimento de pena de Kyung-sook Don. Ele precisava de dinheiro para sair com amigos que tinham carro, pois esse era o único jeito de sair com meninas bonitas. Principalmente com Hye-ryn do térreo, a do rosto bonitinho e de peitos grandes. Era o único jeito de sair com Hye-ryn Bu. Alguns de seus amigos diziam que ela era gorda. Mas Sae-won não concordava com essa opinião. Eles é que preferiam meninas magricelas como palitos, porque não conheciam a sensação das coxas de meninas cheinhas como Hye-ryn Bu. Assim que pensou nas coxas de Hye-ryn, fofas como algodão, brancas e com algumas sarninhas, Sae-won ficou com pressa e quis terminar logo a situação. Era impossível encontrar ossatura em Hye-ryn Bu. Era só pele macia. As magras canelas de Ma com cicatriz de ponta de cigarro apareciam entre o cobertor, mas Sae-won, que já estava excitado só de pensar em Hye-ryn, não ligou para isso.

— Desculpe mesmo. Isso não vai acontecer nunca mais. Perdão, mãe — murmurou Ma, olhando para Kyung-sook Don com os olhos ainda vermelhos.

— O quê? Seu desgraçado. Quem disse que você podia chamar a minha mãe de mãe? Não disse que não ia deixar quieto se eu ouvisse isso mais uma vez? — sem demonstrar grande irritação, Sae-won xingou colocando o punho bem debaixo do nariz de Ma.

— Não é verdade que não tenho vontade de trabalhar — começou Ma a se explicar.

— Então o que é? — perguntou Kyung-sook Don, com uma voz mais dócil.

— Eu não gosto da vidraçaria. Nem das pessoas de Ham Kyung Do. Detesto andar de bicicleta e odeio acordar cedo. Você me conhece bem, não é mesmo?

— Então como é que você quer ganhar dinheiro?

— Quem traz dinheiro para casa é você, ora.

— Ai, vou ficar louca! Mas será que eu vou ter que limpar a bunda desse lixo pelo resto da minha vida?

— Foi você quem escolheu se casar com ele, mãe — repetiu Sae-won, que não demonstrava grande interesse.
— Agora chega. Você se casou com ele sabendo que ele era assim. O que foi que você disse no começo, hein? Não era você que morria de pena do cara estudado que acabou ficando desse jeito? Então, agora chega.
— Homem estudado... grande coisa. Isso não enche a barriga de ninguém. Eu que sou uma infeliz mesmo. Vou morrer sustentando vagabundo.

Kyung-sook Don desapareceu em direção ao banheiro, com o pano de chão molhado de urina, e enxugando as lágrimas. Ma estava tossindo forte e Sae-won deu uma olhada rápida no relógio de pulso. Sae-won nem pensava em permanecer muito naquele lugar fedido. Ele não ligava nem um pouco para o terceiro casamento de sua mãe com esse homem chamado Ma. A única coisa que lhe preocupava era que a sua mãe estava de mau humor e que poderia não conseguir dinheiro dela naquele dia. Sae-won tinha esse direito. Kyung-sook Don era a sua mãe, mas ela o abandonara quando ele tinha apenas 5 anos, pois ela não aguentava mais o marido vagabundo que vivia bêbado e que era violento o tempo todo. Ela tomara essa decisão mesmo sabendo da existência da histérica ex-garçonete de boate, com problemas de tireoide. A sirigaita estava com as malas prontas, só esperando Kyung-sook Don sair da casa do pai de Sae-won. Sae-won conhecia muito bem o significado desse ato. Ele assobiou como sempre. Ma sorriu com cara de quem queria alguma coisa.

— Ei, você tem cigarro, aí?
— E aquilo ali, o que é? — indicou Sae-won com o

queixo o cinzeiro cheio de pontas de cigarro. As pontas estavam todas molhadas de xixi de gato.

— Aquelas pontas estão todas molhadas. Só um, por favor. Eu não fumei nenhum hoje.

Ma esticou o braço seco em direção a Sae-won.

— Mas que droga.

Resmungando, Sae-won entregou um cigarro a Ma.

— Arranje mais um — pediu Ma, depois de ter acendido o cigarro com mãos trêmulas.

— O quê? Está pensando que devo cigarro para você? Você não passa de um cretino que vive à custa da minha mãe. Que professor universitário, o quê. Você é um caloteiro mentiroso — xingou Sae-won olhando feio para Ma.

— Você não tem aula hoje? Já comeu? — perguntou Kyung-sook Don a Sae-won, lavando as mãos na pia.

— Não estou com fome, não. E fiquei de sair com uns amigos. Preciso de dinheiro.

— Você não quer comer alguma coisa antes? Não quer peixe frito? Comprei uns arenques fresquinhos hoje.

— Não quero comer, não. E nem tenho tempo. Anda logo que os meus amigos estão me esperando.

Sae-won se levantou da cama e começou a andar para lá e para cá, como se estivesse bastante ansioso.

— Mas filho, coma só um pouquinho. Por mim, por favor. Você nunca come na casa da sua mãe e isso me deixa tão triste...

— Não ouso chamar esse lugar de casa. Todos os animais dentro dessa casa são imundos e tem manchas de xixi para todos os lados.

Sae-won fungou o nariz mostrando a sua irritação, ao mesmo tempo que olhava para o gato, que tomava sol na varanda, e para Ma, encolhido na cama. Observando Sae-won, Ma fez um comentário:

— Ei, por que você não entrega logo o dinheiro? Parece que ele vai sair com a gordinha do térreo: você não vê que ele está com pressa?

— Que gordinha? Vocês não estão falando de Hye-ryn Bu, estão? A filha da divorciada que chifrou o marido? Diga, Sae-won: você está saindo com ela? Da outra vez que eu perguntei você disse que não estava. Vamos, me responda! — Kyung-sook Don parou de jogar sal grosso nos arenques e pressionava o filho.

— Mas vocês não querem parar de falar besteira? Vocês nem sabem direito! — gritou Sae-won, vermelho de raiva. — O que é que vocês dois sabem dela, hein? E por que é que vocês têm que se intrometer na minha vida? Além do mais, vocês são divorciados também. Vocês não têm nada o que falar dos pais dela. E a grana? Vai me dar ou não?

— Não esqueça que filha de mulher fácil sempre acaba puxando a mãe — comentou Kyung-sook Don, mas a sua voz estava um tanto intimidada, depois de ter visto a cicatriz do tamanho de uma meia moeda no pescoço de seu lindo filho. Era uma cicatriz bastante clara, quase imperceptível quando visto de relance, mas para a mãe era enorme, amedrontadora e vermelha como uma queimadura de ferro. Era a cicatriz que ficara da vez em que a madrasta apagou um cigarro no pequeno Sae-won por ter sido desobediente. Continuava não gostando da ideia de seu filho sair com aquela menina, mas não podia fazer nada diante do sentimento de culpa e de pena que enchia seu coração de mãe.

— De quanto você precisa?

Kyung-sook Don finalmente tirou a carteira.

— Quanto mais, melhor — respondeu Sae-won, com jeito de quem ainda estava bravo por ter ouvido falar mal de sua namorada.

— Tome.

Kyung-sook Don tirou uma nota da carteira e entregou ao filho, mas ele continuava com a mão aberta, imóvel. Resignada de tudo, Kyung-sook Don acabou entregando todo o dinheiro que tinha na carteira.

— Tome. E onde você vai dormir? Venha dormir aqui de vez em quando, como antigamente, sim?

Mas Sae-won saiu sem dizer nada, assim que pegou o dinheiro. Foi mais rápido do que o vento. Kyung-sook Don ficou imóvel por um tempo, apenas piscando os olhos.

— Quem mandou falar mal da menina? — ironizou Ma, apagando o cigarro no cinzeiro.

— Como você soube que ele estava namorando aquela sirigaita?

— Como eu soube? Mas o prédio inteiro sabe disso.

Ma apenas levantou os ombros.

— Estou com fome. A gente não vai comer, não?

Ma engoliu a saliva fazendo um baita barulho. Era tanta que demorou um bocado para passar pelo esôfago. Gluuuup. Essa enorme quantidade de saliva viscosa não parava de ser produzida pelas glândulas salivares de Ma. A barriga já estava roncando.

— Comprou arenques, é?

Ma segurou a saia de Kyung-sook Don.

— Homens... seres inúteis mesmo... — murmurou ela

olhando para o ar. — Seja novo ou velho, ignorante ou estudado, não sei para que existem...

— Os peixes! Não vai fritar, não? — insistiu Ma, puxando ainda mais a saia de Kyung-sook Don.

— Não sei para que os homens existem... você sabe quantos anos eu tenho? Tenho 45! Até quando você acha que vou poder trabalhar na cozinha com esse pé cheio de micose?

De repente, o gato que rodava ao redor da cozinha, esperando o momento certo, fugiu para fora de casa com um arenque na boca.

Santa mãe e filha

Ela trabalhava de cabeça baixa seis dias por semana, mais de dez horas por dia. Mas só quando o movimento era bom. Sem serviço, seria normal aproveitar o momento para relaxar, mas o aluguel da oficina custava 550 mil wons para relaxar. Isso significava que a tranquilidade na oficina não era bom sinal. Hyun-jeong Pyo trabalhou no ramo por um longo período e havia muito tempo que tocava a oficina. Seus dentes eram abertos de tanto arrematar com eles e os seus dedos engrossaram de tanto manejar linha, agulha e barra de calça jeans. Mas Hyun--jeong Pyo já trabalhou como costureira na butique de um estilista famoso no bairro de Myeong-dong. De vez em quando, ela provava os modelos novos na frente dos clientes também. Quando ela tinha vinte e poucos anos, podia ser considerada abençoada, pois usava manequim 36 e tinha um rosto delicado e alvo. Naquela época, trabalhar em Myeong-dong era muito chique, sem comparação com os empregos das outras moças da mesma idade que, normalmente, iam trabalhar nas fábricas de produtos eletrônicos ou nos escritórios de empresas de ônibus na periferia. Por isso Hyun-jeong Pyo estava sempre cheia de si. Além do mais, nutria um vago sonho de um dia se tornar ela mesma estilista. Mas esse era um sonho muito antigo.

— Terminou a limpeza? — perguntou Hyun-jeong Pyo, que estava fazendo coque no cabelo, à filha que saía da cozinha no fundo da oficina. Como tinha grampos na boca, a sua expressão ao fazer essa pergunta se contorceu toda. Sobre as maçãs do rosto salientes havia sardas escuras como formigas. Os olhos eram puxados de uma maneira atraente, mas as pupilas eram pequenas e finas demais, tornando os olhos mais traiçoeiros do que sedutores. O corpo ainda era franzino e ligeiro. Os ombros eram pequenos e caídos como os de uma dançarina real. Mas o pescoço e o queixo sem maquiagem estavam completamente sem tonicidade, enquanto os olhos ficavam envoltos de rugas bastante profundas.

— Terminei de limpar, mas mãe... — Hye-ryn Bu tentou dizer algo, levando as mãos gordas ao peito. Era uma moça muito bonita. Pelo menos, com uns vinte quilos a menos, nenhum homem do mundo seria capaz de dizer não para uma beldade daquela. Mas, infelizmente, ela pesava mais de setenta quilos e não parava de engordar.

— Já terminou mesmo? Vi uns restos de miojo no ralo da pia. Com certeza você já limpou isso também, não é mesmo? E já entregou a encomenda para a dona da imobiliária?

A voz de Hyun-jeong Pyo era seca e fria. O mais frio de tudo era o olhar em direção à própria filha. Ela a observava com atenção, como se procurasse um defeito, o menor que fosse. O olhar passou pela saia-balão da filha e parou na velha sapatilha de modelo clássico, com um enfeite dourado. Eram os velhos sapatos de dança de Hyun-jeong Pyo. Apesar de menores do que o número adequado ao pé dela, Hye-ryn Bu tinha forçado assim mesmo. As sapatilhas eram pequenas e delicadas, mas por causa dos gordos pés de Hye-ryn Bu, agora pareciam duas tigelas espatifadas.

— Eu ia passar na imobiliária na volta. Mas, mãe, acho que vou jantar fora. É que os meus amigos...

Hye-ryn Bu não conseguiu terminar a última frase por causa da expressão da mãe, afiada como a ponta de uma faca. Ela fez de tudo para que a mãe parasse de mirar seus pés, mas não teve muito sucesso.

— Então quer dizer que você vai jantar com os seus amigos, é?

— Sim, mas se a senhora disser não...

— Pode ir, se quiser. Não entendo por que você fala disso com tanta dificuldade. Alguma vez eu te impedi de sair com os seus amigos?

— Não, mas...

— Diz, alguma vez eu te impedi de sair com os seus amigos, hein?

— Não — murmurou Hye-ryn Bu, com os olhos baixos.

— Então por que é que você me diz que vai sair desse jeito? Os outros vão pensar que eu te trato mal.

— Imagina, mãe.

— Mas você terminou de limpar tudo, certo? Não admito um fio de cabelo na cozinha. Você sabe muito bem disso, não é mesmo?

— Sim, mãe. Limpei tudo direitinho...

A voz de Hye-ryn Bu diminuía cada vez mais, contrastando com seu enorme tamanho.

Hyun-jeong Pyo, magra e ligeira, terminou de colocar o grampo no cabelo e se aproximou da filha.

— Deixe eu ver.

Hyun-jeong Pyo foi para perto de Hye-ryn Bu, que era

muito mais alta do que ela, e pôs a mão nos cabelos da filha. Instintivamente Hye-ryn Bu recuou, tremendo, enquanto seus olhos giravam, tensos como um pião.

— Tinha uma linha aqui. Onde já se viu sair com os amigos com um pedaço de linha branca na cabeça? Está querendo anunciar para todos que você é costureira?

Hyun-jeong Pyo esticou a mão para tirar o pedaço de linha do cabelo de Hye-ryn Bu. Depois de segurar o fio por um momento, assoprou e deixou-o cair no chão.

— Com quem?

— O quê?

Hye-ryn Bu ficou tão assustada que parou de procurar a bolsa e ficou olhando para a mãe.

— Estou perguntando com quem você vai sair para jantar. Não me ouviu? Está precisando ir ao médico. Com certeza você ficou surda por causa do barulho da máquina de costura.

— Não, não. Vou sair com... com Mi-jeong. A senhora também a conhece. É aquela que sempre vinha aqui.

— Ah, Mi-jeong. Aquela que é simpática e magra. Bem magrinha, por sinal — disse Hyun-jeong Pyo, enfatizando a palavra "magra" mais do que o necessário.

— É, é essa Mi-jeong.

O rosto de Hye-ryn Bu se contorceu de desespero.

— Quem mais vai?

— Como?

— Estou perguntando se vai mais alguém. O que foi? Está achando que estou perguntando demais?

— Não, não. Imagina.

Hye-ryn Bu torceu o corpo toda sem jeito e com cara de choro. Ela tinha ficado com vontade de ir ao banheiro.

Isso sempre acontecia quando era interrogada pela mãe durante muito tempo.

— Vai algum menino?

Hyun-jeong Pyo perguntou com cara de quem não queria nada. No entanto, seu olhar estava mais afiado do que nunca.

— Ah, sim. Suk-min, o namorado de Mi-jeong também vai.

— Hunf, aquele moleque que anda naquela faculdade de terceira classe do subúrbio? O pai dele vende gasolina, não é? Aquele pobre coitado tem cara de ser meio bobinho.

Dizendo essas coisas com muita maldade, Hyun-jeong Pyo tirou o batom da bolsa e passou sobre os lábios oleosos como um amendoim, já pintados com uma cor forte.

— Aquele tal de Sae-won também vai?

Hye-ryn Bu não ousou responder. Hyun-jeong Pyo e Kyung-sook Don não se davam bem. Aliás, ninguém se dava bem com Hyun-jeong Pyo. Tudo tinha começado no dia em que Hyun-jeong Pyo chamara Kyung-sook Don de "gorda baleia" na frente de um monte de gente. Hyun-jeong Pyo xingou Kyung-sook Don porque esta tinha se recusado a pagar o ajuste da saia, que continuou a não entrar nela, mesmo depois de ter aumentado a cintura ao máximo. Esse tipo de discussão era frequente. Pode ser que Kyung-sook Don tenha mentido sobre o seu verdadeiro tamanho, ou que não havia pano suficiente na saia para aumentar a cintura, ou Hye-ryn Bu marcou errado com o giz, ou então a saia pode ter diminuído depois de ter ido para aquela maldita lavanderia da esquina. Depois desse dia, o prédio inteiro ficou sabendo que Hyun-jeong

Pyo tinha se divorciado por ter tido um caso com o funcionário da lavanderia. Quem espalhou esse tipo de rumor foi exatamente Kyung-sook Don. Hyun-jeong Pyo quase morreu de raiva, mas evitou fazer escândalo na frente das pessoas, porque, enquanto Kyung-sook Don tinha sido mera cobradora de ônibus intermunicipal no passado, Hyun-jeong Pyo trabalhara como modelo no bairro de Myeong-dong, apesar de ter sido temporariamente. Kyung-sook Don riu da cara dela dizendo que a desafeta não tinha sido modelo coisa nenhuma, que tinha apenas experimentado a roupa no lugar de um cliente, um único dia, uma única vez. Depois disso foi uma confusão total. Ou pelo menos uma confusão total para Hye-ryn Bu. Ela não queria nem pensar nisso.

— Escute. Você não está me ouvindo, não?

A mãe fitou a filha com insistência. Era um olhar comparável a uma picada de cobra venenosa.

— Acho que Sae-won também vem. Mas mãe, não é só nós dois, não.

Hye-ryn Bu implorou, segurando a bexiga que estava prestes a estourar.

— Acho bom mesmo. Afinal, você é minha filha. E tenho certeza de que você não vai deixar de me ouvir depois de tudo o que eu disse. Não é mesmo, filha?

Hyun-jeong Pyo mal terminou de falar quando Sae-won abriu a porta e entrou na oficina. Os olhares de Sae-won e Hyun-jeong Pyo se cruzaram, então ele a cumprimentou com desdém.

— Anda, Hye-ryn Bu, vamos. Suk-min está com o carro parado, esperando. Vamos logo que é proibido parar ali.

Sae-won a apressou mais do que o necessário.

— Ah, tenho que levar isto também.

Hye-ryn Bu pegou com bastante cuidado a sacola com a blusa encomendada pela dona da imobiliária.

— Tchau, então.

Sae-won estava quase saindo, levando Hye-ryn Bu pela mão, sem olhar direito para Hyun-jeong Pyo. Nesse momento, Hyun-jeong Pyo chamou a filha.

— Onde é que você pensa que vai? Veja só a imundice desse lugar! Você vai largar a casa imunda assim, é?

— Mas eu já terminei a faxina...

— Terminou coisa nenhuma. Você não enxerga, não? E isso, o que é?

Hyun-jeong Pyo apontou para o pedaço de linha que ela tinha tirado do cabelo da filha. Em seguida, começou a dar uma bronca em Hye-ryn Bu com o tom mais austero de todos.

— Gente que presta não pensa só na diversão. Gente que é gente tem que pagar pelo que come. Eu não te criei assim, minha filha. Cada um tem o seu dever. Se não conhecer o seu dever, não passa de um parasita.

Dizendo isso para a filha, Hyun-jeong Pyo olhou para Sae-won como se estivesse dizendo que a mensagem era para ele. Um palavrão quase escapou da boca de Sae-won, mas ele se segurou.

— Sim, mãe. Vou limpar agora mesmo. Isso não vai acontecer de novo.

Hye-ryn Bu segurou a vontade de ir ao banheiro, respondeu como se estivesse rezando e se inclinou para começar a varrer o chão logo em seguida. Hyun-jeong Pyo estava encostada na porta com os braços cruzados. Assim, só se ouvia a respiração dos três dentro da oficina, que não era mais do que um minúsculo espaço dentro da feira, onde as pessoas faziam ajustes de roupas. Sae-won ficou sem jeito, encurralado entre as duas mulheres. Hye-ryn Bu estava varrendo o pedaço de linha com toda a dedicação do mundo e Hyun-jeong Pyo estava na frente da porta, impedindo a passagem. Sae-won ficou vermelho de raiva. Ele sabia que a velha cadela não deixava a filha sair numa boa, mas isso sempre o enfurecia. Chegando com toda essa demora, Suk-min certamente ficaria bravo, porque ele tinha estacionado na entrada e saída dos bombeiros. Uma velha que dá para todos os homens da feira! Em quem é que ela estava querendo impor a moral? Quando Sae-won e Hye-ryn Bu terminaram de entregar a blusa na imobiliária, já tinha passado a hora do jornal da noite. Só quando Hye-ryn Bu escapara da vigilância de Hyun-jeong Pyo é que se pôde ver um rosto sorridente. Sorrindo, era outra pessoa. De repente, Sae-won se lembrou de algo.

— E aí, você falou?
— Ah... aquilo?

Hye-ryn Bu mordeu os lábios.

— Ainda não. Não tive coragem.
— Por que não, sua boba? Do que é que você está com medo? Pense comigo. Você acha que a sua mãe não vai poder mais tocar o negócio sem você? É só contratar outra costureira, ora.
— Mas a minha mãe não vai concordar. Ela não gosta de me ver longe dela. Você sabe.
— Mas assim não dá, droga.

Eles estavam brigando por algo que já tinha sido motivo de discussão entre os dois por repetidas vezes. Hyun-jeong

Pyo fazia a filha trabalhar desde a manhã até a noite sem pagar um tostão. Hye-ryn Bu já tinha passado dos 20 anos. Pedir permissão da mãe antes de gastar cada centavo era cansativo demais. Numa dessas caminhadas à toa pelo bairro, Sae-won tinha ouvido falar que o restaurante da esquina estava contratando uma garçonete. Ele achou que Hye-ryn Bu poderia se candidatar. O salário era de 80 mil wons por mês em período integral. Trabalhando só na hora do almoço e jantar, ela receberia por hora. Eram 2 mil wons por hora. No começo, Hye-ryn Bu também ficou contente ao ouvir essa notícia. Só que não sabia se a sua mãe autorizaria. Na verdade, o problema não era nem obter permissão dela, mas saber que ela ficaria uma fera. Hye-ryn Bu temia a mãe mais do que a morte. Ou melhor, ela a amava mais do que a morte. Criar problemas com a mãe era a última coisa que queria no mundo. Feridas no coração de sua mãe significavam feridas no seu próprio coração.

— A minha mãe penou para me criar. Imagine só como deve ter sido difícil criar uma filha sozinha. Um caminho extremamente difícil e doloroso! Eu... eu não posso.

— Você não entende mesmo das coisas, sua boba. Nenhuma mãe gosta de ver as filhas fora de casa. Isso é instinto materno. Mas se você trouxer dinheiro para casa, a sua mãe vai ficar feliz. As mães são assim mesmo.

— A minha mãe precisa de mim na oficina. Ela não vai conseguir tocar a oficina sem mim. São tantos pedidos. É que reformar roupas está na moda. E a minha mãe é uma ótima costureira. Você sabe que ela foi assistente de um estilista em Myeong-dong, não? Não dá para comparar com ajustes feitos nas coxas nas lavanderias dessa feirinha. Por isso os clientes sempre acabam voltando. As encomendas são tantas que hoje em dia não temos tempo para nada. É claro que eu não sou tão boa quanto a minha mãe, mas ninguém pode ser melhor ajudante do que eu. É por isso que ela vai ficar muito triste se eu arranjar outro emprego.

— Sua boba. O que acontece é que ela não quer contratar uma ajudante. Sabe por quê? É porque ela não quer pagar salário, ora essa. Se a sua mãe é tão boa e a oficina está sempre cheia de serviço, por que é que você sempre se veste desse jeito, hein? Mi-jeong trabalha numa empresa de sapatos e você viu como ela gasta? Me diz uma coisa, vocês não comem nada além da sopa de *doen-jang*[5], não é? O prédio inteiro sabe disso. E vocês nem usam máquina de lavar, usam? Dizem que é você quem lava tudo à mão. Nem água quente você pode usar. Do que é que adianta ganhar dinheiro e morar nesta porcaria de casa até morrer? Se a sua mãe quer mesmo o teu bem, e se ela realmente te ama como você diz, ela tem que deixar você trabalhar no restaurante.

As bochechas de Hye-ryn Bu coraram. Ela ficou tão vermelha que parecia prestes a explodir. Hye-ryn Bu ficava extremamente constrangida quando não conseguia defender a mãe na frente dos outros.

— Mas... trabalhar como garçonete pode não ser tão... tão decente quanto trabalhar como costureira. Pode haver clientes bebendo à noite, então...

— O quê? Mas você está pensando que o restaurante de *sukiyaki* é um barzinho de esquina? Pois fique sabendo

---
5. *Doen-jang*: pasta de grão de soja.

que não é nada disso. Todas as garçonetes que trabalham nesse restaurante de *sukiyaki* usam uniforme, viu? E uniforme com colarinho branco. O *sukiyaki* que eles vendem lá é incomparável com a sopa que você toma todos os dias em casa. É claro que eles vendem bebida alcoólica também, mas não é uma boate. Até universitárias trabalham ali durante as férias. Se não sabe das coisas, fique quieta.

Sae-won falou tudo isso cheio de empáfia, mas ele nunca tinha entrado naquele restaurante. Só o tinha visto de fora. As bochechas de Sae-won ficaram brancas por causa do vento frio noturno. Quando chegaram perto do carro de Suk-min, tiveram que ouvir um monte por causa da demora.

— Tive que dar duas voltas por causa dos policiais passando por aqui.

— Desculpe aí, vambora.

Sae-won e Hye-ryn Bu foram no banco de trás. Quando Hye-ryn Bu entrou, o carro balançou como se estivesse flutuando na água.

— A partir das onze, o banco de trás é meu. Uma hora basta. A partir da meia-noite, pode ficar com o banco de trás. Mas antes disso, vá comer um *udon* por aí. E não esqueça que é você quem paga a cerveja — disse Suk-min a Sae-won antes de partir para a beira do rio. E olhando para o ombro redondo de Hye-ryn Bu pelo retrovisor, completou em voz baixa, com um sorriso malicioso:

— Mas você tem um gosto estranho mesmo. Ela é mais gorda do que a sua mãe.

— Quer morrer, seu viado?

— Estou brincando, meu.

Hye-ryn Bu pensou que sua mãe poderia matá-la se soubesse que ela não guardou a virgindade como prometera. Como Hye-ryn Bu era filha única, pensou que tinha o dever de não se casar, para ficar ao lado da mãe, cuidando dela até morrer.

Naquela casa havia apenas lâmpadas de baixa voltagem para economizar energia. Não havia televisão, nem estantes com portas de vidro, nem quadros de patchwork, tapetes ou vasos ornamentais e nem prateleiras com frascos de perfume. No entanto, nem mesmo humildade e simplicidade habitual eram visíveis naquela casa. Não havia roupas no chão, nem pratos sujos em cima da mesa ou revistas jogadas de qualquer jeito. As únicas coisas visíveis naquela casa eram o chão, tão bem polido que transmitia até a escuridão e a frieza da austeridade, a cozinha impecável e o minúsculo banheiro. Em cada quarto, havia uma cama coberta com lençol branco. Parecia até um quarto de hospício ou de convento. Assim era a casa de Hye-jeong Pyo e Hye-ryn Bu.

Hyun-jeong Pyo estava sentada na mesa, fechando as contas. Ela colocou todo o dinheiro do movimento do dia, exceto o que gastou comprando ovos de codorna e nabos secos para o jantar. A mesa onde ela estava sentada era a mesa de corte da empresa onde trabalhara muito tempo atrás. Como a mesa de corte era grande demais para ser usada como mesa de jantar, Hyun-jeong Pyo teve que cortá-la pela metade, com o resto da qual mandou fazer banquinhos. Ela ficou sentida por causa do dinheiro que pagou ao marceneiro, mas mesmo assim a mesa era bastante útil, principalmente na hora de comer, de ler o jornal, de cozinhar, de fazer as contas, de passar roupa ou quando Hyun-jeong Pyo se maquiava diante de um espelho colocado sobre a mesa. Antes de fazer e refazer as contas do dia, Hyun-jeong Pyo verificou se a porta estava devidamente trancada. Anotou os vales que tinha a receber, separou o dinheiro das linhas, das prestações da máquina de costura e do conserto da placa da oficina. Contou e recontou os bilhetes um por um, com bastante atenção. Hyun-jeong Pyo não tinha conta bancária. Não confiava nos bancos. Nem nos cheques, muito menos nos pré-datados. Era só dinheiro. Por isso Hyun-jeong Pyo ainda guardava mais de dez bolos das antigas notas de quinhentos wons que já não tinham valor nenhum. Todo o resto eram notas de 10 mil wons. O colchão de Hyun-jeong Pyo continha uma enorme quantia entre o algodão encardido e a espuma. O resto do dinheiro era enrolado com jornal, para ser escondido no buraco por trás da pia da cozinha ou dentro da velha mala fechada com cadeado, junto com meias sujas. Isso mesmo. Hyun-jeong Pyo gostava de dinheiro. Não do dinheiro para gastar, mas do dinheiro em si. Para Hyun-jeong Pyo, o dinheiro era a representação do poder. Era como se o monte de notas recompensasse tudo aquilo que tinha sido impossível na vida dela. Não era à toa que ela morava no térreo. Em momentos de terremoto ou incêndio, bastava sair correndo com as duas malas de dinheiro. Não era preciso pegar elevador, nem descer escadas.

Por fora, Hyun-jeong Pyo sempre viveu na pobreza, por isso nunca tinha tido a casa assaltada. Não, na verdade, ela já tinha sido roubada duas vezes. Uma vez na atual residência e outra quando morava na lavanderia do bairro de Wangsimni. Na lavanderia de Wangsimni, o problema era sempre o marido. Os homens nunca podem ver dinheiro. É verdade que existem vários tipos de homem neste mundo, mas a reação diante do dinheiro, principalmente o de uma mulher, era uma só. Primeiro eles fugiam com todo o dinheiro para gastar com bebida ou na mesa de jogo. Por esse motivo, Hyun-jeong Pyo sempre quis ter uma menina. O trabalho na lavanderia era duro e não recompensava. Por dentro, Hyun-jeong Pyo sempre desprezou o marido. Era um trabalho incomparavelmente de classe interior em relação ao da butique de Myeong-dong. Esse trabalho combinava com o seu marido, que era ignorante, mas não era trabalho para Hyun-jeong Pyo. Era desprovido de criatividade, sem nada de artístico. O primeiro ladrão foi o ajudante-geral de 13 anos, que tinha sido mandado embora da lavanderia. O menino levou 35 mil wons do caixa. É claro que o ladrãozinho foi pego pelo marido no dia seguinte, apanhou até quase morrer e foi levado para a polícia. Já quem entrou na casa atual não foi reconhecido, nem pego. Não achou o esconderijo do dinheiro de Hyun-jeong Pyo e levou apenas umas seis calcinhas do tamanho GG de Hye-ryn Bu que estavam estendidas na varanda. Com certeza foi um homem.

Hyun-jeong Pyo levava uma vida extremamente simples. Não fosse pelos hábitos frugais, um ladrão já teria levado todo o dinheiro dela, economizado durante uma vida inteira. Esse dinheiro era diferente do dinheiro que o mundo conhecia. Representava seu orgulho, sua razão do viver e sua identidade. Os que roubavam tudo isso dela eram sempre os homens. Para Hyun-jeong Pyo tudo era muito claro. Se Hye-ryn Bu fosse menino, ela não teria ficado com ela.

A ambição traz a infelicidade da mulher.

Hyun-jeong Pyo refletiu mais uma vez sobre essa verdade absoluta enquanto empilhava as notas de 10 mil wons uma por uma e passava elástico amarelo nesses bolos de dinheiro.

A juventude e a beleza são efêmeras. Essas coisas não podem ser compradas. Não são eternas. Mas as coisas eternas podem ser compradas. O orgulho, isso, o orgulho.

Depois do divórcio, Hyun-jeong Pyo foi caloteada por um jovem que trabalhava na lavanderia. Depois desse acontecimento, a desconfiança cresceu ainda mais nela. Os dois tinham dormido juntos apenas duas vezes. E o maldito tinha ido embora com o dinheiro dela! O jovem deve ter feito aquilo por pura ambição pelo dinheiro, mas Hyun-jeong Pyo relacionou o fato com o desejo carnal. Ele era um sadista! Esse era o castigo para o desejo carnal da fêmea! O jovem tinha criado coragem para roubar-lhe o dinheiro depois de transar com ela! Por isso, era preciso ficar longe dos homens se quisesse proteger suas preciosas economias. Se fosse atrás do amor e do romantismo, ela perderia todo o dinheiro. Tudo no mundo era assim. O dinheiro fazia a mulher se tornar arrogante e descarada. A risada da mulher aumentaria de volume e perderia o pudor, fazendo-a querer dar para todos a qualquer momento. Tudo isso era causado pela força do dinheiro. A tendência das pessoas é a de juntar dinheiro numa primeira fase e depois vê-lo evaporar para todos os lados. Por isso, para as mulheres fáceis, ficar com o dinheiro era relativamente muito mais difícil do que juntar. Era preciso muita paciência. Às vezes Hyun-jeong Pyo sucumbia à profunda preocupação. No dia em que Hye-ryn Bu tomar conhecimento do seu dinheiro, ela poderia se tornar uma mulher fácil e estragar tudo. Isso era inadmissível. Hyun-jeong Pyo arrancava os cabelos. Se ela gastar um tostão do meu dinheiro, eu mato, mesmo sendo a minha própria filha! Vou lhe tirar o coração e mastigá-lo cru!

Porém Hye-ryn Bu não podia abandonar a mãe, pois não tinha um centavo sequer. Ela teria que ficar perto dela até morrer de velha. Hyun-jeong Pyo pretendia desfrutar de tudo isso tranquilamente.

Hye-ryn Bu caminhou com passos apressados. Suk-min foi ao cinema *drive-in* com Mi-jeong e não quis levar Sae-won e Hye-ryn Bu com eles. Naquela noite, a curta hora que Sae-won e Hye-ryn Bu tiveram dentro do carro tinha sido tudo. Quando resolveram ir embora, já não havia mais metrô e o ônibus que chegou depois de um tempão de espera passou pelo ponto sem parar. Pensaram um pouco para decidir se esperavam outro ônibus ou se pegavam um táxi. Resolveram pegar um táxi. Quando finalmente conseguiram parar um, o motorista pediu para que os dois dividissem a corrida com outros passageiros. O caminho de volta até a casa deles era longo. O táxi deles rodou por quarteirões desconhecidos.

— Prefiro andar — estourou Sae-won, com raiva.

— Nessa escuridão? Não, não faça isso, por favor — implorou Hye-ryn Bu, mas Sae-won desceu do táxi no meio da rua. A rua estava deserta e não havia carros passando. Era uma rua longa e estreita, repleta de lojas fechadas com infelizes portas de aço. Sae-won andou com passos largos e Hye-ryn Bu estava bufando, quase correndo para acompanhá-lo. O rosto dela estava molhado de suor.

— Isso é que dá não ter grana. Droga. Nada dá certo na minha vida — resmungou Sae-won. A boca dele se contorcia como se estivesse guardando toda a maldade do mundo. Trabalhar o dia inteiro naquela oficina fedendo graxa não era suficiente para ficar rico. Trabalhar com o uniforme todo engraxado só lhe rendia a zombaria das secretárias que passavam o dia inteiro dentro do escritório. Mas a história seria outra se ele fosse estudante universitário como Suk-min. Kyung-sook Don juntara os trapos com um homem sujo e nojento como Ma por causa do dinheiro e a crueldade da madrasta fedorenta também era oriunda do dinheiro. Era por causa do dinheiro que Suk-min esnobava o carro e Hye-ryn Bu não conseguia dizer não à velha bruxa Hyun-jeong Pyo. Era tudo por causa da pobreza. Tudo por falta de dinheiro.

— Vamos logo! — gritou Sae-won com Hye-ryn Bu, que não tinha culpa nenhuma.

— Os meus pés estão doendo. Ai, estão sangrando.

Hye-ryn Bu fez cara de quem estava prestes a chorar a qualquer momento.

— Bem feito! Quem mandou colocar sapatos de bico fino nesses pés gordos?

— Achei que íamos sair de carro. Não pensei que iria andar tanto assim.

— A gente vai ter que ir até aquela avenida para pegar táxi.

Mas Hye-ryn Bu era incapaz de dar um passo a mais. Os pés sangravam de verdade. Não era manha. Ela sentou na calçada e tirou os sapatos velhos e pequenos demais para ela. Além do mais, seus pés eram muito gordos para entrar em sapatos de bico fino. Usava-os por vaidade.

— Algum problema, moça?

Um carro encostou na rua e o motorista abordou Hye-ryn Bu. Com o sapato na mão, ela olhou para o lado de onde vinha a voz. Um homem estava falando com ela de dentro do carro. Não parecia ter bebido. Usava óculos, era alto, forte e tinha os cabelos brilhantes e bem penteados. Estava vestido formalmente, com camisa e até gravata. Não tinha pinta de ser tarado ou estuprador. Mas Hye-ryn Bu sabia muito bem que não devia entrar no carro de um desconhecido àquela hora.

— Não, não. Estou com o meu namorado. Ele foi pegar um táxi mais à frente. Só estou descansando um pouco porque os meus pés estão doendo muito — respondeu Hye-ryn Bu num só fôlego.

— Namorado... sei.

O homem olhou para Hye-ryn Bu pela janela aberta e sorriu de uma maneira misteriosa. Num décimo de segundo pareceu ter entendido tudo.

— É mesmo? Mas posso dar carona se estiver muito cansada. É claro que vou levar o seu namorado também. E então? Você é quem decide.

— Seria ótimo. A gente mora no bairro de Buam-dong. Acho que não é muito longe daqui. Mas não precisa, se for dar muito trabalho.

— Ah, felizmente eu passo por lá. Chame o seu namorado. Só estou querendo ajudar.

Hye-ryn Bu chamou Sae-won e os dois pegaram

carona com o homem. Era educado e gentil. Foi sorte ter encontrado alguém assim, numa hora daquelas.

***

— A senhora ainda está acordada, mãe?

No momento em que Hye-ryn Bu voltou, Hyun-jeong Pyo estava enrolando as notas de dinheiro num saco plástico para protegê-las da umidade. Normalmente essas tarefas eram executadas no quarto de Hyun-jeong Pyo, mas naquela noite ela estava na mesa de madeira da sala. Não estava previsto. É que ela tinha sentido umidade ao levantar o tijolo atrás da pia. Achou melhor proteger com plástico. Hyun-jeong Pyo não ouviu a filha abrir a porta porque estava concentrada no que fazia. Assustada ao ouvir a voz de Hye-ryn Bu, Hyun-jeong Pyo colocou o dinheiro sem elástico numa panela grande e, no momento em que a pôs na prateleira, Hyu-ryn Bu aproximou-se.

— Mãe, o que a senhora está fazendo ainda acordada?

— Eu estava fazendo as contas.

— E então? Sobrou alguma coisa?

— O que faz você pensar que estou tendo lucro? — perguntou Hyun-jeong Pyo de maneira cortante.

— É que... Eu só perguntei porque ultimamente a gente tem tido tanto serviço e os clientes estavam pagando direitinho. Então achei que tinha dado para saldar uma parte da dívida...

— Até parece que é você quem está pagando as dívidas.

A voz de Hyun-jeong Pyo era virulenta.

— São as dívidas deixadas pelo teu pai.

A última frase foi dita com tanta ênfase, que cada palavra parecia espetar o coração de Hye-ryn Bu.

— E estou pagando toda essa dívida, quase me matando de dor nas costas e me sufocando no meio da poeira.

— Desculpe.

Hye-ryn Bu baixou a cabeça e seus lábios tremeram, submergidos no sentimento de culpa.

— E você sabe quanto eu pago de aluguel para você estar falando uma asneira dessas? A dívida que o seu pai me deixou é tão grande que não vou poder pagar nem trabalhando até o último dia da minha vida. É uma vida desgraçada, mesmo.

Hyun-jeong Pyo continuou falando:

— É claro que vai ser possível pagar tudo se você me ajudar, trabalhando comigo.

Mais uma vez, Hye-ryn Bu sentiu um frio na barriga. O problema era a dívida deixada pelo pai. Por que será que o pai fez uma coisa dessas? Era uma dívida que as mulheres, mãe e filha, seriam incapazes de quitar mesmo dando duro até a morte. "E eu sou a filha de um homem maldito como ele. Maldito que deixou uma vida de escravidão à sua mulher e à filha para sair andando numa boa, assobiando."

— Perdão, mãe.

Os olhos de Hye-ryn Bu ficaram cheios de lágrimas.

— E você esteve curtindo a noite até agora. Já são duas da manhã. Não quero me intrometer na sua vida, é você quem escolhe. Se você optar por levar uma vida desregrada, tudo bem. Eu sou uma velha pobre e não tenho mais forças. Depois de o mundo inteiro ter me abandonado, o que é que eu devo fazer se a minha própria filha resolver me abandonar?

— Não, mãe. Peço desculpas por ter chegado tarde. Mas nunca pensei em abandonar a senhora. Nem sonhando — Hye-ryn Bu aproximou-se e segurou as mãos de Hyun-jeong Pyo. — É verdade, mãe. Acabei chegando tarde porque não conseguia pegar um táxi.

— E com certeza você é virgem, não é mesmo?

Hyun-jeong Pyo fez a filha jurar que sim.

— Mas é claro — assentiu Hye-ryn Bu com a cabeça para dizer que sim, com os olhos cheios de lágrimas.

— A mulher que se deixa levar pelos desejos carnais perde a vergonha. Não reconhece os pais e deixa de ser um ser humano.

— Sim, mãe.

— Não quer comer biscoitos de chocolate?

— Quero.

— Deixei um pacote em cima da sua cama.

— Obrigada, mãe. A senhora nem deve ter dinheiro para si mesma...

— Mas você é a minha filha amada.

— Agora vá se deitar, mãe. A senhora deve estar cansada.

Na verdade, o pai de Hye-ryn Bu tinha deixado apenas algumas más lembranças e contas penduradas em alguns bares. Não fora o homem mais honesto do mundo, mas também não tinha coragem para se endividar como Hyun-jeong Pyo dizia. A história de Hyun-jeong Pyo era tudo mentira. E Hye-ryn Bu não sabia disso, é claro. Hye-ryn Bu tinha sido criada com oitenta por cento de sentimento de culpa e vinte por cento de bolacha de chocolate.

"Da mesma forma com que o homem não pode escapar do útero feminino, o pecado nasce da relação entre pais e filhos. Ninguém está livre da suspeita do desejo carnal. Não seria devido a esse desejo que os homens são incapazes de tornar real um mundo ideal?"

Nesse momento, Doo-yeon Baik estava terminando a carta destinada a Hye-jeon Park. Ele tinha se mudado definitivamente para Seul havia algumas semanas. No caminho de volta depois da visita a Hye-jeon Park, ele tinha parado para dar carona àquela menina do tamanho de um elefante e o namorado dela, que certamente não passava de um vagabundo. A primeira coisa que ele tinha reparado nela eram os peitos enormes. A curiosidade intelectual teria sido uma desculpa para explicar a carona oferecida a um casal de baixo nível como eles. Ele tinha se aproximado da menina com a curiosidade comparável àquela despertada diante de gêmeos siameses ou de uma pessoa com o rosto deformado. Em outras palavras, ela lhe parecia o resultado de uma brincadeira ou de uma maldade divina. Pensou que contaria esse episódio a Hye-jeon Park na próxima visita.

— Não deixe cair migalhas — disse Hyun-jeong Pyo, com austeridade. — Não quero formigas dentro de casa. E não gaste tanta água quando for lavar a roupa. Você gasta demais. Você nunca me escuta e não faz as coisas como eu digo.

— Tudo bem, mãe.

— E acho melhor deixar os ovos de codorna cozidos para amanhã.

Hyun-jeong Pyo passou o pacote com os ovos de codorna a Hye-ryn Bu. Sae-won se enganou quando pensou que as duas só comiam arroz e sopa de *doen-jang*. Hyun-jeong Pyo já estava quase de costas quando viu que

Hye-ryn Bu estava tirando a panela da prateleira. Então gritou com voz estridente:

— Essa panela não! Pegue outra!

Assustada com o grito da mãe, Hye-ryn Bu soltou a panela. A panela caiu sobre a cabeça de Hye-ryn Bu, e todo o dinheiro que estava lá dentro voou pelo ar como chuva. Nunca em sua vida Hye-ryn Bu tinha visto tamanha quantia de dinheiro.

Retrato de um intelectual

— É o que eu digo sempre. O problema é a distribuição injusta. Os fatores que determinam os valores sociais, seja na educação ou na ecologia, são sempre econômicos. Eles se tornaram seculares e monopolizaram a sociedade! Sim, eu sei, eu sei aonde você quer chegar. Esses males sempre fizeram parte da humanidade e desde muito tempo atrás os homens resistiram contra essa injustiça. Mas o problema é muito mais sério. As pessoas tomaram consciência desses males antes mesmo de Platão. São males primitivos. É isso mesmo. Mas o egoísmo humano tende a se renovar sempre, por isso sempre volta de forma cada vez mais chique e técnica para justificar a cobiça. Quer um exemplo? Nós não admitimos os perdedores na sociedade. Porque achamos que eles já tiveram chances suficientes! Eles têm direito ao seguro-desemprego, podem receber ajuda financeira do governo, podem se inscrever em cursos gratuitos de informática, têm acesso livre a bibliotecas e à educação obrigatória. Se não foram bem-sucedidos na vida, a culpa é deles. Preguiça, desonestidade e indolência, dependência e falta de vontade! Isso mesmo. Foram eles que optaram por isso. Portanto, devem aceitar as consequências. É verdade que a classe média aumentou em relação ao passado, pelo menos em comparação à época das revoluções. Mas o problema não está nos números, e sim na moral. As pessoas não reconhecem que a educação deve ser a base da moralidade na sociedade. Pelo menos oficialmente é assim. Ninguém informa as pessoas de que além da falência de pequenas e médias empresas, muita gente perde tudo o que tem nas mesas de jogos. É claro que alguns faturam uma verdadeira fortuna nos jogos, mas as chances de perder são milhares de vezes superiores. Trata-se de pais de família. Imagine só os filhos desses chefes de família. Os problemas estão espalhados em todos os lugares. A realidade em que vivemos pode desmoronar a qualquer momento como um formigueiro. Concluindo, quero dizer que se uma família não tem condições de criar e educar as crianças, o Estado deve se responsabilizar por elas. Elas não podem continuar nessas instituições fragilizadas chamadas de famílias desfavorecidas. Vejo que não concorda plenamente com o que estou dizendo. Tudo bem. Você é mãe, que vive num cerco chamado maternidade e está vivendo de acordo com essa filosofia. Não podemos fazer nada quanto a isso. A culpa não é sua. E quem seria capaz de criticá-la? Por isso, por favor, me poupe dessa expressão triste!

 Doo-yeon Baik terminou o longo discurso e esperou a febre passar com o lenço na testa. Da área de serviço de Hye-jeon Park, de onde se via um jardim minúsculo, um aroma fresco de mato entrava pela janela aberta. Hye-jeon Park continuou passando roupa. Dessa dez era a camisa do seu filho mais velho. As bochechas dela estavam levemente úmidas de suor por causa do calor do ferro e dos braços brancos que jorravam a gomagem sem parar, e tinham ar saudável e elegante. Apesar de estar executando tarefas do lar, ela estava com os cabelos bem-arrumados, maquiada de batom e pó no rosto. É que já estava sabendo da visita de Doo-yeon Baik. Exausto depois do discurso, Doo-yeon Baik sentou-se no sofá e passou a apreciar Hye-jeon Park, inclinado com uma das mãos na testa.

— Você é muito bonita — disse Doo-yeon Baik, de súbito.

— Como? — espantou-se Hye-jeon Park numa voz trêmula, cheia de dúvidas, segurando o ferro numa mão e a camisa na outra. "Será que ouvi corretamente?"

— Disse que você é muito bonita. Os seus cabelos, o seu perfil e, principalmente, o seu corpo. É lindo. Acho que é isso que as pessoas chamam de inspiração. Ah, não me leve a mal, pois não se trata de desejos indecentes ou obscenos. Apenas disse aquilo que veio à cabeça. Não foi pensado, nem calculado. Ora, não estou sendo suficientemente convincente, eu sei. E estou cada vez mais longe de poder explicar o que sinto. Acho melhor parar. Eu não devia ter dito isso. Quis apenas demonstrar como fiquei emocionado ao te ver nesse momento. Peço desculpas se fui rude. Desculpe.

Doo-yeon Baik esfregava as mãos e mexia nos cabelos tentando disfarçar o embaraço. Mas Hye-jeon Park caiu na risada.

— Que engraçado você falando assim.

Até parecia que ela se engasgara com a risada. Não se lembrava da última vez que tinha rido tão ruidosamente. Mesmo depois de mandar a empregada embora, ela estava gastando 2 milhões de wons por mês para manter a casa. Era preciso guardar dinheiro para as crianças, pois Hye-jeon Park estava quase nos quarenta. Tinha pensado em procurar um trabalho, mas ficou só na vontade. Principalmente porque era impossível trabalhar o dia inteiro por causa das crianças. Ela poderia vender seguro ou cosméticos de porta em porta. Mas Hye-jeon Park não podia trabalhar com vendas. Não nascera para ser vendedora e isso a deixaria muito infeliz. Ela não queria que as crianças ficassem com lembranças da mãe vendendo cosméticos de porta em porta. Então, o que poderia fazer? Talvez abrir uma loja de lingeries ou uma sorveteria. Ela ainda estava pensando nessas possibilidades. Para Hye-jeon Park, cada dia que passava significava dinheiro a menos na conta bancária. Com certeza era necessário diminuir os gastos, mas não sabia por onde começar. Havia um pouco de dinheiro guardado no banco como herança em nome das crianças. As crianças só poderiam sacar esse dinheiro depois da maioridade. Mas a quantia não era suficiente para bancar os estudos universitários, o casamento, uma casa, enfim, para permitir a independência financeira deles. Daqui em diante, tudo será escasso. No entanto, faltava determinação em Hye-jeon Park para tomar qualquer decisão. Nesse momento, ela precisava de um protetor, uma palavra de orientação, um amigo determinado e inteligente, um homem de coração terno ou algo do tipo.

    Quando Hye-jeon Park se separou de Ma, não havia mais nenhum amigo por perto. Depois da separação indesejada de Hye-jeon Park, todos passaram a evitá-la, exceto Doo-yeon Baik. Hye-jeon Park não tinha amigas ou amigos diretos. Os únicos que tinha eram ligados ao casal. O divórcio fez esse círculo social desmoronar por inteiro. Hye-jeon Park já não era mais esposa de professor universitário, nunca tinha sido uma profissional liberal e nem fazia parte de um grupo de intelectuais que curtiam discussões inteligentes sobre os temas mais profundos da vida. Os amigos de Ma excluíram Hye-jeon Park do círculo formado inteiramente por casais. Depois do casamento, ela nunca se encontrou com as colegas de universidade que agora estavam casadas com funcionários públicos ou professores endividados para sempre. Elas sentiam uma grande distância em relação a Hye-jeon Park. Para Hye--jeon Park essa distância era maior ainda. Foram dias infelizes. As crianças perguntavam pelo pai e estranhavam o fato de não poder mais praticar esqui e balé. Hye-jeon Park estava prestes a cair em lágrimas. Foi nesse momento que Doo-yeon Baik apareceu.

— Estou dizendo isso porque, no outro dia, depois de jantar na sua casa, vi uma menina anormalmente grande. Além disso, o namorado dela não passava de um vagabundo de baixíssimo calão! As criaturas medíocres sem a menor consideração estética me incomodam. Não venha me falar de moral, pois se trata apenas de um gosto pessoal meu. Até dei uma carona para eles. Na verdade, o que eu queria era observar um pouco mais a menina. Ela parecia ter a capacidade intelectual de quem estudou até a oitava série. Tinha marcas de maus-tratos dos pais ou de um deles. Ela se assustava a toda hora. Observando a menina, eu me lembrei de você. Por que será? É isso mesmo. Depois de ter visto uma abominação, talvez eu vá sentir falta da beleza divina. Vou sentir falta não do mundano caminho lamacento, mas sim do caminho calmo com belas flores, formosas borboletas, doces aromas e florestas silenciosas. Digamos que seja uma espécie de nostalgia que só aqueles que possuem alta inteligência e sentidos abundantes e apurados podem sentir. É inegável. Não podemos criticar os intelectuais pela existência de uma beleza elegante reconhecida somente por aqueles que possuem a capacidade de discerni-la, não é mesmo? Com certeza você não é um anjo vindo dos céus, mas existe uma beleza tímida e rígida como o corselete de uma jovem menina te envolvendo. E a partir do momento em que tomamos consciência dessa beleza, ela se torna inesquecível. É uma beleza nata, irrevocável. Escute bem o que estou dizendo. Não fique aí só tentando negar o que estou dizendo! Você tem o seu valor. Como é que uma pessoa como você pode estar vivendo uma tal infelicidade, toda essa humilhação mundana e dificuldades financeiras! Isso me revolta. Esse mundo é injusto, mas existe uma diferença clara entre um "mundo justo" e um "mundo correto". O destino fez com que você sofresse, mas foi justamente por causa desse sofrimento que virei os meus olhos para a linda flor que você é, em meio a esse matagal de sofrimentos. Pensando assim, posso até dizer que a sua infelicidade foi uma tremenda sorte para mim! Me perdoe. Eu sei que essas palavras podem te magoar, mas acabei tendo que falar tudo isso. E é verdade. Você é especial. Você está do lado oposto ao das coisas imundas e erradas. É verdade que alguns da turma estranharam o fato de Ma ter te escolhido. Mas agora eu te entendo. Estou falando da sua existência. Tudo o que você possui é imortal. Tudo em você é tão especial e amável que me corta o coração. Peço perdão, mas não estou aguentando a felicidade de te ver sozinha.

Doo-yeon Baik era um orador nato. Ele era grande, musculoso, tinha a pele alva e os olhos atraentes. Sua voz era baixa, firme e convincente. Ele terminou de falar sem desviar o olhar da interlocutora. Vestia-se sempre com ternos chiques, tinha as unhas sempre bem-feitas e os cabelos bem penteados. Tinha aparência conservadora, mas as pessoas ficavam surpresas com o seu discurso progressista. Na juventude, ele liderou um grupo político clandestino de estudantes, baseando-se na eloquência. Porém não durou muito porque o estilo de Doo-yeon Baik não era bem-vindo em meio aos demagogos. Doo-yeon Baik era dono de uma ideologia tão complexa que os que ouviam o seu discurso acabavam ficando confusos. Os irritantes debates continuaram. A vitória era sempre dos papagaios que repetiam sempre as mesmas ideias com o mesmo vocabulário, eliminando todo o supérfluo das orações. Doo-yeon Baik se decepcionou e logo perdeu o interesse por essa atividade chata e repetitiva. O importante para Doo-yeon Baik não era a ideologia, mas fazer embriagar pelo seu próprio discurso, pela sua capacidade de convencer as pessoas. Para ele, os demagogos diante do público eram todos estúpidos. E as suas frases sem originalidade, sem nenhum valor estético ou intelectual, então! Os que não admiravam a excelência de seu discurso eram pessoas que não abriam os ouvidos ao intelecto. Nem a cidadania mereciam ter.

Na realidade, Doo-yeon Baik tinha a sua parcela de culpa. A fim de obter um belo discurso, ele aceitava com extrema indulgência a sua falta de argumento, reconhecia suas orações demasiadamente carregadas de elementos retóricos ou a discordância entre o início e o final de suas longas frases. Eles se deixavam levar pelas ideias progressistas porque representavam a camada intelectual, mas para ele o mais importante era convencer o adversário e confirmar a sua eloquência e o seu carisma, sem se importar com o conteúdo ou o resultado dos debates.

Depois de se formar na faculdade e, com a desculpa de administrar os negócios do pai, Doo-yeon Baik viveu alguns anos viajando e lendo à vontade. Logo em seguida, participou ativamente da empresa têxtil do pai, mas depois do casamento voltou à universidade para fazer mestrado. Passou alguns anos fora, num mestrado em administração. Ele contatou os amigos e colegas da faculdade enquanto procurava um trabalho nas universidades ou institutos de pesquisa, depois de ter acabado com a empresa do pai. Um deles tinha sido Ma. No dia em que Ma sofreu o acidente, Doo-yeon Baik queria lhe propôr um investimento. Pois naquele momento, ele precisava de dinheiro como nunca. Doo-yeon Baik estava velho demais para ter um emprego na faculdade e não tinha doutorado. Mesmo assim, as disponibilidades não lhe agradavam. Um emprego em corpo docente era quase impossível e para ir a institutos recém-fundados era preciso investir uma grande quantia de dinheiro. Enquanto isso, era a sua esposa quem sustentava a casa. Doo-yeon Baik fazia parte do comitê organizador de um instituto particular chamado Associação de Críticas sobre a Cultura e Indústria, e era membro VIP do hotel Ritz Carlton. Era também executivo da empresa falida de seu pai. Ele planejava organizar um clube para homens com mais de 30 anos e educação superior a um mestrado em administração. Doo-yeon Baik seria o pilar desse clube, que se chamaria Friday Club. Seria uma espécie de reunião *dandy* e ao mesmo tempo de pesquisas acadêmicas, algo menor e mais fechado do que a Associação de Críticas sobre a

Cultura e Indústria, mas com maior casualidade, ideias progressistas e menos burocracia. Eles poderiam publicar uma revista acadêmica com umas duzentas páginas e bom design. Entre todos esses projetos, nenhum traria dinheiro. Ele conhecia muitas pessoas no ramo da administração de empresas. Na Coreia, as escolas significavam muito mais do que o simples aprendizado de conhecimentos. Doo-yeon Baik se sentia em desvantagem por ter nascido depois de Ji-man Park e não ter podido ir ao Colégio de Kyung-ki.

— Eu... eu não sei o que dizer. Mas, por favor, não me pergunte nada, pois estou muito confusa.

As lágrimas estavam prestes a cair dos olhos de Hye-jeon Park. Quando ela levantou o ferro, viu que a camisa tinha queimado. Tinha se distraído e esquecera o ferro sobre a peça. Hye-jeon Park pegou a camisa toda assustada.

— Que boba. Eu sempre faço tudo errado. Nunca faço nada direito. Mereço ser criticada. Eu não posso agir como quero. Pois agora sou a única reponsável pelos meus filhos. Não ousaria pensar em outras coisas.

Eles guardaram silêncio por um momento. O raio de sol da cor de mel do fim da tarde entrou pela janela tingindo de dourado os cabelos e a bochecha dela. O outono estava prestes a chegar. Hye-jeon Park disse a Doo-yeon Baik que estava pensando em se mudar.

— Eu... estou pensando em vender a casa e partir para outro lugar. Para perto da periferia, onde as crianças terão mais espaço livre para brincar e, quem sabe, criar um cachorro também. Esta casa é muito grande e velha. Acho que vai ser bom para as crianças estarem mais próximas da natureza.

— E a escola delas, então?

— No caso do menino, vou mudá-lo de escola, e matricular a menina em outra mais perto da nova casa.

— Uma mudança drástica de ambiente para um lugar sem amigos não vai ser nada bom para as crianças.

Era verdade, mas Hye-jeon Park não tinha outra escolha. Ela devia se mudar para uma casa menor e diminuir os gastos com a educação. A natureza e o espaço maior para as crianças eram apenas desculpas. Na verdade, Hye-jeon Park não gostava da vida na periferia. Ela não tinha a mínima vontade de viver como os seus pais. Não importava o que os outros dissessem, mas para Hye-jeon Park, seus pais não passavam de meros trabalhadores da classe média baixa. Hye-jeon Park foi ao banheiro a fim de aliviar o calor do rosto com a água fresca da torneira.

— E para onde é que vamos? — perguntou Marc, o filho mais velho de Hye-jeon Park, sentado meio torto na cama, fitando a mãe com os olhos cheios de revolta.

— Para fora da cidade — respondeu Hye-jeon Park secamente.

— Fora da cidade onde? — perguntou Marc mais uma vez, mostrando irritação e nervosismo.

— Ainda não decidi para onde, mas a mudança é uma questão de tempo. A gente não tem mais condições de viver aqui.

Hye-jeon Park não podia mais pagar uma escola particular. Todos os alunos da escola de Marc tinham aulas de esqui, a participação na orquestra era obrigatória e todos deviam decorar o texto integral em inglês do discurso pronunciado por Lincoln. Seria impossível continuar nessa escola sem renda nenhuma. Era tempo de o menino aprender também a necessidade de se esforçar para obter uma vida prestigiosa. Hye-jeon Park tentou pensar assim, mas era impossível negar que o seu coração de mãe doía. Marc era um menino de apenas 10 anos. Era como se, de uma hora para outra, roubassem dele a chance de começar bem a vida. Não era justo. Sentia raiva e ódio soprarem como vento frio.

— Então é isso.

Segurando o fôlego, Marc disse com os olhos repletos de determinação:

— Então a gente não pode mais morar nesse bairro. Fora da cidade quer dizer a periferia, onde moram os pobres, não é?

— Pobres? Eu não disse isso.

— Você pensa que eu sou bobo? Eu nem posso mais andar de esqui e agora tenho que jogar pingue-pongue como um pobre. Pensa que eu não sei de nada, é? Eu sei que não vou ter amigos, nem giz de cera e só vai ter um monte de pobres por aí. Eu não vou morar num lugar assim. Não vou mesmo! — gritou Marc com todas as forças.

— É claro que vai ter giz de cera. E é só fazer novos amiguinhos, ora.

— Você não sabe de que giz eu tô falando? Quer dizer que agora eu tenho que usar giz de pobre? Eu não. Eu sou diferente dos meninos que moram no bairro da vó, a sua mãe.

— Se você repetir a palavra pobre, vai ter comigo. Isso é... é feio.

Os lábios começaram a tremer quando Hye-jeon Park ficou sem saber o que falar.

— Acha que estou com medo, é? Hunf! Pobres, pobres, pés-rapados!

Marc lançou um olhar desafiador e sem o mínimo traço de receio. Hye-jeon Park ficou completamente aterrorizada.

— Você merece alguém melhor e mais competente do que eu. O que estou sentindo é apenas uma ambição em vão — lamentou Doo-yeon Baik.

— Você é uma ótima pessoa. O mundo inteiro está atrás de dinheiro e riqueza, apenas. É um mundo tão baixo, e tão reles que eu não aguento mais. Achou que eu fosse uma mulher fútil também? Eu sou pobre e não sei como vou viver de agora em diante, mas tenho a cabeça no lugar. E sei reconhecer os verdadeiros valores. Você é um cavalheiro de bom coração e caráter sublime! Você também é vítima desse mundo injusto. O mais importante é realmente o caráter e, como você diz, o intelecto.

Hye-jeon Park consolou-o.

A rainha da neve

Depois de ler Tolstói e Dostoiévski, chega-se à conclusão de que todas as outras obras literárias não passam de frases de efeito para capa de disco. Na verdade, é extremamente fácil produzir textos a partir da cópia dessas frases. Textos de divulgação musical escritos por um crítico *freelancer*, artigos de jornal, frases de publicidade de supermercado, letras de música popular, ensaios publicados em revistas, cenas marcantes de filmes, duas páginas de enciclopédia, o resumo da biografia de um artista qualquer, frases publicitárias de televisão na moda. Mesclando tudo isso, é possível escrever um romance relativamente bom, ainda que fique a sensação de certo amadorismo. Não é fácil separar um quase artista de um Diógenes da vida. Mas nesse exato momento em que se ama o subjetivo, em que a incerteza e o ceticismo são venerados como as únicas virtudes do intelecto, apesar de vestirem a mesma roupa e coexistirem no mundo, existe uma fronteira nítida entre os que nasceram sublimes e os palhaços de baixo calão, tão nítida quanto a fronteira entre a luz e as trevas. O povão tolo e os cegos pela vaidade são incapazes de diferenciá-los. Apesar de ter caminhado durante duas horas, não mudou de ideia. O dia estava quente e o ar, pesado. O céu estava coberto de nuvens, como se fosse chover a qualquer momento. Entrou num bar, pediu café e torradas, andou por mais um tempo e comeu um *donut* bem gorduroso e um *bindae-dduk*[6] de carne na barraquinha da rua. Não que estivesse com fome, mas Myung-ae Eum tinha o hábito de comer quando estava mergulhada nos próprios pensamentos. De vez em quando, tomava um café bem quente com uma colher de manteiga e uma pitada de pimenta-do-reino. A base da alimentação para Myung-ae Eum era pão sem nada, café e biscoitos de manteiga com nozes. Uma parte de Myung-ae Eum abominava comer com talheres e louças adequadas em restaurante decente. Ela gostava de *fast-food*, pão com margarina ou manteiga, uma quantidade enorme de café puro sem açúcar e os produtos instantâneos que, para ela, eram as melhores invenções do século XX. Porém, apesar de tal hábito alimentar e de ter mais de 40 anos de idade, Myung-ae Eum poderia até trabalhar como modelo, já que era dona de um corpo esguio como o dedo de uma vietnamita. As suas amigas acreditavam que esse milagre se devia ao fato de ela nunca ter ficado grávida, embora elas apenas supusessem, sem ter certeza.

O rosto de Myung-ae Eum estava longe de ser considerado bonito. Nem era feminino. As maçãs do rosto eram salientes em excesso, e a boca, cujos lábios não eram bem definidos, demasiadamente grande. Os olhos eram rasgados para cima e o nariz, achatado. A pele estava cheia de manchas escuras e sardas. Os únicos atrativos de Myung-ae Eum seriam os longos cílios volumosos que cobriam os olhos finos e rasgados, e a voz elegante que não combinava com a aparência. Myung-ae Eum, ainda solteira, contava em média com um pedido de namoro por ano. A duração

---
6. *Bindae-dduk*: espécie de crepe, feito com diversos ingredientes e frito em óleo.

de cada namoro era de mais ou menos seis meses. E nos outros seis meses, ela passava sem ninguém. Entediada, Myung-ae Eum trabalhou numa revista há alguns anos. Era uma publicação acadêmica, sem nenhum interesse lucrativo. Mas logo percebeu que entrara no meio mais sujo, em que todos os tipos de trapaça tinham o seu lugar. Era uma sucessão de ambição, orgulho, plágio, repetição de temas, total autoritarismo e fraude. Todos ao redor diziam que era assim mesmo. Que o mais importante não era o meio, mas o resultado. Como estava farta de tudo isso, depois dessa experiência horrível, Myung-ae Eum ficou um bom tempo sem trabalhar. Todas as semanas, dezenas de cartas convidando investidores chegavam à casa dela. Eram cartas de entidades não lucrativas, sem interesses comerciais, associações culturais, entidades intelectuais, etc. Para Myung-ae Eum, eram os piores do mundo. Cafajestes fedorentos como gambás que se escondiam por trás de uma máscara com nome de cultura.

Na opinião de Myung-ae Eum, o pior de todos era certamente Doo-yeon Baik, um dos colegas de universidade. Claro que ele não fora assim desde o começo. Antes de chegar aos 30 anos, Doo-yeon Baik não passava de um vagabundo alegre que curtia a vida boêmia. Doo-yeon Baik era um jovem bonito e otimista, o que o tornava uma pessoa de fácil acesso, mas Myung-ae Eum tinha uma vaga ideia de que ele era um revolucionário só da boca para fora, sem ideologia nenhuma. Se ele não fosse de uma família rica, não haveria nada de surpreendente no fato de ele ser socialista. Aliás, seria vergonhoso um sujeito como ele ser socialista. Mas naquela época, ainda não se via malícia nas atitudes de Doo-yeon Baik, sendo estas mais reflexo de sua inocência e sua infantilidade. Doo-yeon Baik até era um bom amigo comparado com outro colega dos dois, cujo nome era Ma! Nas lembranças de Myung-ae Eum, apesar de Ma ser oriundo de uma família rica, ele sempre andava feito um entregador de carvão. Ma não fingia ser socialista e nem gostava de falar na frente das pessoas como Doo-yeon Baik. Se bem que ninguém teria lhe dado ouvidos! No entanto, Ma sempre teve notas mais altas entre os três, e Doo-yeon Baik invejava isso. Quando ouviu a notícia de que Ma decidira se casar com uma mulher relativamente simples, Doo-yeon Baik deu gargalhadas de felicidade. Quando ficou sabendo da nomeação de Ma como professor numa universidade nacional, mais uma vez sentiu uma dorzinha de cotovelo. Desde então, não teve mais notícias de Ma. Quando eles estavam na universidade, a metade dos colegas era do interior, e a maioria absoluta vinha de famílias humildes. Nessa realidade, a existência dos três ricos era um tanto especial. Myung-ae Eum, cujo pai era diretor de um hospital, era a única mulher na turma de adminstração. Ma vinha de uma família latifundiária desde a época da Guerra da Coreia, enquanto Doo-yeon Baik era filho do dono de uma grande fábrica de tecidos na cidade de Dae-gu. Os três não eram amigos, mas se conheciam. Ma convidou Myung-ae Eum para o seu casamento, mas ela não foi. Depois de se formar em administração, ela estudou literatura e filosofia, mas desistiu dos diplomas. Doo-yeon Baik viveu alguns anos como um verdadeiro lúmpen rico, se lançou no negócio familiar, foi estudar fora, mas parecia estar meio por baixo desde então. Quanto mais difícil parecia a situação para ele, mais o volume da sua voz aumentava. Ele nunca esqueceu de convidar Myung-ae Eum a todos os eventos. Cansada de vê-lo metido a intelectual, Myung-ae Eum nunca comparecia. Ela não convidava ninguém para nada. Mesmo assim, Doo-yeon Baik vinha visitá-la de vez em quando. Vinha, tomava um chá e, mesmo ninguém tendo perguntado, criticava o andamento da sociedade ou demonstrava a inveja disfarçada de cinismo pelas pessoas bem-sucedidas, dizendo que não eram nada. Por vezes, perguntava se ela não estava interessada em investir em hotéis ou em terrenos no interior. Em outras, pedia para adiantar um cheque, do jeito mais arrogante possível.

— Acho melhor parar por aqui — murmurou finalmente Myung-ae Eum, depois de se sentar numa lanchonete situada no subsolo. À sua frente estava Woo-kyun, com uma expressão hostil no semblante por ter esperado ali por mais de uma hora. O sanduíche e o café na frente dele já haviam esfriado fazia muito tempo.

— O que você disse? — embora quisesse pedir explicações sobre mil outras coisas, Woo-kyun começou por essa pergunta.

— Que está tudo acabado entre nós.

Como Myung-ae Eum se sentia sufocada dentro dessa lanchonete minúscula no subsolo, abria e fechava a boca feito um peixe. O sanduíche de Woo-kyun era de atum em conserva. Como é que ele podia pensar em comida numa hora dessas? Não passava de um imbecil mesmo. Assim que Myung-ae Eum disse o que disse, a fome que a perseguira o dia inteiro desapareceu, e a abominação pela comida tomou o seu lugar. Ela não entendia como tinha conseguido passar tanto tempo com esse homem frio como atum em conserva.

— Não sei o que foi que te irritou, mas... — Woo-kyun respirou fundo. Seu rosto estava pálido porque se sentia humilhado. — Anunciar o fim de um namoro desse jeito é uma violência. Violência! Você deveria ter me dado um tempo para me preparar, ou pelo menos dado algum sinal.

— Ainda hoje vou mandar o resto das suas coisas para o seu escritório — cortou ela enquanto ele falava. — Não quero ouvir mais desculpas. Que saia com todas as meninas que você quiser, mas, a partir de agora, faça com o seu dinheiro. Não quero ouvir desculpas e não ligo mais para você. Não me venha com mais mentiras, está bem?

Myung-ae Eum esteve num namorinho durante alguns meses e estava terminando-o nesse instante. Woo-kyun tinha 30 anos, mas não tinha um trabalho fixo. Afinal de contas, não passava de um lúmpen. Três anos atrás, ele era um ambicioso aspirante a diretor de cinema. Não era mais.

— Talvez você esteja brava por causa do negócio que não deu certo com Chung. Mas vamos conversar. A culpa não foi minha. É claro que eu lamento por você ter perdido tudo o que investiu, mas eu prometo trazer tudo de volta. Só não posso dar uma data certa, mas prometo que vou recuperar tudo. E quanto às meninas, são elas que vêm atrás de mim. Não são páreo para você.

— Não quero ouvir as velhas mentiras de sempre. Não quero mais namorar você, e pronto. Está bem assim?

— Não, eu ainda não estou entendendo o porquê de tudo isso. Convença-me. Você tem a obrigação de me convencer.

Eles discutiram de uma maneira bastante habitual. Myung-ae Eum esperava pôr um fim naquilo tudo, pois já não aguentava mais. Rapidamente, ela se levantou e pagou a conta. O sanduíche de atum, o café de Woo-kyun, o *bulgogui*[7] e a pizza de queijo que Myung-ae Eum nem tocou totalizaram 12,5 mil wons. Ela estava acostumada a pagar as contas sempre que saía com os homens. Era normal Myung-ae Eum fazer isso porque o seu gosto por homens estava sempre voltado para os dependentes e orgulhosos, sempre os primeiros da escola, mas socialmente perdedores.

— Myung-ae, espere.

Ela ouviu Woo-kyun chamar, mas subiu as escadas rapidamente, ignorando-o. Subiu as escadas e foi para fora, onde o ar estava quente e úmido; ela sabia que o calor a incomodaria, mas seu coração estava leve como nunca.

Livre, enfim.

Tolstói estava certo. Não era possível vestir ou despir a moral como uma roupa. A moral representava um peso para qualquer ser humano que a aceitasse. Significava seriedade e paixão. Não era algo simples e ignorante como decidir se vai ou não se deitar com um homem. Era necessário treino e determinação. Era a própria determinação visando um alvo sublime. A maldade e a feiura que contrastam com a moral também existem. Elas sempre estiveram presentes nos homens primitivos sem nenhuma proteção ou escapatória! O importante era distinguir essa dualidade por intermédio da sabedoria e da honestidade.

---

7. *Bulgogui:* fatias finas de carne temperadas com molho de soja, para serem cozidas numa minichurrasqueira sobre a mesa.

As preocupações e os tormentos seculares obstruem a sabedoria, e a ambição nos torna incapazes de tomar decisões corretas. Basta ver como um homem tão determinado como Woo-kyun se tornou um verdadeiro mofo. Ele cedera ao mundo, a Myung-ae Eum e a si mesmo, terminando por se tornar um cético descarado que criticava cegamente tudo aquilo que não podia possuir. A vantagem de ter dinheiro é que não era preciso ceder a nada. Não era preciso temer a ambição. As pessoas tendem a pensar que nada pode ser mais mundano do que o dinheiro, mas Myung-ae Eum sabia que era exatamente o contrário. Myung-ae Eum não se maquiava e nem gastava dinheiro comprando roupas caras da moda. Não fazia esforço nenhum para passar boa impressão às pessoas. Não fazia questão de falar com simpatia ou ser educada com as pessoas. Uma mulher de 40 anos com os longos cabelos soltos e trajando roupas velhas e folgadas atravessava tranquilamente a rua da cidade desvairada. A sua preocupação era uma só. Manter a independência psicológica. Ela viveria em busca da verdade até o fim. Para isso, por que não partir a uma peregrinação num dia de neve? Myung-ae Eum tossiu. O sol de verão se pôs em meio à poluição. Quantos quarteirões teria andado? Myung-ae Eum resolveu pegar o metrô. Um jovem estava sentado no banco da plataforma. Uma menina com um vestido preto estava em pé, olhando o mapa, e um casal de mais idade perambulava perto da banca de jornal. O jovem estava sentado meio torto, aparentemente lendo a seção de esportes do jornal. Myung-ae Eum se sentou ali perto. Estava com muita dor para continuar em pé. Não sabia quantas horas tinha caminhado pela cidade. Mas estava orgulhosa de si. "Sou livre agora."

Woo-kyun gastava o dinheiro dela à toa, mas Myung-ae Eum poderia deixar isso para lá. E nem era o fato de ele sair com as meninas do escritório de produção que a incomodava. Myung-ae Eum não era tão possessiva com os homens. O problema era que Woo-kyun não passava de uma reles gentalha. E isso deixou uma grande ferida na moral nata de Myung-ae Eum. Mas será que ela não sabia disso desde o começo? Sim, Myung-ae Eum tinha visto inúmeros homens como Woo-kyun. Reles gentalha? Mas não era essa a natureza do ser humano? Myung-ae Eum simplesmente sabia que a hora com Woo-kyun tinha chegado ao fim e que era tempo de voltar à solidão. Era por isso que ela evocara problemas que nunca tinham sido realmente problemas para ela. Myung-ae Eum pensou de repente que os homens eram seres desnecessários para a vida dela.

— Tem uma caneta para me emprestar? — perguntou o jovem que estava lendo a página de esportes do jornal.

— Só vermelha.

Myung-ae Eum se virou e deu de cara com o jovem. Ele tinha o cabelo bem curto e espetado. Apesar de fazer muito calor, vestia uma camisa de mangas longas como a classe alta. Tinha uma pele saudável e traços delicados. Mas os lábios carnudos eram tortos. Pelo jeito de falar e de agir era provável que não tivesse recebido uma educação de qualidade. Vendo o seu rosto, era possível saber como um príncipe teria crescido numa favela se ele tivesse sido roubado ainda bebê. Myung-ae Eum virou o rosto e olhou para a frente.

— Vermelha? Não tem problema, não. É rapidinho.

— Espere um pouco. Tenho que procurar.

Myung-ae Eum procurou a caneta na bolsa. Mas estava com dificuldades para encontrá-la, embora, com certeza, estivesse lá dentro. Havia coisas demais na bolsa. Onde é que estava? Myung-ae Eum começou a ficar nervosa e passou a mão no cabelo. Os lábios foram secando. De repente, Myung-ae Eum percebeu que tinha se despedido de Woo-kyun havia menos de uma hora. Era isso mesmo. Por mais que fosse o caminho para a liberdade, terminar um relacionamento consumia muita energia. Não era à toa que estava cansada.

— Tia, você está suando — disse o jovem, olhando para Myung-ae Eum. Ele estava bem próximo do rosto dela. Myung-ae Eum limpou a testa com a palma da mão, num movimento instintivo. Ouviram-se gotas de suor cair. O jovem disse como quem sentia pena. — Isso é que dá andar com o cabelo solto. É por isso que as meninas andam com os cabelos presos no verão.

— Ah é? Obrigada — Myung-ae respondeu Eum rispidamente. Nesse momento, tirou a caneta vermelha da bolsa e passou para o jovem. Não pensava em tê-la de volta.

— Dois segundos e já devolvo — disse o rapaz como se tivesse lido os pensamentos de Myung-ae Eum, enquanto copiava na mão um número dos classificados. Ele tinha um bom físico. Era magro e não chegava a ser musculoso, mas parecia já ter nascido com um físico privilegiado. Myung-ae Eum olhou para o número que ele estava anotando. A palma da mão dele era radiante. As linhas eram bem definidas e as unhas, rosadas. Myung-ae Eum nunca tinha visto unhas tão rosadas como aquelas. Mas as pontas estavam sujas. Com certeza, ele fazia trabalho manual. Satisfeito, o jovem devolveu a caneta.

— Obrigado. Eu estava procurando um bico, mas sempre perco o número quando ando com o jornal para lá e para cá.

E disse ainda:

— Estão pagando 3,5 mil wons a hora para trabalhar como ajudante num depósito frigorífico.

— Você está procurando bico?

— Mas é claro.

O jovem levantou os ombros.

— Preciso de alguém para trabalhar por um dia. Topa?

Myung-ae Eum nem se deu conta de que estava propondo um trabalho a ele.

— Para fazer o quê? — perguntou o jovem, sem desconfiar de nada. Falava de um jeito bem relaxado. Myung-ae Eum se sentiu incomodada com esse modo de falar. Com certeza, era alguém que fazia bicos em construções ou coisas parecidas. Era uma frase dita com toda a naturalidade, vinda dos belos lábios que tinham forma de insetos bem vigorosos.

— Mudança.

— Deve ser duro. Quanto você paga?

— Não é muita coisa. É mudança, mas só tem alguns livros, roupas, cigarros e roteiros de filme em três ou quatro caixas. Dá para levar num carro só. Não é mudança com móveis ou geladeira.

— Por que não chama uma empresa especializada?

— Porque as coisas têm que chegar às mãos do dono.

— São coisas caras?

— Não, tudo coisa sem grande valor — riu Myung-ae Eum cinicamente. — É só entregar nas mãos do dono. Não precisa se preocupar com mais nada. É só meia hora de carro, e pode usar o meu. E então? Pago 300 mil wons.

As sobrancelhas do jovem arquearam de imediato. Era uma fortuna para uma tarefa tão fácil. Havia algo estranho ali, mas o jovem logo estava sorrindo como uma criança inocente.

— Nada mal. Só não entendo por que está pagando tanto por um trabalho tão simples...

— É que terminei um namoro e não estou a fim de rever o meu ex para entregar as coisas dele. Entendeu agora?

O rapaz, que esperava a tinta da caneta secar com a mão aberta, olhou para Myung-ae Eum.

— É o seu ex?

— É.

O jovem chutava o chão com a ponta do pé, sem dizer nada.

— Quando é a mudança?

— Amanhã.

— Tudo bem. Mas é certeza que vai me pagar direitinho, né?

— Claro. Pago a metade antes da entrega e a outra metade depois.

— É que nem Hollywood.

— Quantos anos você tem?

— Vinte e um. Vai ser baba fazer uma entrega.

Ele aparentava ser pelo menos dois anos mais novo.

— Meu nome é Myung-ae, Myung-ae Eum. E o seu?

— Sae-won.

— Sae-won, e o sobrenome?

— E desde quando o sobrenome tem importância?

Sae-won sorriu com uma ponta de melancolia.

As loucas existiam em todas as cidades. Para ser chamada de louca, não era preciso rir mostrando os dentes, sair rasgando os trapos que vestia ou andar pelas praças públicas com a cabeça cheia de piolhos. Uma louca poderia muito bem ter uma aparência completamente normal, possuir uma carteira cheia de dinheiro, vestir uma jaqueta Armani e ter um cartão de visitas com o seu nome ou até um carro. Por ser provocadora e imprevisível, a loucura pode parecer atraente. Mas é preciso estar atento! Uma mulher de 40 anos de idade, com os cabelos malcuidados até a cintura, vestindo uma roupa que parece mais de uma velha de 80 anos e ainda por cima com um montão de acessórios baratos, comprovava a tal loucura. Com certeza essa mulher era louca. Era impossível explicar o pagamento de 300 mil wons por um serviço tão banal. Ou então, uma hipótese mais plausível seria que ela estaria sob choque temporário devido ao término de um namoro que a tornara histérica, ou seria uma esquecida que nem lembra o que ela mesma disse, ou talvez ainda fosse uma bandida com intenções perversas. Ao menor sinal de desconfiança, bastava dar no pé.

Sae-won foi até a casa de Myung-ae Eum seguindo o endereço que ela dera. A casa ficava na parte mais alta de um bairro de classe média alta. Muitas casas pareciam ter viveiros de aves, pois ouviam-se os cantos estridentes delas por todos os lados. A pessoa que lhe informara o caminho logo que desceu do metrô também mencionara.

— Ah, é o bairro dos pássaros. Dizem que os moradores de lá criam corvos, águias e até pelicanos.

Em todas as casas, havia gaiolas enormes, do tipo que se deixam em pé, de onde as aves grandes cantavam, ou melhor, gritavam. E depois, o silêncio. O sol ainda não tinha se posto e fazia calor. Era preciso esperar mais de uma hora para anoitecer. Myung-ae Eum, com as mesmas roupas do dia anterior, atendeu à porta. O cabelo também era o mesmo. Não se ouvia o grito de aves na casa de Myung-ae Eum.

— Matei todos os pássaros com veneno de rato. Não aguentava mais a barulheira.

Mal Sae-won perguntara se não criava aves, Myung-ae Eum respondeu de pronto, como se soubesse que ele ia fazer essa pergunta.

— Parece que todo mundo tem pássaros por aqui.

— É tradição.

A resposta demonstrava com clareza que ela não queria mais falar de aves.

— Quer comer? Quando voltar vai ter passado da hora do jantar.

Sae-won hesitou por um momento. Ele não queria comer na casa de uma desconhecida. Mas ficou ressabiado de ela não querer pagar, se ele não a agradasse. Como Myung-ae Eum não era normal, não se podia adivinhar o momento da mudança do seu humor.

— Quero a metade do dinheiro primeiro. E cadê as caixas? Prefiro já deixar no carro — Sae-won criou coragem para responder assim.

— As caixas estão todas ali. É só colocar no carro.

No canto da sala indicado por Myung-ae Eum, havia uma mala velha, duas caixas e uma mala verde de couro elegante que parecia ser cara.

— Pode entregar tudo para ele, mas quero que traga de volta aquela mala — Myung-ae Eum indicou a mala verde. — Aquela mala é minha. Então quero que deixe só o que está lá dentro e a traga de volta.

— É cara?

— É.

Myung-ae Eum deu uma olhada em Sae-won, pegou a carteira da bolsa que estava mais para uma tralha e tirou dela um bolo de notas, que entregou a Sae-won sem sequer contar.

— Pegue, é a metade do prometido. Você lembra o que eu disse, não? Se quiser ficar com os cigarros, pode ficar. O carro está na garagem. E vai querer jantar ou não?

Sae-won ficou aturdido depois de receber o dinheiro.

— Quero. Mas eu não como muito.

— Então venha para a cozinha.

Sae-won, que havia imaginado uma cozinha bagunçada com panelas e frigideiras desordenadas, ficou surpreso ao ver a mesa e as cadeiras de baixa qualidade, extremamente simples. Todos os cantos do ambiente estavam forrados com papel de parede e não dava para imaginar que era uma cozinha, devido à aridez do ar. Era espaçosa, porém mal iluminada. Ouvia-se apenas o som do motor da geladeira. Não havia decoração nenhuma. Era tão vazia que havia espaço suficiente para pelo menos três camas. Do lado de fora da janela com persianas, via-se um muro logo após um jardim estreito. Ao lado da janela, havia uma grande gaiola vazia balançando. Era estranho, pois não batia vento nenhum ali. Parecia até que alguém tinha passado às pressas, batendo na gaiola. A mesa ficava bem no meio da cozinha. Sobre a mesa, que também fazia a função de penteadeira, havia um espelho. Além disso, inúmeros objetos estavam espalhados pela mesa. Eram bugigangas como batom sem tampa, frasco de base, gazes usadas, adesivos contra enxaqueca, pílulas anticoncepcionais, remédio contra micose do pé, prato descartável com sobras de torrada, pote de leite estragado com uma mosca afogada, dicionário de alemão, caneta e uma colher do tamanho de um prato. Myung-ae Eum não ligou para a bagunça. Apenas deslocou todas as coisas para um canto.

— A mesa é tão grande que faço tudo aqui — disse Myung-ae Eum encarando Sae-won, mas, para ele, era como se ela perguntasse: "Eu faço tudo aqui nesta mesa. Você sabe do que estou falando, não é mesmo?". Por isso ele a ignorou, já que não era uma cena agradável de se imaginar.

— E o que vai querer? — perguntou Myung-ae Eum como se fosse garçonete de restaurante.

— Como assim, o que vou querer? Sirva o que você tem, ora. O que você come todos os dias.

— Hum — suspirou Myung-ae Eum, de forma indecifrável. Quando ela abriu a geladeira, deu para ver um monte de arroz congelado, peixe em conserva e algumas frutas já enrugadas. Myung-ae Eum pegou o arroz congelado e duas latas de conserva, esquentou o arroz no micro-ondas, abriu as latas e colocou o conteúdo num prato. Três segundos mais tarde, ela fechou o micro-ondas depois de colocar o arroz congelado. O micro-ondas começou a esquentar a comida.

— Não está com calor? — perguntou Myung-ae Eum, dessa vez com voz mais amável. Sae-won fez que não com a cabeça. O ar dentro da casa parecia espesso e todos os movimentos eram mais lentos. O barulho da porta da geladeira que se fechava ou o ruído dos pratos ressonava diferentemente dos sons de outros lugares. O ar, o meio onde se desloca o som, era diferente nessa casa. Ouvia-se o barulho das coisas, mas era o silêncio que imperava na residência. E esse silêncio mexia com os sentidos. Sae-won não era uma pessoa emotiva. Ele crescera de forma rústica. Por isso, repelia todo ambiente que apelasse à emoção. Sae-won molhou os lábios. Era o nervosismo. Não estava com fome.

— Perguntei se não está com calor — insistiu Myung-ae Eum, colocando o arroz e o peixe em conserva num prato. Postou-o então na frente de Sae-won. A mão de Myung-ae Eum era pequena, mas extremamente seca e cheia de rugas profundas. Eram mãos que não davam vontade de olhar. As mãos dela não eram assim por causa do trabalho, mas como as de alguém que tivesse se esquecido de passar glicerina depois de longas horas mergulhadas numa piscina com muito cloro. Uma das latas em conserva era de peixe e a outra, de feijão cozido com sal e óleo. O arroz estava quente em cima mas gelado embaixo, o peixe flutuava no óleo e o feijão cheirava a petróleo.

— Não estou com calor, não — respondeu Sae-won secamente.

— Ele pode querer fazer um monte de perguntas, pois é um safado. Ele acha que todo mundo é como ele. Pode ignorar. Só não seja mal-educado. Os intelectuais de terceira classe são sempre orgulhosos demais. E tome isto aqui.

Myung-ae Eum se inclinou, tirou o cabelo da nuca e levou as mãos para trás do pescoço a fim de tirar o colar.

— Devolva isto também. Não quero ficar com nada dele. Não é caro, mas como não deixa de ser uma joia, quero que leve separadamente.

— Nada mais? O que eu faço se ele não estiver em casa?

— Ele vai estar.

Myung-ae Eum riu cinicamente.

— Ele não tem para onde ir. Não derrube o feijão. Você é estudante?

— Não — disse Sae-won com certa dificuldade, engolindo a última colherada de arroz sem mastigar.

— Pode ir, se já terminou.

— Queria um pouco de água.

— Não vê que está ali?

Myung-ae Eum mostrou a geladeira com frieza. Nesse momento, ouviu-se o barulho de uma ave vindo da janela. Era uma ave enorme abrindo as asas para voar. Uma ave grande como um avião.

"Que mulher estranha", pensou Sae-won ligando o carro, depois de ter colocado as coisas no porta-malas. O carro era um Elantra, modelo 1996. Ficou encucado com o colar. Ela dissera que não era caro, mas mesmo assim era uma joia. As únicas joias que Sae-won tinha visto até então eram o anel amarelado de Kyung-sook Don e as imitações de pedras preciosas da madrasta. Quanto será que valeria "uma joia não muito cara"? Sae--won ficou curioso. Tirou o colar do bolso e olhou com mais atenção. Não parecia ter nada de especial. Havia um pendente brilhante que não era muito diferente da presilha reluzente que Hye-ryn Bu apontara na feira, dizendo "que bonito".

"Isso é apenas curiosidade", pensou Sae-won, colocando o colar de volta no bolso.

Os homens, para mulheres como ela, devem ser diferentes. Devem ser como os que aparecem na televisão.

Sae-won queria apenas terminar logo com isso e se livrar dessas coisas de outro mundo. O endereço indicado por Myung-ae Eum o levou ao bairro onde tinham acabado de construir uma estação de metrô. Edifícios de mais de vinte andares se enfileiravam à beira da avenida. O endereço levou ao nono andar de um dos prédios. Mas o homem que veio atender a porta quando Sae-won tocou a campainha era bem diferente daquele que havia imaginado.

— Não quero comprar nada — disse o homem logo que abriu a porta. Sae-won tinha feito um grande esforço para trazer as coisas de uma vez só pelo elevador. Por pequenas que fossem, eram quatro caixas no total.

— Vá andando, não perca o seu tempo aqui.

O homem parecia ter uns trinta e poucos anos, mas tinha o rosto cheio de manchas escuras e uma ferida visível na barba. Não era muito alto e estava longe de ser bonito. Exagerando um pouco, parecia um macaco. A testa era estreita e enrugada, e seus braços e pernas eram bastante peludos. As narinas se moviam sem parar e o rosto era seboso, pois não o lavara ainda.

— Eu vim fazer uma entrega. Foi Myung-ae Eum que me mandou. Estou procurando por Woo-kyun.

— É? — desconfiado, o homem fitou Sae-won por um bom tempo, antes de mandá-lo entrar. — Então você trouxe as minhas coisas, é? Isso porque ela falou que mandaria ontem. Essas mulheres que não cumprem com a palavra, viu! Não fazem nada direito, mas estão sempre reclamando como papagaios. Com certeza esqueceu de devolver as coisas mais importantes. Elas acham que tudo se resolve com manha.

Woo-kyun falou em voz alta, gesticulando de maneira bastante exagerada. Além do mais, o lugar onde ele morava era quente, pequeno e sujo. Várias garrafas de Evian estavam espalhadas pelo quarto, com pontas de cigarro flutuando dentro delas. Sapatos enormes estavam jogados para todos os lados, além de um casaco de inverno largado sobre a cama. Provavelmente ele se cobria com esse casaco na hora de dormir. No chão, havia morangos esmagados. Ansioso, Woo-kyun pegou o cigarro e acendeu com o isqueiro, entrou e saiu pelo banheiro como se procurasse algo e, finalmente, se deu conta da presença de Sae-won.

— O quê? Isso é tudo? Acho que não vai ter nada para verificar, não é mesmo? Pode ir. Ou precisa de uma assinatura, ou algo do tipo?

— Assinatura não, mas preciso daquela mala verde. Tenho que levar ela de volta.

— O quê? — Woo-kyun piscou os olhos, cujos cílios eram bem definidos. — Você está pedindo para eu esvaziar aquela mala, é? Ha! Como ousa fazer um pedido desses a mim? Myung-ae Eum deve ter te pagado para fazer a entrega, não foi? Pois então, faça você mesmo. Esvazie aqui.

Fazendo punhos com as mãos, Woo-kyun tremeu, sentindo a raiva tomar conta dele. Sae-won tirou o conteúdo da mala verde no sofá indicado por Woo-kyun. A mala parecia ser cara, mas lá dentro só havia roupas de baixo e meias sujas. E até um pouco de lixo, como papel higiênico usado e toalha suja. Sae-won tirou até o último pó, virando a mala de cabeça para baixo. Parecia que Woo-kyun tinha ficado intimidado com a execução silenciosa da tarefa por parte de Sae-won. Woo-kyun perguntou num tom mais dócil:

— E ela, está bem? Hein? Diga-me como ela está. Ela não parecia estar tendo uma crise histérica ou andando meio cabisbaixa, doente, não é mesmo?

Ignorando as perguntas, Sae-won arrumou as coisas para ir embora. Agora bastava levar a mala para Myung-ae Eum e receber o resto do dinheiro. Era tudo.

— Será que você não quer tomar um chá? Que tal uma Coca, já que está tão quente lá fora? Ela não mandou entregar mais nada? Uma carta ou coisa parecida? Não mandou nenhum recado para mim, não?

"Que vá para o inferno", pensou Sae-won por dentro. Mas logo se lembrou do colar que estava no bolso. Será que um dia ela vai ficar sabendo se eu não entregar o colar para o cara? Mesmo que fique sabendo, a única coisa que Myung-ae Eum sabia dele era o nome.

— Sente aqui, que vou trazer a Coca. Você não deve ser menor de idade, é? Quer uma bebida alcoólica? Não, porque vai dirigir, não é?

Woo-kyun fez Sae-won sentar-se no sofá e começou a falar sem parar de forma desesperada. Sae-won estava pensando no colar que estava em seu bolso. "Será que entrego o colar ou não? Quanto será que vale?"

— Ei, você por acaso dormiu com ela?

Ao ouvir tal pergunta, Sae-won deixou rapidamente o pensamento de lado e ficou bravo.

— Mas do que é que você está falando, meu?! Só estou fazendo um bico. Estou fazendo uma entrega em troca de dinheiro, entendeu?

— Ela comprou outro pássaro? Quando ela morava

comigo, tinha um flamingo manchuriano fedido que só. Era tão fedido que eu ficava com dor de cabeça só de ele estar na varanda perto do nosso quarto. Eu dei uma enguia com veneno de rato sem ela saber. E não é que... ha, ha, ha, o bicho morreu? Ficou com o pescoço todo mole, os olhos virados e cagava sangue com puz. Mal deu alguns passos e caiu durinho, se tremendo todo. Ha, ha. Quantos anos você tem? Deve estar no auge da curiosidade. Com certeza nunca viu uma cena dessas. E então? Não ficou curioso?

Para Woo-kyun, não era importante saber se Sae-won estava ouvindo ou não. Ele não parou de falar enquanto tirava a Coca da geladeira e enchia o copo imundo. Parecia até temer uma catástrofe caso parasse de falar. Sae-won tirou o objeto do bolso.

— Ela mandou devolver o colar.

Deixou o colar ao lado do copo de Coca. Woo-kyun levou as duas mãos para o coração e fez como se estivesse sem ar.

— Isso é tudo?

— Foi tudo o que ela me deu.

— E dinheiro, não mandou dinheiro, não?

— Não. Se desconfia de mim é só perguntar para ela, ora. Está pensando que eu sou o quê?

— Desculpe. Já viu um filme chamado *O meu sonho se encontra em Amaranta*?

— Não, não sou muito chegado a filmes.

— O filme é meu. Não sou o diretor, mas fiz praticamente todo o filme. Foi feito para jovens adolescentes como você. Fez até bastante sucesso. Nunca ouviu falar?

— Nunca — respondeu Sae-won secamente.

— E o filme chamado *Chealsea Girl*? Viu esse filme? Foi lançado no ano passado. Se não viu, deve ter pelo menos ouvido falar. *Chealsea Girl* fez menos sucesso do que *O meu sonho se encontra em Amaranta*, mas teve boas críticas e o público foi de alto nível. Foi uma verdadeira obra-prima. Não era um filme de consumo comercial apenas. É verdade que o nível existe entre os críticos, mas também entre os espectadores. É claro que existe. Não é uma questão de quantidade. O número de ingressos vendidos só interessa aos idiotas ou aos comerciantes. *Chealsea Girl* foi uma obra de arte. Deve ter gente interessada em filmes na sua faculdade. Nunca ouviu os colegas falarem de *Chealsea Girl*, por acaso? Não estou falando apenas de colegas sem graça, mas dos colegas inteligentes e com caráter forte. Perguntei se você nunca ouviu esses colegas falarem de *Chealsea Girl*. Nem que seja um comentário passageiro. Conte-me o que eles disseram, por favor. Hein? Fui eu que escrevi o roteiro de *Chealsea Girl*!

— Nunca vi esse filme e nunca ouvi falar dele. Eu não gosto de filmes. Nem os meus amigos. A gente vai ao cinema uma vez por ano e nunca vemos filmes coreanos. E eu não estou na faculdade.

— Maldita cachorra.

Para recuperar a frieza, Woo-kyun enxugou o suor. Mais calmo, ele direcionou o olhar frio de desprezo para o lado de Sae-won.

— Está se achando toda só porque arranjou um pirralho como esse. Myung-ae Eum, você não passa de uma mulherzinha. Bem feito. Se um dia você era jovem e cobiçada, agora não passa de uma velha enrugada! Mandou esse pirralho para se achar, é? Achou que eu fosse ficar com ciúmes, é? Ha! Desse aí, que não passa de um lixo urbano ignorante, sem educação, sem cultura? Está achando que um verdadeiro homem pode ser comprado com alguns trocados? Ei, você! Repita para ela tudo o que eu disse. Diga palavra por palavra, entendeu?

Woo-kyun botou Sae-won para fora e fechou a porta com força.

"O que será de mim quando ficar velha caduca?"

Myung-ae Eum nunca tinha tido esse tipo de preocupação. Ela arrumou a cozinha assobiando baixinho. Colocou a sobra da comida, a vasilha vazia e as latas no lixo, e passou um aerosol para tirar o cheiro. Depois foi para o banheiro lavar as mãos. Passou o sabonete com bastante cuidado e enxugou com uma toalha áspera. Então usou o desinfetante utilizado em salas de cirurgia. Não passou creme nenhum.

— Tem namorada?

Sae-won fez que sim com a cabeça.

— Com certeza deve ser bonita.

Como dessa vez não foi uma pergunta, Sae-won não respondeu. Myung-ae Eum tirou o pó da toalha e voltou a pendurá-la no lugar.

— Quer conhecer o andar de cima?

— Pode ser.

A voz de Sae-won ameaçou ficar entalada na garganta, mas saiu com muito esforço.

— Nunca pensou em ser ator? — perguntou Myung-ae Eum repentinamente enquanto subiam as escadas.

— Não.

Isso não era verdade. Dois anos atrás, Sae-won tinha

sido convidado para trabalhar como modelo para uma revista. Ele até tinha pensado em fazer um curso para ser modelo, mas não tinha dinheiro. O problema é que ele não tinha dinheiro e nem era do tipo que agradava os outros. Por isso, acabou desistindo.

— Se não fosse esse jeito torto de falar — murmurou Myung-ae Eum como se estivesse falando sozinha. No andar de cima ficava o quarto, a varanda ainda com traços dos animais que foram criados naquele lugar, uma pequena sala de estar com uma velha estante repleta de revistas colocadas de qualquer jeito e um sofá. Quando Myung-ae Eum abriu a porta da varanda e acendeu a luz, o fedor de excremento animal incrustado no azulejo atacou o olfato de Sae-won. Instintivamente, ele colocou a mão no nariz e deu um passo para trás. Na varanda, havia uma gaiola para aves pequenas, duas gaiolas do tamanho médio e um pote de água que parecia uma piscina suja, com espuma e coisas boiando. Era nojento. Havia manchas secas para todos os lados e penas brancas também. Uma corrente prateada estava jogada no chão.

— Então — disse Myung-ae Eum, de braços cruzados com cara de quem estava se divertindo bastante. — Era aqui que o meu adorável Cooltchaca vivia. Agora está morto.

— Cooltchaca é o pássaro?

— Ele não era um pássaro comum — uma das sobrancelhas de Myung-ae Eum se levantou mostrando ofensa. — Eu o acariciava todas as noites. E aos poucos, Cooltchaca foi mudando. Numa noite dessas, quando fui para a varanda, ele tinha se transformado num homem de verdade, daqueles que cagavam de verdade.

Myung-ae Eum ria mostrando as gengivas, o que era raro.

— E depois? — perguntou Sae-won sem querer, engolindo em seco.

— Escute bem.

Myung-ae Eum se aproximou de Sae-won, que era mais alto uma cabeça, pelo menos. Como ela estava de costas para a luz da varanda, o seu rosto parecia ainda mais escuro e assombrado. Apenas as pupilas e os lábios estavam bem definidos naquela sombra. Era de lá que vinha a voz de Myung-ae Eum.

— O meu namorado tinha ciúmes do Cooltchaca. Ele estava preocupado com a transformação do meu Tchaca num homem. Então, sabe o que ele fez?

— Foi por isso que ele deu veneno de rato! — gritou Sae-won sem querer. Suou frio ao sentir Woo-kyun gritando, ao contar essa história para ele.

— O quê? Você já sabia? — espantou-se Myung-ae Eum, numa voz que revelava decepção.

— Mais ou menos — respondeu Sae-won, se arrependendo do que acabara de dizer.

— Para castigá-lo pela morte do meu Tchaca, eu criei aquele animal aqui. Está vendo aquela corrente? Amarrei a corrente no pescoço dele e o fiz cagar aqui mesmo — disse Myung-ae Eum de uma maneira extremamente calma, com o queixo levantado. — Era uma imundice total. Ele sempre reclamou que o meu Tchaca era sujo, mas o fedor era dele. Dá para sentir até agora, não dá? Pois a imundice dele era incomparavelmente pior do que a de Tchaca.

Myung-ae Eum sorriu.

Ela estava mentindo. "Ela está tirando sarro da minha

cara." Sae-won tentou pensar assim para manter a calma, mas não pôde evitar que essa sensação estranha o invadisse.

— Então, terminou o namoro por quê? — perguntou Sae-won.

— Criar um animal é muito mais difícil do que se imagina. E eu não sou dedicada o bastante para isso — Myung-ae Eum deu um passo para trás, abrindo espaço para Sae-won passar. — É claro que com *outro animal* vai ser diferente — Myung-ae Eum pronunciou *outro animal* dando muita ênfase.

— Eu nunca pensei em criar um animal, mas sempre quis viver de forma diferente — disse Sae-won, sem fazer a menor ideia do que estava falando, pois não aguentava ficar em silêncio.

— Ah é mesmo? *Diferente* do quê?

— Dos... meus pais ou da minha família.

— Ah, então quer dizer que você tem pais e uma família. Achava que era órfão. Então, quer falar mais?

— Não.

— Está bem, então. Todo mundo é igual a todo mundo. Só se você for um *animal* diferente dos outros. Mas por acaso você já leu Tolstói?

Sae-won fez que não com a cabeça.

— Ele nasceu numa família rica.

— Então ele deve ter tido uma vida da hora — respondeu Sae-won com ironia, mostrando descaso.

— Claro. Da hora mesmo. Ele morreu numa estação de trem do interior, depois de ter virado um velho sem um tostão.

— Não quero virar pobre quando ficar velho — disse

Sae-won com veemência. E continuou: — Um ator teria uma vida muito mais rica do que um operário.

— Lendo Tolstói, quem sabe você não se torne alguém especial.

— Não brinque — Sae-won se afastou da varanda, fungando. — Eu não aguento ficar muito tempo aqui. É sério.

— Se ficar mais tempo, não vai mais sentir o cheiro.

— Acho melhor ir embora.

— Claro, claro.

Myung-ae Eum girou o corpo. Assim que virou, o cheiro úmido de seus cabelos invadiu o nariz de Sae--won. O cheiro estava em todos os lugares. Sae-won se sentiu mal.

— Posso usar o banheiro?

— É do lado esquerdo.

O banheiro do segundo andar era minúsculo e de metal brilhante. Havia um velho par de chinelos atoalhados e uma pequena gaiola, sem porta, estava pendurada na janela. Obviamente, a gaiola se encontrava vazia. Dentro dela, migalhas parecidas com ração de pássaro estavam espalhadas. Um barbeador masculino se encontrava todo escancarado sobre o lavabo, como se tivesse sido utilizado havia pouco. Parecia que alguém tinha tentado trocar a lâmina às pressas, mas desistira. A lâmina estava sobre o lavabo, toda ensanguentada. Sae-won cutucou com a ponta dos dedos e sentiu que o sangue estava mole feito resto de pele raspada. Havia ainda uma escova de dentes jogada no chão. Fora isso, tudo estava em ordem. Sae-won lavou o rosto com água fria, jogou água no cabelo, lavou as mãos com sabonete e passou a loção, que era provavelmente de Myung-ae Eum. Não havia nada escrito na embalagem da loção, exceto AMIGOS LEPROSOS. Parecia produto de uma entidade carente. Sae-won supôs que, mesmo não precisando, Myung-ae Eum teria comprado esse produto de baixa qualidade só para ajudar. Sae-won penteou os cabelos, olhando-se no espelho.

A vida de Sae-won não tinha sido fácil até então. Mesmo assim, depois de crescido, acostumou se a ouvir elogios das pessoas por sua beleza. Entre as colegas da escola profissionalizante, algumas chegavam a dar em cima dele de modo descarado. Sae-won não tinha certeza nenhuma sobre seu futuro. Estava num curso profissionalizante, mas não pensava em trabalhar no ramo. Nem queria ser funcionário de uma fábrica qualquer. Trabalhar em salões de beleza ou em bares ia contra o seu gosto. Só de pensar que deveria optar por algo, fosse o que fosse, era suficiente para sufocá-lo. Mas não podia continuar a viver do dinheiro da muquirana da Kyung-sook Don. Com delicadeza, passou o dedo sobre a sobrancelha. Sentiu a pele da testa vibrar sensivelmente. No início, quando conheceu Hye-ryn Bu, chegou a ter vontade de ganhar dinheiro por ela. O dinheiro poderia tirá-la das mãos daquela velha bruxa, Hyun-jeong Pyo, e acabar com a maior preocupação dela, que era quitar toda a dívida do pai. Mas isso não fazia o menor sentido. Agora, Sae-won reconhece que era um plano estúpido e ingênuo. Era impossível de se realizar e ele nem estava mais com vontade de fazer tal sacrifício por Hye-ryn Bu. Sabia que tudo o que Hyun-jeong Pyo queria era sugar o dinheiro dos rapazes que vinham atrás do rosto bonito da filha. Se entrasse no jogo dela, acabaria como uma mosca presa na teia de aranha. Ainda era cedo demais para tomar decisões sobre o futuro. Aliás, sempre será cedo demais. Sae-won temia ver chegar a hora de tomar a decisão final sobre sua vida e passar a viver como operário ou vendedor pelo resto dos dias.

— Você está aí?

Quando Sae-won saiu do banheiro, Myung-ae Eum não estava mais ali. A luz da varanda estava apagada, mas o ar trazia para dentro, pela fresta da porta, o cheiro nojento do lado de fora. Várias revistas *Cosmopolitan* estavam espalhadas pelo chão e a escada para o andar de baixo estava submersa no escuro. A porta do quarto continuava fechada. Sae-won esperou um pouco para ver se ouvia algum barulho ou sentia algum cheiro. Achando que não havia ninguém, Sae-won pensou em ir embora.

— Cadê você? Eu vou embora.

A casa continuava imersa num silêncio completo. Sae-won tateou a parede na tentativa de encontrar o interruptor para acender a luz da escada. O papel de parede era áspero. A sensação que Sae-won teve na ponta dos dedos foi extremamente aguda. De repente, ele sentiu que deveria bater na porta do quarto. Mas se não tivesse ninguém, ou se Myung-ae Eum estivesse ali dentro, Sae-won deixaria uma péssima impressão. Ali, onde começa a escadaria, Sae-won enfrentou um conflito interno. Apesar de Myung-ae Eum ser uma mulher velha e feia, não deixava de ser o quarto dela. Mas e se tivesse acontecido algo enquanto ele estava no banheiro? Sae-won rodeava a sala. Chamou:

— Ei, onde você está?

Aproximou-se da porta do quarto e bateu. No início, bateu devagar, com cuidado. Momentos depois, Sae-won abriu a porta.

***

— Mas onde é que você está com a cabeça? Está querendo fazer um vestido de verão ou um sutiã com toda essa renda, é?

O palpite de Hyun-jeong Pyo não chegava aos ouvidos de Hye-ryn Bu. Sempre que ouvia uma música no rádio, Hye-ryn Bu perdia o controle sobre as lágrimas que caíam de seus olhos. Hyun-jeong Pyo achava que a filha estava melancólica devido à chegada do outono. O melhor remédio contra a depressão era comer doce. Hyun-jeong Pyo encheu uma colher de manteiga de amendoim e levou à boca da filha.

— Tome, é gostoso.

Hye-ryn Bu sabia que a manteiga de amendoim custava os olhos da cara. Mas a mãe não poupava dinheiro com a filha. Hye-ryn Bu enxugou as lágrimas e engoliu a manteiga de amendoim. A porção inteira de gordura pura passou com dificuldade goela abaixo e o choque fez com que o nariz dela escorresse.

— Quer mais uma colherada? Não, é melhor você passar no pão. Tome um copo de leite se estiver muito seco.

— Não estou com vontade — respondeu Hye-ryn Bu.

— Como assim, não está com vontade? Está doente?

Hyun-jeong Pyo observou os olhos de Hye-ryn Bu, mostrando toda a preocupação do mundo.

— Não estou doente, não. Não sei por quê, mas estou muito triste.

— É de não conseguir aguentar?

— É.

— Então vá descansar. Hoje eu trabalho sozinha.

— Posso mesmo?

Os olhos de Hye-ryn Bu se arregalaram. Hyun-jeong Pyo nunca tinha sido tão generosa para com a filha. Hye--ryn Bu bufou. Na última vez que subira na balança, na semana anterior, pesava 75 quilos e meio. Tinha engordado três quilos desde o verão. Ela não conseguia comer nem dormir direito. Mesmo assim, o peso continuava a aumentar de forma monstruosa. Hye-ryn Bu se tornava cada vez maior, como se algo inexplicável continuasse a engordá-la sem controle. Não era apenas o peso que aumentava, mas ela sentia também que o espaço que ela ocupava ia ficando cada vez maior, como as bochechas de um sapo cheias de ar. Ninguém se aproximava dela. Toda vez que saía com Hyun-jeong Pyo, Hye-ryn Bu sentia que a mãe ia ficando cada vez menor e franzina, enquanto ela ia crescendo sem parar, como se fosse um elefante ou um porco selvagem. Não era novidade, mas a rapidez da mudança a assustava. Comer chocolate e biscoitos até ficar com vontade de vomitar não resolvia o problema da depressão de Hye-ryn Bu. Quando sentia dores no estômago, Hyun--jeong Pyo trazia um copo de suco de ameixa verde bem doce para acalmar a dor. Hye-ryn Bu tomava durante noites inteiras o suco de ameixa com bastante açúcar.

— Mas o que é que está acontencendo com você? — Hyun-jeong Pyo nunca se esquecia de dar sermão. — Você está ficando cada vez maior e não para de choramingar o tempo todo por aí. Hoje eu quero saber por quê.

— Eu não sei dizer o que é — mais lágrimas caíram dos olhos de Hye-ryn Bu. — Buaaaá... Sabe mãe... Tenho medo de ter uma velhice miserável.

— O quê? Esse é o motivo disso tudo? — riu Hyun-jeong

Pyo, mostrando descaso. — Cada pessoa deve viver pensando em coisas dignas da sua própria realidade. Se você, que não faz parte da nobreza, ficar pensando em coisas dignas de nobres, não poderá nunca escapar da depressão. Mas, se trabalhar com diligência e se esforçar para pagar as dívidas, certamente não terá tempo para reclamar das coisas. Lembra que eu contei que um dos meus irmãos morreu louco?

— Lembro, sim.

Hye-ryn Bu fungou.

— Ele tinha uma memória tão excepcional que, depois de ler um livro, gravava tudo na cabeça. Memorizar um livro inteiro era fichinha para ele. Mas ele nunca passou em nenhum concurso. O problema é que ele lembrava das coisas na ordem exata do livro. Se a pergunta fosse sobre algo da página cem, ele tinha que começar a citar desde a página um, até chegar na centésima. Só assim conseguia acertar. Ele não conseguia responder mais do que uma ou duas perguntas por hora. Era impossível responder mais. Imagine se ele conseguiu entrar em alguma faculdade? Ele era um gênio, mas as notas na escola eram péssimas. Um dia, ele disse que queria decorar uma enciclopédia inteira. Foi na época em que fazia bico numa barbearia, decorando revistas e romances vulgares jogados por ali. Mas os pais não davam a mínima, pois sabiam que a coleção inteira de enciclopédia custava um absurdo, de fazer saltar os olhos. A vontade de memorizar a enciclopédia era tão grande que ele acabou adoecendo. Ficou louco e um dia fugiu de casa. Pensar em coisas que não são dignas de si sempre resulta em loucuras.

Hye-ryn Bu desatou a chorar. Como Hyun-jeong Pyo

não achava a história nem um pouco triste, ficou olhando para a filha com olhar de quem não entendia a reação.

— É melhor você descansar hoje. Deve ser o outono.

Hye-ryn Bu não tinha tempo para pensar em outra coisa, pois todos os dias, tudo o que ela fazia era engordar, comer manteiga de amendoim e enfrentar uma jornada de doze horas de trabalho. Segundo Hyun-jeong Pyo, a filha só ficava triste porque passava o tempo todo pensando em besteiras. Portanto, a depressão de Hye-ryn Bu se devia ao fato de ela não se ocupar devidamente com o trabalho. Na verdade, nem Hye-ryn Bu sabia precisar qual era o motivo de tristeza tão repentina. Mas a juventude era capaz de tudo. Hye-ryn Bu não parava de furar o dedo na agulha. Ela sabia muito bem que fim levaria. Como poderia conseguir aquilo que nem um gênio, capaz de memorizar uma enciclopédia inteira, havia conseguido? Hyun-jeong Pyo ficava mais agoniada por desconhecer o motivo dessa depressão toda. Hye-ryn Bu tentava sufocar o choro levando seus punhos gordinhos à boca. Não dava para saber a razão. Não sabia por que era tomada por aquele aperto tão grande no peito. Sae-won... Ele nunca mais deu notícias desde o dia em que saíra para procurar emprego num depósito frigorífico.

Dois pombinhos fofos

"No começo, achava que o nome não era tão importante assim. Pensava que fosse algo menor, sem nenhuma relação com a identidade da pessoa. O nome é tão injusto quanto o destino. Mas algo no nome dessas crianças contesta essa afirmação. Mali e Marc não são nomes comuns. Não é verdade? Agora penso diferente. São os pais que dão o nome aos filhos, mas são os filhos que usam o nome pelo resto da vida. Por isso, o nome invade a vida daquela pessoa feito um vírus ou uma bactéria. Penetra bem lá no fundo de cada célula e passa a fazer parte do caráter. Por vezes, fico pensando como seria o pai dessas crianças. Dizem que ele era filho de uma família rica. Além do mais, tinha estudado bastante. É claro que agora é tudo coisa do passado, pois nem status, nem riqueza ficaram. A mãe dessas crianças é uma pessoa simples. Isso se vê logo de cara. Ela não curte nomes diferentes e tal. Essas crianças estão habituadas a ser o centro das atenções. Não porque são bonitinhas ou malcriadas, mas por causa do nome, simplesmente. Pensando bem, é engraçado. Mas o importante é que as crianças também sabem disso. São maduras. É preciso ser sempre prudente com elas. Sobretudo para não falar do pai na frente delas. Então, Mali e Marc, venham para cá cumprimentar a tia. É a nova professora. Aqui estão as crianças. Todas as crianças são bonitinhas no geral, mas estas são especiais.

São tão fofinhas que até parecem dois pombinhos brancos e gordinhos sobre um prato."

O trabalho de babá realmente não lhe agradava. Pouco importava o nome das crianças, ora. Jin-ju acabava de se livrar de dois diabinhos que não paravam quietos, depois de ter penado com eles durante o verão todo. Queria tanto que as crianças fossem quietas. O seu trabalho era ajudá-las com o dever de casa, preparar o material para os cursos, fazer o lanche, trazê-las da escola, acompanhá-las à loja de brinquedos; nos finais de semana também acompanhava os passeios ao museu, ao zoológico ou a espetáculos musicais infantis e, se as crianças quisessem, devia ir junto na montanha-russa. Quando se tratava de bebês, ela ajudava a colocar o termômetro no ânus ou a fazer a papinha à base de carne ou frutas. Esse tinha sido o trabalho de Jin-ju durante um ano e meio. Pela manhã, trabalhava como professora numa escola especial para deficientes, mas como precisava de mais dinheiro, resolveu fazer esse bico. Durante esses dezoito meses, Jin-ju assistiu a dois filmes da Alice, a três musicais com Peter Pan e a cinco peças de teatro infantil de magia. Numa dessas, participou do show como ajudante do mágico. Trabalhar como babá fora de casa dava bastante dinheiro, mas não era nada fácil. Mali entraria na escola na primavera do ano que vem, e Marc tinha 10 anos. À primeira vista, não havia nada de diferente nas crianças. Pareciam boazinhas. Mas pode ser que Jin-ju tenha pensado assim por estar extremamente cansada. Ela não dormia bem. No fim do expediente, quando voltava para casa, já era noite e levava mais de uma hora até chegar onde morava. Além de tudo, gastava muito tempo com os preparativos do casamento. Eles se casariam de qualquer jeito no outono. Como Jin-ju estava extremamente cansada por causa dessas coisas, foi impossível reparar na aparência fofa das crianças ou no nome delas. Ela estava prestes a ter o seu próprio lar. Por isso, não tinha interesse pelas crianças dos outros. E elas não eram tão fofas assim, como dizia a babá. Mas pouco importava, pois as crianças fofas tendiam a ser egoístas. Era melhor estar na média.

— Querem almoçar fora?

As crianças assentiram com a cabeça, logo que Jin-ju perguntou. Ah, ainda bem que não eram crianças levadas.

Jin-ju ficou com vontade de agradecer.

— Do que é que vocês gostam?

Com certeza seriam coisas como pizza ou hambúrguer. Jin-ju estava planejando deixar as crianças no restaurante para dar uma saída rápida e olhar apartamentos para alugar. Faltava pouco para o outono e ela e o noivo ainda nem tinham decidido onde morariam.

— Qualquer coisa está bom.

Apesar da aparência que tinha, de menino comportado e educado, Marc respondeu com desdém. Jin-ju ficou surpreendida com esse jeito de falar.

— E você, Mali?

Mali, a mais nova, não tinha ar muito saudável e os dentes da frente estavam estragados. "Da próxima vez, vou levá-los ao dentista", pensou Jin-ju consigo mesma.

— *Cheese cake* e *udon*.

— Nenhum restaurante vende essas duas coisas, sua boba — reclamou Marc.

— Não tem problema. Podemos comer *cheese cake* e *udon*, não é mesmo? Mali, qual é o seu *cheese cake* favorito? — perguntou Jin-ju, tentando agradar as crianças.

— O do Plastic.

— Não! Plastic é muito longe — reclamou Marc mais uma vez. Jin-ju concordou com essa opinião, pensando "sim, Plastic é longe demais", mas ficou quieta.

— Então onde é que a gente vai? — perguntou Mali mostrando os dentes pretos cariados. Jin-ju queria soltar um suspiro profundo, mas se segurou. Ela não dispunha de muito tempo para procurar apartamento.

— Mali, que tal *mandu*? Você gosta de *mandu*? — Jin-ju pegou Mali no colo, perguntando: — *Mandu* e *udon* são bem parecidos. Você também sabe disso, né?

— Eu gosto de *mandu* também — disse Mali, sorrindo.

— Eu conheço um restaurante de *mandu*. Primeiro a gente vai lá, come o *mandu* e então pensamos o que fazer com o *cheese cake*. Que tal? Deve ter algum lugar que venda *cheese cake* por ali.

Na verdade, Jin-ju não achava que o *cheese cake* do Plastic era melhor do que os outros. E, com certeza, Mali também não achava. Mas, de acordo com a longa experiência cuidando de crianças, Jin-ju sabia que elas pediam as coisas só para teimar. Nesse caso, bastava agradar, sem machucar o orgulho delas. Às pressas, Jin-ju levou as crianças para o carro e pegou a estrada em direção a Seul. Por telefone, o homem da imobiliária lhe dera uma resposta negativa.

— Com esse dinheiro vai ser quase impossível encontrar uma casa ensolarada e com uma boa vista. Nem as menores estão a esse preço. Bom, posso encontrar alguma coisa com banheiro antigo[8], tradicional. Mas no alto do morro, vai ser difícil tanto no verão quanto no inverno. Fora que não tem banheira, e a cozinha também é mais ou menos. Vai ser fria, com vento para todos os lados, e cheia de insetos. Se concordar com isso, tudo bem. Mas nos dias de hoje, ninguém quer morar num lugar assim, não é?

Claro que não era o que Jin-ju procurava, mas por mais que juntassem todo o dinheiro que tinham, não teriam condições de pagar um apartamento ou um flat bem aquecido e confortável. Casar era diferente de viver juntos sem assinar no papel, pois valorizava a imagem do casal. Por isso era impensável morar num lugar com "banheiro à moda antiga" ou "sem banheira". Ela pensou mais uma vez consigo mesma que não aceitaria morar num lugar daqueles.

Como o restaurante de *mandu* estava cheio, eles tiveram que esperar uns quinze minutos. Jin-ju encontrou um piolho enquanto arrumava a presilha de Mali, o que a assustou muito. Marc vestia uma roupa cara, mas a gola da camisa estava suja. Era uma daquelas camisas que precisava ser mandada para a lavanderia depois de usar apenas uma vez. Mas parecia que não tinha sido lavada havia um bom tempo. Que Jin-ju saiba, a mãe dessas crianças era dona de casa. Ou a mãe não ligava para o asseio dos filhos, ou então era preguiçosa demais. Jin-ju pediu três porções de *mandu*, mas não comeu com as crianças.

— Bom, comam devagar e comportem-se. Tenho que dar uma saída, mas é rápido. Se eu não voltar até

---

8. Sistema sanitário ao estilo turco.

terminarem de comer, fiquem na sala de espera. Se bem que isso não vai ser preciso.

Jin-ju não se sentiu bem ao largar as crianças sozinhas, mas não podia deixar de ver o "apartamento barato e com uma ótima vista" sobre o qual o homem da imobiliária tinha falado. Era um apartamento perto do centro, com ar puro, pois se situava no alto da cidade, tinha bastante verde e uma montanha por perto, gás encanado e água quente à vontade. Era pequeno, mas isso não seria um problema para um casal recém-casado. O proprietário tinha autorizado uma visita antes do final da tarde. Era um apartamento incrivelmente em conta, por isso era preciso tomar uma decisão quanto antes. Jin-ju pediu mais uma vez ao gerente do restaurante que desse uma olhada nas crianças.

— São comportadas. Se elas quiserem mais alguma coisa além do *mandu*, pode servir. Talvez fiquem com vontade de ler uma revista ou um livro, pois os dois sabem ler, e muito bem. Parece que o pai delas era um homem muito inteligente. Pode ficar tranquilo que elas não vão aprontar. Volto no máximo em quarenta minutos. Prometo. Talvez até antes.

Apesar de Jin-ju ter anunciado a sua partida, as crianças estavam estranhamente calmas. Ninguém tinha mandado, mas elas tomavam o chá quente servido, sem se esquecer de colocar o guardanapo no colo. Além do mais, visto que estavam bem-vestidas e com aspecto de crianças ricas, o gerente autorizou que a babá as deixasse sozinhas. Normalmente, esse tipo de favor era complicado para todos. Jin-ju se sentiu afortunada, mas estava com muita pressa. A localização informada pela imobiliária era bem próxima. Era muita sorte ter um restaurante de *mandu* por perto. Dirigindo rápido, ela poderia chegar em menos de cinco minutos. Segundo as indicações da imobiliária, o prédio ficava na parte de cima do bosque de macieiras, na entrada do bairro, depois de passar por um túnel. Um bosque de macieiras no meio de Seul? Mesmo quando Jin-ju passava pela parte de cima do túnel, não se via bosque nenhum, nem macieiras, nada. Em vez disso, tudo o que Jin-ju viu foi uma loja de gás e uma casa com telhas de um adivinhador do futuro. Quando Jin-ju pediu informações ao homem da loja de gás, ele respondeu como se estivesse rindo da cara dela:

— O bosque de macieiras, se é que a gente pode chamar aquilo de bosque, existia, sim, mas há dez anos. Agora fica mais lá para cima. Não é mais um bosque, porque agora só restaram algumas árvores. E o prédio que você está procurando fica lá no alto, no fim do bosque. O nome da rua continua o mesmo, mas você vai ter que subir um bocado. Lá em cima, você verá a rua. Parece até um bosque de verdade, porque durante o verão as folhas são tantas que a rua chega a ficar escura. No fim dessa rua, você verá que o prédio aparece do nada. É mais fácil chegar ao prédio pelo outro lado, pelo lado da feira. Quase ninguém passa por aqui.

O bosque apareceu mesmo, como disse o dono da loja de gás. Era a rua de cima das macieiras. Mas não se via macieira nenhuma, apenas uma rua cheia de lixo. Lixo com sofá, geladeira e casa de cachorro estava jogado num buraco na sombra das árvores. Na beira do buraco, moscas voavam e insetos secavam, presos nas teias de aranha. A rua era suficiente para um carro apenas. Por baixo do sofá jogado, viam-se pontas de cigarro, garrafas de bebida alcóolica e sacos com cola de sapateiro.

— Vim ver o 402 — anunciou Jin-ju ao porteiro, olhando para o relógio com certa preocupação. Tinha levado apenas quinze minutos para chegar até ali. Como estariam as crianças? O prédio apareceu do nada, exatamente como o homem da loja de gás dissera, no fim do bosque. Era de cinco andares e obviamente não havia nem elevador nem estacionamento. O carro ficou estacionado num canto qualquer perto do bosque, ao lado da parede caindo aos pedaços, cujos cabos de aço eram visíveis. Em todos os apartamentos, a varanda era utilizada como um depósito, fazendo com que as bugigangas empoeiradas pudessem ser vistas de fora. O prédio era dividido em dois blocos, A e B. Era tão velho e sujo que dava até vertigem. Jin-ju sentiu uma grande decepção. Tentou se consolar, dizendo que isso tudo explicava o aluguel tão barato. Enquanto andava em direção às escadas, um rosto apareceu repentinamente de uma das janelas do primeiro andar. Jin-ju ficou tão assustada que petrificou ali. Era uma mulher aparentando ter uns vinte e poucos anos, de rosto alvo e certa beleza, mas tinha os olhos inchados e o pescoço era gordo de um jeito peculiar, a ponto de parecer um caso de doença de tireoide. Era um rosto delicado, com feições doentias, sobre um corpo exageradamente gordo. A mulher esfregou os dois olhos e fechou a janela na cara de Jin-ju. A inquilina do 402 era uma idosa e se encontrava em casa, no momento da visita.

— Eu só tenho cinco minutos. Só cinco. Preciso voltar para a feira. Casa é tudo igual mesmo. O que é que ela pode ter de especial? Bom, olhe à vontade.

A velha fez Jin-ju entrar no apartamento. O pessoal da imobiliária tinha razão quanto à vista, que era bonita. A varanda dava para o bosque. Era bem ventilado também. Mas o odor trazido pelo vento era do lixo jogado no bosque. Havia um quarto maior e um menor, um banheiro e uma varanda, e só. Era tudo. As portas eram de madeira, e todas, sem exceção, estavam tortas, não encaixavam nos batentes e tinham a tinta descascada. Jin-ju estava acostumada a ver casas simples porque procurava uma de aluguel barato, mas esta a surpreendeu. Naquela casa, só o quarto maior era dividido por cinco pessoas. No entanto, o quarto maior não tinha mais do que cinco metros quadrados. Para começar, havia uma pessoa idosa tão magra, que parecia estar completamente desidratada. Estava deitada de boca aberta, com os olhos fechados, e não se mexia, de modo que não dava para saber se estava dormindo ou morta. Havia também dois meninos que pareciam gêmeos e uma adolescente lavando roupas no banheiro.

— É melhor decidir logo — apressou a velha. — Eu só tenho cinco minutos, e tem uma fila esperando por esse apartamento. Não é fácil encontrar um aluguel barato como esse.

— Eu não posso decidir nada agora. Preciso conversar com o meu noivo.

— Ah, vai se casar, é? Então busca um apartamento para recém-casados? Garanto que não vai encontrar um melhor. Tem uma vista bonita e o centro é bem perto daqui. E o mais importante é que aqui você não gasta muito, e os vizinhos são simpáticos e quietos.

A velha mal terminou de falar quando se ouviu, do outro lado da parede, o barulho de algo pesado como uma tábua de cortar que tivesse sido derrubada. Esse objeto não tinha caído no chão, mas sobre algo menos duro, talvez nas costas da mão ou no pé de alguém. Logo depois, ouviu-se o barulho de um tapa na cara. Em seguida, um choro abafado. O choro logo arrefeceu, mas a respiração que se sentia terrivelmente de perto e o barulho de algo sendo arrastado duraram mais. Do outro lado do corredor, sentia-se o cheiro de carne de porco sendo assada. No térreo, ouvia-se a algazarra das crianças brincando. Jin-ju permaneceu em silêncio. A velha abriu a torneira de propósito.

— Veja que beleza a torneira. Isso porque estamos no alto, hein?

— Bom, de qualquer jeito eu ligo ainda hoje para dar uma resposta definitiva.

— Está bem, então.

Jin-ju estava com pressa de sair daquele lugar. Ela estava prestes a cair em prantos.

— Ei, você tem grana?

Um homem parou na frente de Jin-ju, que estava indo em direção ao carro. Era um sujeito magro feito uma caveira. A camisa puída destoava das calças, e as bochechas estavam cheias de manchas brancas de micose. Era tão alto que Jin-ju teve que olhar para cima. Os cabelos eram desalinhados como se tivessem sido cortados em casa mesmo.

— Vai ficar só olhando? Pode me dar um pouco de dinheiro se tiver algum? Ah, se não tiver, tudo bem.

Não parecia ser um homem perigoso. "Deve ter algum problema na cabeça." Jin-ju tirou o dinheiro da bolsa.

— De quanto você precisa? Não tenho muito.

— O que puder. Talvez uma moeda. Uns cem wons, só. Se for rica, pode me dar duzentos.

O homem riu e um monte de saliva escorreu de sua boca. Jin-ju teve ânsia de vômito. Por mais que o aluguel fosse barato, nunca iria morar num lugar horrível como esse.

— Tome, pode ficar com tudo.

Jin-ju lhe deu uma nota de mil wons.

— Nossa, mas isso é grana demais! Você nem deve ter tanto dinheiro sobrando se está procurando um apartamento de recém-casados.

O homem colocou o dinheiro no bolso depois de sorrir de uma maneira espalhafatosa.

— Como é que você sabe disso?

— A novidades voam por aqui, ora essa.

Jin-ju ficou quieta. Era impossível conseguir uma casa em Seul com o dinheiro que o casal tinha. Mas isso não duraria muito, pois ambos tinham formação superior e a renda dos dois era relativamente alta. Por enquanto, e por falta de opção, morariam nesses lugares durante alguns anos, mas a situação mudaria logo. O casal era diferente dos moradores daqui. Por mais que fossem filhos de famílias humildes, ambos tinham diploma de universidade nacional e, por isso, levariam uma vida de intelectual para sempre, mesmo que não subissem na vida de uma hora para outra. Por mais que fossem pobres, não deixariam de lado o orgulho e a arrogância. Jin-ju levantou a cabeça, pois não tinha nada do que se envergonhar.

— Não é nada agradável saber que você andou falando dos outros.

Jin-ju acabou dizendo o que não precisava só por

causa do orgulho. De fato, não era culpa desse homem apenas. Os moradores de bairros pobres como esse devem ser todos iguais. Afinal, o que se poderia esperar de gente que passa a vida inteira num lugar assim?
— É mesmo...? Eu ouvi foi da minha mulher. E ela ouviu da velhinha que é vizinha de porta, aquela que te mostrou o apartamento. O apartamento que você pode vir a ocupar é do lado do meu. Então, decidiu se mudar para cá?
O homem limpou a baba seca com a manga da camisa. Visto que ele não parava de babar uma quantidade enorme de saliva o tempo inteiro, aquilo com certeza seria sequela de alguma batida de cabeça que tivera no passado.
— Não decidi ainda. Preciso conversar com o meu noivo. Não vamos morar durante muito tempo aqui, mas mesmo assim não posso tomar decisões sozinha.
— É...? — riu o homem e continuou dizendo: — Vocês dois parecem dois pombinhos brancos e gordinhos sobre um prato...
— O que quer dizer com isso?
Jin-ju, que estava indo para o carro, virou-se, assustada. Ela já tinha ouvido isso em algum lugar. Dois... pombinhos... brancos e... gordinhos... sobre um prato... Mas por mais que tentasse procurar no labirinto vago das lembranças do passado, não conseguia se lembrar do significado dessas palavras.
— É coisa boa. Um casal recém-casado é sempre bonito de se ver. É precioso e valioso — o homem sorriu enquanto tossia. — Agora tenho que ir. Acabei incomodando, ora essa. E obrigado pela grana. A minha mulher não tem

me dado um tostão nesses últimos tempos, sabe? — comentou, quase murmurando.

Quando Jin-ju viu as costas encurvadas do homem, foi tomada por uma vaga lembrança do passado. Era relacionada com a época da universidade. Mas era uma lembrança longínqua e inexata para se alcançar. Será que era real? De forma inconsciente, Jin-ju se aproximou do homem. "Conheço você de algum lugar? Por acaso você não me conhece?" Essas perguntas quase escaparam da boca de Jin-ju. Mas logo que viu o homem coçar a cabeça com a mão pálida e as caspas cheirando a peixe caírem sobre a camisa, Jin-ju recuou. Não podia ser. Ela tinha se enganado por um momento. "O que é que está acontecendo comigo?" Estava cansada. Já tinha passado dos quarenta minutos prometidos ao gerente do restaurante de *mandu*. Jin-ju deixou o lugar com muita pressa.

Modelo de pelos púbicos

Eram 4h28 da tarde. Faltavam dois minutos para a hora marcada. Uma mulher caminhava em direção a uma das mesas do *lounge*. O entrevistador era desconhecido, mas a mulher não mostrava hesitação nenhuma. Não tinha muita experiência, mas também não parecia ser difícil. Ela confiava na intuição. Suas sobrancelhas eram exageradamente curvadas para cima, contrastando com os lábios que, por sua vez, eram caídos, o que a fazia aparentar ter alguns anos a mais do que a idade real. Era alta e tinha um belo corpo. Seria incorreto dizer que era bonita, mas também não dava para dizer que tinha uma aparência comum. A mulher olhou fixamente para Sung-do e sentou-se à sua frente. Cheia de si, tirou da bolsa um maço novo de cigarro, abriu e acendeu um. Sem hesitação, fitou os olhos de Sung-do. Era um olhar que parecia dizer: "Então, vamos começar?". Foi Sung-do quem falou primeiro.

— Como é que você me reconheceu de cara? É a primeira vez que nos encontramos, não é mesmo?

— Como é que deixaria de te reconhecer com esse gravador na mesa? — a resposta dela era alegre e segura, mas, ao contrário da aparência, a voz era grave como se estivesse sob uma rocha.

— Mesmo assim a sua atitude... hum, como posso dizer? Fiquei surpreendido ao ver tanta certeza sem nenhum sinal de estranhamento.

— Detesto hesitações — a disse mulher num tom de desprezo pela pessoa que estava à sua frente. Era característica sua responder de forma rápida e direta. Sung-do ligou o gravador.

— Incomoda-se de gravarmos a nossa entrevista?

— Como quiser — antes de responder, a mulher dera uma olhadela rápida no gravador, sem grande interesse.

— Vou querer um café *au lait* — falou ela, sem consultar o cardápio. Sung-do chamou a garçonete e pediu um café *au lait* e um café *blue mountain*. Por ser um prédio antigo, Sung-do pensara que o *lounge* seria pequeno e desordenado. Mas, ao contrário, era limpo e calmo. Isso o tranquilizou um pouco. Ele tomou a palavra.

— Vou começar com uma pergunta peculiar: sua profissão é um tanto diferente. Pode me dizer o que você faz?

— Sou modelo de pelos púbicos — respondeu a mulher, depois de expelir a fumaça do cigarro pelos lábios.

— Mas o que você faz exatamente? Pode me explicar com mais detalhes?

— Sou solicitada quando precisam de um modelo para fotografia ou pintura, você deve imaginar. Principalmente quando é preciso alguém para posar nua para um artista, ou de imagens das partes do corpo humano para emissoras; é nessas horas que me procuram.

— Desde quando você trabalha nesse ramo?

— Faz dois anos. Na época eu estava com 19 anos, tinha acabado o colegial e não conseguia arranjar um emprego. Um dos meus amigos trabalhava como assistente de fotógrafo, e um dia ele me perguntou seriamente se eu poderia posar como modelo de pelos púbicos. Então eu disse sim. Foi aí que tudo começou. Não ganho muito com esse trabalho. É só uma maneira de tirar um dinheiro extra. Mas é legal, porque eu não gosto de emprego fixo e nem de horários rigorosos. Penso em nunca arranjar um trabalho para me sustentar a vida inteira. Para mim, esse trabalho é bem adequado, mantém certa tensão e me satisfaz. É por isso que sigo nele.

— Então faz dois anos.

Até aqui, nenhuma novidade para Sung-do. Havia uma exposição de um jovem fotógrafo na cidade, e todas as fotografias tinham o pelo humano como tema. Não se via nenhuma outra parte do corpo do modelo. Sem explicações, era impossível adivinhar que se tratava de uma parte do corpo humano. Segundo o artista, ele teria contratado cinco modelos. Essa mulher era um deles. Os outros também eram modelos que faziam nus, mas ela era diferente. Era única e exclusivamente modelo de pelos púbicos. Sung--do trabalhava na *Reader's Digest*, mas era também cronista *freelancer* para várias revistas. Dessa vez, ele tinha resolvido entrevistar uma modelo de pelos púbicos por se tratar de uma profissão não muito conhecida. Na verdade, modelo de pelos púbicos era algo desconhecido para a maioria da sociedade. Sung-do tinha dito para a mulher que o seu objetivo não era apresentar uma profissão incomum, mas que usaria como parte de um artigo que apresenta estilos de vida variados e atípicos. Naquela etapa de preparação do artigo, Sung-do já havia entrevistado várias pessoas. Um viciado em drogas internado havia cinco anos num hospital psiquiátrico; desempregados com diplomas universitários; um artista *underground*; um psicopata tarado preso por ter feito, nos dez últimos anos, ligações telefônicas obscenas a meninas de 19 anos e até mesmo a senhoras de 60;

celibatários extremistas; homossexuais; mulheres da classe média casadas com negros; casais vivendo juntos sem se casar; moradores de hotéis e crentes de uma nova religião que acredita que os extraterrestres são deuses. A entrevista com essa mulher fazia parte desse contexto. Ela aceitou ser entrevistada sob a condição de não ter o seu rosto fotografado. Na verdade, ela já tinha sido entrevistada algumas vezes antes por revistas populares masculinas. Foi através dessas entrevistas que Sung-do tomou conhecimento de que a mulher tinha 21 anos, que era da classe média, que nunca tinha trabalhado depois de se formar no colegial (com exceção da atividade de modelo de pelos púbicos), que fumava dois maços e meio de cigarros por dia, que tinha abortado uma vez, que nunca havia feito cirurgia plástica, que trabalhava como modelo de pelos púbicos porque era interessante o "bastante", que não procurava outro emprego porque não gostaria de ter o seu tempo pessoal reduzido por causa do trabalho, que gostava de Madonna e de Yo-Yo Ma, que a sua música preferida era "Scheherazade", de Rimsky-Korsakov, e que o seu hobby era colecionar bonecas, fazer *mandu* e *chapssal tteok*.[9] Sabendo de tudo isso, não era necessário perguntar de novo, salvo para reconfirmar as informações obtidas anteriormente.

— Bom, o que você responderia se eu perguntasse como você se imagina daqui a dez anos? Ou daqui a vinte anos, não importa. Pode ser qualquer coisa que venha à cabeça. Então, o que você responderia?

Se não fosse pela entrevista, seria uma tarde propícia para ficar se espreguiçando no sofá sem fazer nada.

---

9. *Chapssal tteok*: sobremesa tradicional coreana, feita com arroz glutinoso.

Surpresa por causa da pergunta inesperada, a mulher arregalou os olhos e coçou a parte de trás da orelha. Assim, as sobrancelhas artificiais subiram pela testa traçando um arco bizarro. Essa expressão a fazia parecer não somente mais velha, mas com cara de alguém cansada da vida. Mas logo voltou à expressão neutra habitual. De relance, ela aparentava ter uns 25 anos ou mais. Mas os pelos finos de bebê na orelha, as unhas brancas e transparentes e o pescoço fofo e liso eram provas de que ela teria por volta de 20 anos apenas. Eram meros detalhes, pois, no total, ela tinha jeito de uma mulher com mais de 30, disfarçada de mais nova à custa de várias camadas de pó de arroz e batom. Havia nela uma espécie de desequilíbrio nato, sobre o qual nada se podia fazer: a voz grossa que contrastava com a pele branca, a dureza das palavras e o queixo arredondado, os olhos sem expressão, os lábios vermelhos e, por último, as sobrancelhas para o alto e os lábios caídos, por exemplo.

— Daqui a dez anos? — repetiu a mulher a pergunta, como se tivesse sido pega de surpresa e logo ficou pensativa. — Acho que não estarei fazendo nada. Provavelmente não serei mais modelo de pelos púbicos daqui a dez anos. Eu não gosto de viajar e nem me dou bem com as pessoas. Realmente não sei o que será de mim daqui a dez anos. Não consigo pensar em nada concreto, questionada assim, de modo tão repentino. Mas sei que não quero ficar com a pele flácida. Pelo menos isso é certeza. Fora isso, nunca pensei no assunto.

— Não consigo te imaginar com a pele flácida daqui a dez anos.

— Ah, pode acontecer. Vou estar com mais de 30 — insistiu a mulher.

— Eu conheço várias mulheres com mais de 30 anos e nenhuma delas aparenta a idade que tem. Por isso, não há por que se preocupar.

— Eu só me comparo comigo mesma — devolveu a mulher com rispidez, acendendo outro cigarro, o que denotava não ter gostado da observação. — Mas isso não vem ao caso. Eu posso não estar viva até lá.

A mulher voltou a demonstrar pouco caso como antes.

— Que tal esta pergunta, então? A sua família sabe do seu trabalho como modelo de pelos púbicos? O que eles acham disso? Desculpe a falta de originalidade.

— É claro que a minha família sabe. Até dou entrevistas como essa, ora. Minto se digo que eles aceitaram numa boa desde o começo, mas a verdade é que agora eles não ligam muito para o que eu faço. Dão mais importância para o fato de eu trabalhar e estar fazendo parte da sociedade.

— E o namorado?

— Ele também. Todos me perguntam sempre as mesmas coisas. Eu queria que deixassem a minha família e o meu namorado em paz.

— Desculpe — disse Sung-do só da boca para fora, e continuou a perguntar no tom monótono habitual: — Fugindo um pouco do assunto, alguma vez você já pensou nos problemas sociais que não lhe afetam diretamente, como a desigualdade social ou a pobreza?

— O quê?

— Se você já pensou nos problemas sociais, como a desigualdade ou a pobreza.

— Não, nunca parei para pensar nessas coisas. Isso não seria ocupação daqueles que completaram os estudos universitários? Esses problemas não são para mim. Fora que esses problemas não se resolvem só pensando, não é mesmo?

— Então o que tem chamado o seu interesse ultimamente?

— Restaurantes de *sukiyaki*.

— O que disse?

— Tenho procurado lugares que servem *sukiyaki*. Bons restaurantes de *sukiyaki*. São poucos os verdadeiros bons restaurantes de *sukiyaki*. Em alguns, o caldo é aguado demais e, em outros, a proporção dos legumes e da carne não é boa. Alguns substituem o *katsuobushi* por peixes ou laminariales secos. Sendo que é o caldo de molho de soja que determina o sucesso de um *sukiyaki*. Pessoalmente prefiro *katsuobushi* instantâneo ao de caldo feito com peixe seco ou laminariales secos. E o cogumelo *shiitake* tem que ser fresquinho. Eu vou a restaurantes especializados em *sukiyaki* pelo menos uma vez por mês. E faço em casa também. Mas nada se compara a um bom restaurante. Somos bem servidos e eles usam ingredientes que não encontramos facilmente por aí. Em casa, eu não faço mais do que torradas. E a família inteira gosta de sair para jantar em restaurantes.

— Que estranho — murmurou Sung-do olhando para a agenda. — Na última entrevista sua, você dizia que gostava de ficar sozinha em casa e que fazia *chapssal tteok* e *mandu* como hobby.

— É isso mesmo. Mas não é *chapssal tteok* simples. Eu faço bonecas com *chapssal tteok*. É verdade que elas não duram, mas existe uma moda entre os que gostam de bonecas. As bonecas podem ser feitas de argila, papel ou pano, mas as de *chapssal tteok* também são umas gracinhas. Normalmente, as pessoas fazem uma boneca de *chapssal tteok* e, em seguida, a devoram, afinal é comestível, não é mesmo? Faço os olhos com gergelim preto, a saia com papel vermelho, corto uma jujuba para fazer os pequenos lábios, enquanto para os cabelos uso feijão-preto e feijão-vermelho, e faço um chapéu com um pedaço de polvo. Posso decorar com polvo e jujuba, ou então faço uma blusa. Estou falando de bonecas de *chapssal tteok* com sapatos feitos de abóbora e com colorante alimentar.

— E essas bonecas são de comer?

— Elas são comestíveis, sim. Mas os maníacos por essas bonecas têm como princípio não comê-las.

— Elas são jogadas fora depois que deformam?

— Isso mesmo — a mulher meneou a cabeça.

— Você faz bonecas com *mandu* também?

— Não, com *mandu*, não. Coloco o recheio numa massa bem fininha. Gosto de fazer o *mandu* com a mão, da maneira mais requintada possível. Quanto menor, melhor. Meus *mandus* são em geral deste tamanho — a mulher mostrou a ponta do dedo mindinho.

— De vez em quando a minha família come, mas geralmente esqueço no micro-ondas e dou para os cachorros. Temos muitos lá em casa. São doze no total, desde chihuahuas até cães de caça, como pointer inglês ou pastor alemão. Na verdade, meus *mandus* não são tão gostosos assim, porque dou mais importância para o tamanho do que para o sabor. No recheio, costumo colocar carne congelada, presunto, intestino e bucho, já que os cães não são tão chatos com comida.

— Você acha que valeu a pena ter nascido?

— Não sei. Como assim, valer a pena ter nascido? Não acho que seja possível falar de valer a pena ou não para o fato de ter nascido. Mas estou sempre pronta a aproveitar a alegria de estar viva. Em certas manhãs, quando abro a janela logo depois de acordar, acendo o primeiro cigarro do dia e experimento a sensação do papel e da erva queimando como das melhores coisas do mundo. Assim como o fogo queima a erva sem deixar rastros, o cheiro da fumaça penetra no ar sem resistência nenhuma. É disso que eu gosto. Nesse caso, acabo fumando três cigarros, um atrás do outro. O mesmo acontece quando encontro um restaurante que faça um *sukiyaki* bem aromático. Outro dia encontrei um restaurante desses no bairro de Buam-dong. Ouvi dizer que o dono era um japonês naturalizado coreano. E quando eu chegar na milésima boneca, vou dizer que valeu a pena. Eu costumo numerar e nomear cada uma das bonecas que faço. Até agora, fiz apenas 302. Quando o mofo preto começa a aparecer nelas, sou obrigada a jogá-las fora. Quando tenho que acender inúmeras velas pela casa inteira, me sinto alegre por estar viva.

— E o contrário?

— Quando dá tudo errado no trabalho — respondeu a mulher prontamente. — Quando os fotógrafos ficam bravos comigo dizendo que não estão encontrando o ângulo desejado, ou quando pedem para tirar foto do meu rosto ou dos seios com os pelos, seria o contrário. Mas não me sinto infeliz, pois basta não voltar a trabalhar com eles nunca mais.

— Se tivesse que optar por uma profissão, qual seria?
— Gostaria de trabalhar num circo.
— Circo?
— Isso mesmo. Seria acrobata.
— Hum, não é uma profissão tão comum assim.
— Ou então abriria uma loja de bonecas.
— Você disse bairro de Buam-dong? — perguntou Sung-do de repente, voltando um pouco ao assunto anterior. — Falando do restaurante de *sukiyaki*, você disse que ficava em Buam-dong, não é mesmo?
— Sim.
— Que interessante. Eu nunca fui a esse bairro, mas quase me mudei para lá.
— É mesmo?
— Eu tenho uma noiva.
— O que ela faz?
— Ela é professora numa escola para deficientes. De tarde faz bico como babá. É uma mulher trabalhadora e diligente.
— Eu também tive uma babá quando era pequena — a mulher pediu o terceiro café *au lait*. — Foi com a babá que eu aprendi a fazer bonecas de *chapssal tteok*. Gostava muito dela. Pensando bem, acho que era uma adolescente de tão jovem. Uma noite, ela saiu de casa sem dizer nada a ninguém, levando apenas alguns pares de meias que estavam no varal e o diário. Desde então, nunca mais ouvimos falar dela.
— Essa minha noiva está procurando uma casa para morarmos juntos. Já estamos com o casamento marcado, mas nenhum dos dois está financeiramente bem. Por isso, ela andou procurando por apartamentos antigos ou

com aluguel barato. Algum tempo atrás, ela foi ver um apartamento caindo aos pedaços em Buam-dong e ficou deprimida.

— Faltava dinheiro?
— Não, até que era bem barato.
— E então?
— Ela não quis me contar direito e só chorou. Tudo o que eu podia fazer era consolá-la. Não podia insistir perguntando o porquê das coisas. Talvez tenha ficado chocada com a precariedade do lugar, ou então topou com algum morador grosseiro. O fato de ela cair em lágrimas me chocou também porque ela não é de chorar. Tive a impressão de que sentia pavor de alguma coisa.

— Então... — começou a mulher a dizer, acendendo o último cigarro. — Então é provável que vocês não vão morar nesse apartamento de Buam-dong, certo?

— Acho que não.

Os dois ficaram um momento em silêncio. Apesar de ser desnecessário, o gravador continuava registrando a conversa dos dois. Sung-do tinha outra entrevista marcada para dali a duas horas em Banpo. A modelo de pelos púbicos não falou tanto quanto ele esperava. Ou então as perguntas de Sung-do não tinham sido suficientes. Sung-do tinha imaginado ouvir coisas mais comuns da idade dela, sobre artistas de televisão, atores, amizades, roupas ou viagens, por exemplo. Tinha previsto também comentários sobre livros marcantes ou bichos de estimação. Mas a modelo tinha jeito de ser muito mais madura (não no sentido de ser mais compreensiva, mas no sentido de ser menos sensível) e quieta do que se esperava. Ela não falou em querer ser artista de televisão ou modelo de verdade. Não era tão bonita quanto ele imaginara, nem tão extravagante quanto esperado. Para ser franco, essa entrevista poderia ser considerada um fracasso, uma perda de tempo, sem nenhum objetivo alcançado. Teria sido por causa da decepção que sentira? O próprio Sung-do não entendeu o porquê de ter falado do seu casamento, que ocorreria dali a alguns meses, para a modelo de pelos púbicos.

— Lá em casa... — apagando o último cigarro no cinzeiro, a modelo começou a falar numa pronúncia excepcionalmente correta — ... temos oito quartos. Tenho muitas irmãs mais velhas, mas são todas casadas. Quatro delas se casaram bem novinhas. Agora somos apenas três morando naquela casa. Os meus pais e eu. Você deve ter raiva de gente como eu, não?

A modelo de pelos púbicos olhou fixamente para Sung-do. Ele pensou um momento e logo soltou um riso como que para mostrar que a pergunta era descabida.

— Por que eu teria raiva? Não é tendo raiva que a gente consegue mudar as coisas, não é? Tudo no mundo é limitado. Tenho certeza de que nem você é dona de tudo no mundo. As minhas irmãs mais novas sempre dividiram o quarto antes de se casar, mas sempre se deram bem. Agora esse quarto é do meu irmão mais velho e da esposa dele. Quando nós morávamos todos juntos, os meus pais eram obrigados a dormir no chão da sala, sobre uma colcha, porque só havia dois quartos lá em casa. Mas nunca pensei em ter raiva de ninguém por causa disso. Mas no caso de Jin-ju[10], ah, Jin-ju é o nome da minha noiva...

— É um bonito nome.

---

10. Jin-ju: em coreano, "pérola".

A modelo de pelos púbicos estava concentrada demais na história de Sung-do.

— Pois Jin-ju não pensa assim. Sempre achou o nome dela cafona. Ela nasceu numa pequena aldeia no interior e detesta tudo que lembre a roça. Quando era mais nova, o sonho dela talvez fosse se casar com um homem rico de cidade grande, mas deve ter ficado decepcionada por só ter encontrado um estudante pé-rapado como eu.

— Sei lá. Não sei muito sobre casamento, mas acho que pelo menos um dos dois deve ter boa condição econômica. É o que penso vendo as minhas irmãs. Mas você gosta de *sukiyaki*?

— Desculpe, não ouvi. O que disse?

— Perguntei se você gosta de *sukiyaki*.

— Não sei — Sung-do estava olhando para o movimento mecânico dos lábios da modelo de pelos púbicos. Não sabia se era pela falta de cigarro, mas a sua expressão exprimia inquietude e dor. — Não sei se gosto ou não. Na verdade, nunca comi um de verdade. Já experimentei sopas do jeito coreano, com bastante água, alho e molho de soja, mas não sei como é o *sukiyaki* de que você está falando.

Sung-do disse com toda a sinceridade. O rosto da modelo se contorceu bem na sua frente. Ela parecia estar dizendo que, por mais que tenha sido feita com todo o carinho do mundo, no momento em que a boneca de *chapssal tteok* mofa, é preciso jogá-la fora.

— Que tal irmos comer *sukiyaki*?

— Agora? — perguntou Sung-do, sem demonstrar a mínima atenção. Apesar de a voz da modelo de pelos púbicos ser grossa e grave, e apesar do silêncio ao redor deles, Sung-do estava tão confuso que não entendia o que ela estava querendo dizer.

— Se topar, podemos ir a Buam-dong comer *sukiyaki*. Eu gostaria de falar mais sobre a minha babá. As ideias estão rodando na minha cabeça, mas não estou conseguindo concatená-las. Por isso não consigo me exprimir agora. Então. O restaurante de *sukiyaki* que eu conheço não é chique, mas é muito bom. As toalhas de mesa são brancas e até mesmo os que não gostam de fumaça nem de caldo gostam desse lugar. O restaurante de *sukiyaki* de Buam-dong é um lugar especial. Não é grande, mas é especial. Quanto ao sabor, até mesmo os que não gostam de carne acabam gostando.

A voz da modelo de pelos púbicos foi diminuindo aos poucos, a ponto de parecer quase um gemido. Para não perder nada do que ela estava dizendo, Sung-do foi levando o ouvido para perto dos lábios dela. Foi um gesto inconsciente. A modelo, que batia os dedos na mesa de maneira frenética como se estivesse mostrando ansiedade, não esperou a resposta de Sung-do, mas se levantou repentinamente.

— Com licença — a modelo de pelos púbicos estava recuperando a atitude determinada de quando entrara no *lounge*. Mas não estava conseguindo esconder a leve convulsão no pescoço e no queixo branco. — Já terminamos a entrevista, não é? Então, vou indo.

A mulher saiu do *lounge* fazendo ecoar o som ritmado e claro do salto.

Viagem a um paraíso desconhecido

Apesar de todas as dificuldades, Jin-ju queria se casar. E o casamento deveria ser antes do fim do ano. Jin-ju sabia que Sung-do não sentia o mesmo ímpeto pelo matrimônio, mas ela não pensava em desistir. O problema não era apenas financeiro, pois havia outras questões que a incomodavam. O irmão mais novo de Jin-ju tinha trancado a faculdade para prestar serviço militar, e uma das suas irmãs morava num hospício público havia doze anos. Ela tinha nascido com uma leve deficiência mental, mas a família não conseguia dar conta dela porque, com o passar do tempo, ela começou a apresentar sintomas cada vez mais graves de esquizofrenia. Jin-ju e a família fizeram inúmeros esforços e se sacrificaram por ela, mas quando tiveram que mandá-la para um hospício público, todos sentiram um enorme peso na consciência. Na geração de seu avô, uma parte da família de Jin-ju emigrou para o Japão na esperança de uma vida melhor, como muitas famílias pobres do litoral sul da Coreia haviam feito na época. A decisão sobre quem ia para Osaka e quem ficaria na Coreia era do mais velho, e os expatriados em geral eram os que não possuíam terras ou os que não tinham condições de sustentar a família, apesar de serem donos de um pedacinho de terra. Todos os que ficaram na Coreia se mudaram para cidades grandes e continuaram a levar a vida miserável de sempre, como se eles tivessem combinado assim. Havia muito tempo, o mais velho da família decidia a partida ou não para o exterior, e ninguém questionava. Jin-ju ficava horrorizada só de pensar na estúpida cena dos homens magrelos esperando um velho desdentado de uns 90 anos decidir sobre a vida de cada um deles, com os lábios moles da velhice. Com todos sentados em volta desse velho num casebre caindo aos pedaços, numa tarde cheirando a esterco. Para Jin-ju, era um cenário vergonhoso. Queria tanto não ter nascido na roça. Na adolescência, Jin-ju vivia mergulhada nesse tipo de pensamento.

Ela sabia que Sung-do também enfrentava muitos problemas familiares. Sung-do tinha três irmãs mais novas, todas meias-irmãs. O pai de Sung-do trouxera uma madrasta para ele e seu irmão mais velho quando ainda eram pequenos. Jin-ju pensava que esse relacionamento incômodo com a madrasta era a causa pela qual Sung-do mantinha relacionamentos tensos com as mulheres em geral. Era um sentimento reprimido, uma angústia sufocante por mantê-las afastadas. Não que ele tenha tido um problema específico com as irmãs ou com a madrasta, mas Sung-do passou a ter horror da alta densidade demográfica, pois tinha sido obrigado a aceitar uma vida com sete pessoas, num velho apartamento de dois quartos apenas. Em todas as manhãs, travava-se uma verdadeira guerra para usar o banheiro, e era impensável comer sequer uma fruta sozinho. Por causa disso, Sung-do era um daqueles que juraram nunca se casar ou formar uma família. Para ele, casamento e filhos transformavam a casa num verdadeiro caos, enchendo-a de objetos inúteis para ir se tornando cada vez mais apertada, gastando mais do que o chefe de família ganhava, não podendo ir a um hospital ou a atividades de escoteiro sem a subvenção do sistema social do governo. Sung-do atormentava-se com tudo isso. Todos esses problemas, apesar de não existirem dúvidas quanto ao amor de um pelo outro, ainda o atormentavam. Jin-ju teve que convencer Sung-do, prometendo várias vezes que o casal não teria filhos, que ela continuaria trabalhando mesmo depois do casamento para garantir a renda acima da média e, assim, o casal não formaria uma família pobre e vergonhosa.

Eles ouviram a notícia do casamento às seis e cinco da manhã. Foi no momento em que Yoo-eun Bae e Yo-han Kim iam tomar o café da manhã. Faltavam dois meses para o casal completar dez anos de vida em comum; eles tinham pouco mais de um ano de casamento no papel, mas sem filhos ainda. Para o café, Yoo-eun Bae preparou uma torrada com bastante manteiga, do jeito que gosta, enquanto Yo-han Kim comeu um pedaço de pão de centeio e tomou um iogurte de banana. Eles saíam de casa às seis e meia no mais tardar, e tomavam o café no carro. Depois de acordar, enquanto preparava a refeição, Yo-han Kim ligou a secretária eletrônica para conferir as mensagens que não ouvira na noite anterior. Enquanto isso, Yoo-eun Bae, que tinha acabado de sair do banho, estava secando o cabelo antes de tomar o café. Como fazia muitos dias que eles não checavam a secretária eletrônica, havia muitas mensagens gravadas para serem ouvidas. A luzinha avisando que a memória estava quase no limite já piscava havia um tempo. O casal não ligava muito para as mensagens deixadas na secretária eletrônica, porque na maioria das vezes eram engano ou assuntos fúteis. Na opinião de Yoo-eun Bae, todas as ligações recebidas na casa deles eram irrelevantes. Se o assunto fosse realmente importante, as pessoas ligariam para o escritório. Pois, no serviço, não dá para ficar falando de coisas fúteis e desnecessárias. Como de costume, exceto por uma, todas as mensagens eram de desconhecidos que erraram de número. Yoo-eun Bae considerava todas as ligações de confirmação de dentista, do banco, da seguradora ou de entidades pedindo doações como vindas de "desconhecidos". Yo-han Kim pensou que seria como de costume, mas a última mensagem trazia a voz de Jin-ju.

— Então, vou me casar. Com Sung-do. Já estamos noivos e o casamento será no outono. Tchau.

Yoo-eun Bae, que estava secando o cabelo sentada em frente à mesa, desligou o secador por um instante. Tudo o que Yo-han Kim fez foi encolher os ombros. Yoo-eun Bae pensou que essa tinha sido a pior decisão tomada pela pessoa mais estúpida do mundo. O casal era amigo de Jin-ju desde a época da universidade. Como assim, casamento no outono? O mês de agosto já estava terminando. A última vez que Yoo-eun Bae vira Jin-ju, um ano atrás, ela parecia estar cansada. Enfim, não era nada fácil ter dois empregos. Além disso, era certo que nem nos fins de semana ou à noite ela estava tendo folga. Mas Yoo-eun Bae não podia falar nada sobre isso, porque ela própria não tinha folga e mesmo assim também se casara.

— Jin-ju vai se casar, ora essa. E então, nós iremos ao casamento dela, não é mesmo? — perguntou Yo-han Kim partindo o pão de centeio com a mão e levando uma colher cheia de iogurte de banana à boca.

— Não sei. Acho que terei algo importante nesse dia.

Sem esconder o desdém pelo assunto, Yoo-eun Bae

bocejou, fez um coque nos cabelos ainda úmidos e passou uma camada bem grossa de manteiga na torrada. Estava dura feito um tijolo, porque ficara tempo demais na torradeira. Mas como estava com fome, Yoo-eun Bae mordeu-a assim mesmo, fazendo careta. Teve vontade de reclamar, dizendo que Yo-han Kim era incapaz de fazer uma simples torrada, mas se segurou. A manteiga derretida escorreu pelo queixo de Yoo-eun Bae.

— Se continuar comendo essa quantidade de gordura, logo logo vai ter um pneu da grossura de uma lista telefônica — disse Yo-han Kim com maldade.

Yoo-eun Bae tinha um porte pequeno, por isso não aparentava ser gorda, mas havia pneuzinhos escondidos na cintura, nas costas, nos braços, tornozelos e no culote, por exemplo. Sempre que podia, Yo-han Kim fazia questão de enfatizar o fato de ele gostar de mulheres magras e raquíticas, mas Yoo-eun Bae não ligava para o que ele dizia, e nem pensava em mudar de cardápio no café da manhã. Yoo-eun Bae gostava de comida gordurosa. Massa com bastante óleo, camarão frito ou batata assada com manteiga. Yo-han Kim sabia muito bem que não adiantava reclamar.

— Como assim, vai estar ocupada? Jin-ju nem falou a data do casamento ainda.

— Mas ela disse que seria no outono. E eu sempre estou ocupadíssima no outono. Você sabe disso — teimou Yoo-eun Bae.

— Você está sempre muito ocupada. Eu sei muito bem disso, sim. Você está querendo dizer que no outono não será exceção, é isso? Eu não gosto desse sujeito, Sung-do. Ele não parece uma boa pessoa. É um homem inteligente e escreve bem, mas sempre que converso com ele, sinto uma espécie de desequilíbrio e intolerância. Não gosto desse tipo de gente. Numa sociedade pouco revolucionária como a atual, esse tipo de homem pode ser um mal para todos nós.

Yo-han Kim gostava de falar julgando tudo de antemão. Na verdade, ele queria ser visto assim. Principalmente quando estava com a esposa Yoo-eun Bae. Yo-han Kim e Yoo-eun Bae tinham estudado na mesma escola havia mais de dez anos. Os dois conheceram de perto o amadurecimento de cada um, e se lembravam muito bem do desenvolvimento intelectual e físico um do outro desde a adolescência. Yoo-eun Bae sempre fora um crânio incontestável. Era o nome que ganhava todos os concursos de matemática ou de inglês e, ao mesmo tempo, mostrava talento em artes, redação, balé e coral. Por sua vez, na adolescência, Yo-han Kim fora um aluno medíocre. Suas notas estavam sempre na média, não mostrava talento especial para nenhuma atividade extracurricular, não criava problemas e, exceto pela relativa seriedade, não havia nada de especial nele. Foi o mesmo na faculdade. Apesar de eles terem entrado na mesma universidade e passado a morar juntos em menos de um ano, Yoo-eun Bae tinha sido laureada com bolsas destinadas aos melhores alunos do curso. Além disso, apesar dos óculos do tipo fundo de garrafa e dos dentes espaçados, Yoo-eun Bae fazia muito sucesso, porque participava ativamente das atividades do clube de radiodifusão, sempre com desembaraço. As meninas que sabidamente moravam com os namorados não faziam muito sucesso com os homens, mas no caso de Yoo-eun Bae esse tipo de tabu não se aplicava. É claro que há sempre os que são contra esse tipo de mulher. Era o caso dos amigos de Yo-han Kim. Eles preferiam mulheres discretas e quietas. Por fora, o casal era educado com os respectivos amigos, mas por dentro desprezavam-nos. Jin-ju era uma das raras amigas de ambos. Depois de terminar a faculdade, Yoo-eun Bae trocou os óculos por lentes de contato e fez um tratamento ortodôntico para fechar a falha entre os dentes da frente. Felizmente as espinhas sumiram. Arranjou um trabalho bem remunerado. Obviamente, passou a ter mais sucesso ainda. Dizer que Yo-han Kim não sentia ciúmes de Yoo-eun Bae seria pura mentira. Algumas vezes ele se tornava sensível demais ao lado de Yoo-eun Bae. Tinha vontade de ser excessivamente racional, transformava uma brincadeira numa discussão séria, teimava em demasia em suas afirmações ou então mostrava avidez em levar um debate para o seu lado. Isso o estressava porque ia contra a sua natureza e era motivo de irritação para Yoo-eun Bae também. Na realidade, Yo-han Kim se sentia o homem mais feliz do mundo no momento em que enfiava o rosto no pijama da esposa para fazer manha. Por que não, ora?

— Eu não acho que ele seja tudo isso que você disse. E os textos que ele escreve, para mim, são cheios de graça e extremamente analíticos.

— É? É isso que você acha, então? — Yo-han Kim hesitou por um momento sem nada dizer, apenas tomando o iogurte de banana, e limpando o pote com um pedaço de pão de centeio que restava. — Mas será que podemos deixar de ir ao casamento dela? Afinal Jin-ju é uma amiga próxima, não é?

— Eu estarei ocupada. Não estou a fim de ir ao casamento dos outros. Você pode muito bem ir sozinho, não? Ora essa.

— Jin-ju é uma boba mesmo, não é? — disse Yo-han Kim, com um sorriso furtivo.

— Isso é.

— A geladeira está vazia. Vamos ter que fazer compras hoje.

— Você podia comprar o pão sem ter que me perguntar, não? — suspirou Yoo-eun Bae. — Você sabe muito bem que eu não posso sair do escritório antes das dez da noite, não sabe? Não tenho a mínima vontade de escolher frutas ou pão no meio da noite, depois de um dia estafante. Tenho coisa melhor para fazer, ao invés disso. Poderia estar dormindo, por exemplo. Ok, ok, está bem. Vamos fazer compras no fim de semana, está bem assim? Então não faça mais essa cara de tristonho.

— Você só pensa em você. É uma egoísta. Nem pense em me criticar, porque quem disse isso foi a sua mãe — alfinetou Yo-han Kim, mas ela não deu a mínima.

— Eu sou egoísta, sim. Se você chama de egoísmo o fato de eu não poder dedicar toda a minha atenção só para você, você está certo. Mas eu tenho que dar atenção para muitas outras coisas além de você. E você deveria saber muito bem disso. Se eu estivesse no seu lugar, eu teria feito de tudo para ajudar.

Esse tipo de briga era frequente entre o casal. Aliás, essa diferença de posição, confirmada durante essas brigas, era uma prova da existência de cada um deles, fornecendo uma espécie de alívio. Yo-han Kim perguntou mais uma vez enquanto tirava os pratos da mesa:

— Por que será que Jin-ju decidiu se casar com um estúpido como ele?

— Já disse que Sung-do não é estúpido — disse Yoo-eun Bae rudemente, maquiando-se com rapidez e tirando a saia do guarda-roupa.

— Fora que ele deve ser um pé-rapado.

A expressão de Yo-han Kim mostrava profunda reflexão. De fato, era uma questão muito importante.

— Por que será que ela quer se casar com ele? Será que é porque ele é alto e bonito? Se for esse o motivo, ela está perdida. Ela sempre foi meio tonta, desde a época da faculdade. Escuta, será que ela ainda não entendeu o que está acontecendo? Quando Sung-do estava estudando para concurso público, ele era muito próximo de uma taiwanesa com cara de cobra que veio fazer intercâmbio. Eles provavelmente namoraram. Os meninos sempre disseram que ele não passou no concurso por causa dessa sirigaita. Será que Jin-ju não sabe disso? Como amigo, será que não é melhor falar para ela?

— Ha, ha — riu Yoo-eun Bae, debochando. — Todo o mundo sabia desse namoro. Jin-ju não seria a única a não saber dessa história. E o que é que tem isso a ver?

— Nessa época Sung-do já estava dando em cima de Jin-ju. Os meninos sabem que Sung-do jantava com Jin-ju, para depois correr para o apartamento daquela sirigaita à noite. Só as meninas é que não sabiam. É passado, claro, mas Sung-do não foi honesto com Jin-ju.

— Como você disse, é coisa do passado. Qual o sentido em ficar falando do passado? Qual a importância disso tudo agora? Yo-han Kim, se você é realmente o meu marido, pare de ficar falando besteiras e pegue a meia-calça lá no banheiro para mim. E não venha se orgulhar de compartilhar de um segredo imundo entre homens, porque isso é nojento.

— Eu acho que a gente devia pelo menos dar um toque para Jin-ju.

— Ai, mas como você é irritante. Pare com isso.

— É que você não sabe. Sung-do deve dinheiro para um monte de gente. Inclusive para mim.

Yo-han Kim fechou a boca ao ver que Yoo-eun Bae olhava feio para ele. Se Yo-han Kim continuasse insistindo no assunto, Yoo-eun Bae contaria que Jin-ju também havia tido outros homens. Isso não é lógico, ora essa?

— Yo-han Kim, o que é que você tem a ver com isso? Deixe eles. Você sabe que eles namoraram um tempão. Você nunca disse nada até agora. Não entendo por que você está tão chato agora. Devia se envergonhar de ficar intrometendo o nariz nas coisas dos outros.

— Então quer dizer que você não vai mesmo ao casamento dela? Lembra que Jin-ju veio no nosso?

— Vai você, pronto. Já resolvi que não vou a casamento de ninguém. É besteira.

Eles subiram no carro ainda brigando. Enquanto dirigia, Yo-han Kim pensou que deveria se encontrar com Jin-ju à noite.

— No que está pensando? — perguntou Yoo-eun Bae, retocando o batom. Não fazia muito tempo que Yoo-eun Bae começara a se maquiar. Mas como todas as coisas que ela fazia, acabou querendo fazer direito. Mesmo assim, continuava a pensar que era uma perda de tempo.

— Em nada — ergueu os ombros Yo-han Kim.

Yoo-eun Bae aparentou frieza, mas no fundo estava

preocupada com Jin-ju. O casamento com um homem pobre trazia mais problemas do que se podia imaginar. A juventude pobre não era nada romântica. Ainda por cima, Jin-ju já levava uma vida difícil. Sung-do era um garanhão nato. Ele mostrava paixão por coisas que não davam dinheiro, e não gostava de se comprometer nem com dinheiro, nem com pessoas. Mas Yoo-eun Bae não queria falar sobre isso com Jin-ju. O orgulho não permitiria falar dessas coisas, pois era preciso se comportar como uma estranha diante de uma estranha. Yoo-eun Bae refletiu por um momento e decidiu não dar atenção para o casamento de Jin-ju. A não ser que Jin-ju perguntasse a respeito.

Quando Jin-ju recebeu a ligação de Yo-han Kim convidando para jantar, ela tinha acabado de dar permissão para que Mali brincasse com o computador por uma hora depois do banho. Jin-ju saía do serviço às oito, mas podia ficar até mais tarde no caso de as crianças não terminarem a lição de casa, ou quando a mãe delas voltava tarde. Jin-ju quase não tinha oportunidade de se encontrar com Hye-jeon Park porque ela saía quase todas as noites. Hye-jeon Park era magra e não parecia mãe de duas crianças já grandes, de tão tímida que era. Não era uma mulher bonita, mas era bastante feminina. Até Jin-ju tinha percebido que Hye-jeon Park tinha um namorado. Um homem grande, com uma voz alta e autoritária, e que dava a impressão de estar sempre observando se ele influenciava as pessoas, mesmo quando estava falando. Com frequência, o casal jantava na casa de Hye-jeon Park. Colocavam as crianças na cama mais cedo e preparavam vinho e música. Mas, na maioria das vezes, Hye-jeon Park se mostrava extremamente tímida. Não pela presença de Jin-ju, mas porque a timidez fazia parte da natureza dela. O papel de Jin-ju consistia não somente em auxiliar nos deveres de casa, preparar o material escolar, ensinar inglês e caracteres chineses, mas também em dar banho, trocar a roupa, dar o jantar e vigiar para que não fizessem coisas erradas. Eram coisas de mãe. No dia em que Yo-han Kim ligou para Jin-ju, Hye-jeon Park estava em casa, o que era raro. Por isso Jin-ju pensou que não faria mal perguntar se podia sair do serviço meia hora antes do que o habitual.

— Tudo bem, tudo bem. Até porque as crianças ficam mais calmas depois do banho.

Hye-jeon Park, que estava lendo uma revista, autorizou sem hesitação quando Jin-ju lhe perguntou se podia sair mais cedo.

— Também queria pedir com antecedência: gostaria de tirar uma semana de folga durante o outono.

Quando Jin-ju disse isso, observou-se uma sombra de surpresa no rosto de Hye-jeon Park.

— Quando no outono?

— Não tenho certeza, mas provavelmente em setembro ou outubro.

— Ah, está bem — Hye-jeon Park fez que sim com a cabeça. — Então vou ter que deixar as crianças com a empregada durante uma semana. Não gosto muito da ideia, mas fazer o quê? Como você deve saber, é muito provável que daqui para a frente eu tenha menos tempo para ficar em casa. As crianças precisam de alguém para tomar conta delas, e eu tenho que trabalhar, porque a chefe da família agora sou eu. A quantia necessária para criar as crianças é inimaginável. E hoje em dia, os que não ganham dinheiro não são considerados vivos. Dá para entender o que estou querendo dizer? De qualquer modo, estou planejando abrir uma loja de móveis. Além do mais, alguém está me dando uma mão com conselhos sobre o assunto (ao chegar nessa parte, Hye-jeon Park ficou mais corada do que o normal). E nisso tudo o problema são as crianças, porque me sinto mal em deixá-las só com a empregada. Não acho que as crianças crescem só com comida e roupa lavada. É por isso que insisto em ter uma babá formada em pedagogia. É um tanto pesado para mim, mas considero que é mais do que o meu dever como mãe. Se você está querendo uma semana de folga, acho que devo levar em consideração o seu pedido. Mas não gosto de ter que trocar de babá várias vezes, então espero não precisar substituí-la num curto período de tempo.

— Isso não vai acontecer.
— Espero mesmo que não.

Logo que terminou de falar, Hye-jeon Park voltou a ler a sua revista. Ela estava na página do questionário sobre a psicologia do relacionamento entre homens e mulheres. Jin-ju achou que Hye-jeon Park estava pensando naquele homem... Como era mesmo o nome dele? "Não vou ligar, pois não é da minha conta. Eu não ligo mesmo para essas coisas." Jin-ju começou a pensar no seu noivo Sung-do e logo foi tomada por uma imensa ternura. Não dava para saber o porquê. Era como se a segurança do mundo inteiro, inclusive de Sung-do, dependesse das atitudes ou da determinação de Jin-ju. Era o que ela pensava, séria e com fervor. Caso contrário, tudo estaria prestes a desmoronar: o trabalho de Jin-ju, de Sung-do, o casamento, o futuro, as crianças, enfim, tudo. Yo-han Kim chegara mais cedo no lugar combinado e já estava na terceira taça de *manhattan* com figo seco. Yo-han Kim tinha uma boa aparência, de estilo comportado. Mas também era teimoso. No geral, ele era gentil com as pessoas, e ainda mais com algumas em especial. Jin-ju era uma delas.

— É brincadeira sua, não é? — perguntou Yo-han Kim apressadamente, antes mesmo de Jin-ju se sentar.

— O quê?

— A história de casamento. E ainda por cima com esse sujeito chamado Sung-do.

— Não é brincadeira, não.

— Ah, não? — Yo-han Kim tomou o *manhattan* num só gole, como se estivesse com muita sede, e pediu outro. — Como ele está?

— De quem está falando?

— De Sung-do. Quem mais poderia ser? — riu Yo-han Kim cinicamente.

— Bem.

— Vocês não estão com algum problema, estão? — perguntou Yo-han Kim sem esconder o desejo de saber que tinham problemas.

— Alguns, mas vamos superar.

— Já arranjaram um apartamento?

— Ainda não.

Jin-ju pediu *blue margarita* e tirou o lenço para limpar a mão com toda a delicadeza do mundo.

— Onde pretendem morar?

— Pode ser em qualquer lugar. Só queremos que não seja fora da cidade e que tenha um estacionamento amplo. Se possível, num bairro tranquilo. É só isso que queremos. Como já deve saber, temos um orçamento limitado.

— "É só isso que queremos"? — replicou Yo-han Kim, imitando a voz de Jin-ju. — Escute só. Nós também tivemos muitas dificuldades para arranjar um lugar para morar. Não podíamos mais continuar numa quitinete, tínhamos que pensar num lugar tranquilo porque, depois do trabalho, os dois estariam acabados. Ninguém pensa numa banheira de aço italiana ou numa janela com vista para o jardim desde o início. Tudo o que queremos é apenas um lugar privado, tranquilo e aconchegante. Mas olhe ao seu redor. E veja se isso é possível. A realidade nada mais é do que um apartamento apertadíssimo com os filhos dos vizinhos do andar de cima e do lado berrando o tempo todo, ruído de piano, cheiro de comida e de lixo mesclados, sem achar uma saída, e pessoas e mais pessoas para onde quer que se olhe. E não foi diferente conosco, que estávamos com um orçamento relativamente maior. Você pode pensar que a vida de casal não é diferente da de solteiro. Mas você vai sentir a diferença logo logo. E todos vão querer transferir o fardo com uma rapidez incrível. É como se as pessoas ao redor percebessem que você não é diferente delas, e por isso todos vão querer se livrar do fardo deles. Você está fazendo cara de quem não entende, mas vai sentir isso antes mesmo de partirem para a lua de mel. O casamento é tão cansativo que a miséria dos casados é diferente da dos solteiros com namorado ou namorada. Você vai se surpreender e pode ser que se arrependa. Ah, a minha conclusão é que não é preciso se apressar. Quer um motivo? Sung-do não está preparado para se casar. Disso todos os nossos amigos sabem. Porque ele mesmo andou dizendo isso. Ele sempre disse que não queria se casar, que casamento era sinônimo de pobreza e que, caso ele se casasse, com certeza se arrependeria. Foi isso que ele disse. Se você se casar com ele, vai ter que virar uma lutadora em todos os sentidos. Pessoalmente, aconselho a não confiar demais na responsabilidade masculina. Sung-do pensa que a responsabilidade é igual à escravidão.

Tudo o que Yo-han Kim dissera até ali não era novidade para Jin-ju. Para ela, eram problemas banais, que todo mundo tinha. Jin-ju estava confiante de que superaria todas as dificuldades. Mas foi a atitude de Yo-han Kim que a chocou. Parecia a paixão pueril de uma criança inocente que estava entediada até então, e que finalmente encontrou algo em que se concentrar. Ela não sabia se ele estava falando sério ou se havia uma ponta de brincadeira ali. Jin-ju gostava do casal. Eles pareciam não ser caretas como ela. Além disso, por vezes, mostravam sofisticação e até elegância.

— Quer jantar? — perguntou Jin-ju pensando que Yo-han Kim estivesse faminto depois de tanto falar.

— Estou com um pouco de fome, sim.

— Que tal *sujebi*[11] no caldo de anchova seca?

— Está bem.

Yo-han Kim sorriu timidamente. Olhando para o colega, Jin-ju pensou que era impossível não gostar de uma pessoa como ele.

— Você está pensando seriamente no que eu disse?

---

11. *Sujebi*: pequenos pedaços de massa feita à mão.

— perguntou Yo-han Kim mais uma vez enquanto comia o *sujebi* quente.

— Eu acho que são problemas pequenos. Quero dizer que posso muito bem superá-los. Além disso, Sung-do não é mais o mesmo. E nós nos amamos.

— Ai, meu Deus. Você ainda não cresceu, Jin-ju. Pobrezinha. Mas, de qualquer maneira, é você quem vai se casar, e vejo que não tem mais sentido me intrometer nessa questão. Você está encarando o casamento como uma viagem a um paraíso desconhecido. E você deve saber que isso é a maior estupidez do mundo.

— Eu também sei das coisas, não sou tão ingênua assim. Mas obrigada por pensar em mim com carinho. De verdade — Jin-ju torceu os dedos como se estivesse ansiosa.

— Mas vocês têm dinheiro suficiente?

— Não temos muito, mas vamos dar um jeito.

— Se precisar da nossa ajuda é só falar.

— Obrigada. Obrigada mesmo.

Yo-han Kim voltou para casa quase meia-noite. Yoo--eun Bae já dormia rangendo levemente os dentes. Sempre que ela rangia os dentes, Yo-han Kim pegava a toalha ao lado da cama, abria a boca da mulher e a fazia morder. Foi a própria Yoo-eun Bae quem pediu que ele fizesse assim. Sobre a mesa, havia um pote de sorvete pela metade e, no banheiro, roupas jogadas para todos os lados. Yo--han Kim deu uma volta pela casa arrumando tudo. O casal sempre jantava fora. Para Yoo-eun Bae era normal, pois saía tarde do trabalho e Yo-han Kim jantava num pequeno restaurante perto de casa. Yo-han Kim não queria ver a cozinha cheirando a óleo e suja com restos de comida.

Essa foi a vida que levaram durante cerca de dez anos. A vida deles sempre foi linear, organizada, e nunca sentiram nojo ou opressão. Mas essa vida causava um tédio enorme também.

— Encontrou-se com Jin-ju? — perguntou Yoo-eun Bae, como quem ainda dormia.

— Hum.

— Reagiu como?

— Disse que se amavam.

Logo que Yo-han Kim terminou de falar, mesmo não estando ainda acordada, Yoo-eun Bae riu.

— Que boba.

— Não, ela estava falando sério.

Yo-han Kim tentou se manter sério, mas não conseguiu segurar o riso. Assim, por um momento, os dois caíram na gargalhada.

— Comprou pão?

— Fiz compras na hora do almoço.

— E o meu absorvente?

— Comprei também.

— Você está entediado, não está? Fale a verdade.

— Não é nada disso. É que estou preocupado com Jin-ju — replicou Yo-han Kim.

— Hunf, você está entediado, sim.

Yoo-eun Bae terminou de falar e logo caiu no sono.

Cão amarelo

01h24

— Tédio? Isso não faz o menor sentido.

Yoo-eun Bae negou com veemência.

— Trabalho tanto que não tenho tempo nem para dormir. Nem em sonho posso pensar em sair com os amigos ou ir a festas. Há muito tempo que esqueci o que é uma sessão de manicure ou de massagem. Assistir à televisão ou ir ao cinema? Essas coisas nunca vão se tornar possíveis na minha vida. É claro que sempre sonho em tirar férias. As férias dos sonhos com o meu Yo-han. Por exemplo: imagino que estamos numa ilha. É claro que é uma ilha com uma praia privada. O azul do mar e os raios de sol na praia são tão brilhantes que o mundo inteiro parece estar cheio de verde-claro. Ficamos o dia inteiro à toa. Não precisamos nos preocupar com o horário do trabalho, não preciso me preocupar com o peso, posso comer à vontade as coisas gostosas cheias de gordura, fazer compras ilimitadas, sem pensar na fatura do cartão de crédito e sair à noite para beber. Tudo o que posso fazer é pensar. Mas não posso colocar em prática. Por quê? Porque isso é pecado. A preguiça é vergonhosa. O conforto faz o ser humano se tornar tolo. E os tolos não podem ser considerados seres humanos. São apenas lixo. Imagine o tédio, então! Nesse ponto, Yo-han e eu compartilhamos da mesma opinião. Por fora, parecemos muito diferentes um do outro, mas compartilhamos a mesma opinião sobre as coisas básicas da vida. Deve ser por isso que estamos conseguindo levar o casamento adiante. Vocês também parecem ser diferentes, mas tenho certeza de que juntos, Jin-ju, vão conseguir tudo que quiserem. Nós abominamos a vida ociosa e aqueles que contratam trabalhadores por motivos pessoais. Por isso nós cuidamos pessoalmente da nossa casa. Nos fins de semana, fazemos a faxina e lavamos a roupa suja, vamos à academia, fazemos compras ou lavamos o carro. Durante a semana não temos muito tempo para jogar papo fora. Tanto ele quanto eu gostamos de trabalhar. E trabalhamos bastante. Não consigo entender as pessoas que não gostam de trazer trabalho para casa. Para ficar vendo televisão em casa? Por que será que as pessoas não gostam de trabalhar? Hoje em dia, todos falam de família, família, família. Dão a desculpa de querer passar mais tempo com a família ou o namorado para evitar trabalhar nos fins de semana e gastar o máximo de tempo possível sem fazer nada. Nós sempre estamos ocupados e nos orgulhamos disso. Enquanto pensamos no trabalho, não temos tempo para nos entediar. Não sei por que você chegou a pensar nisso, mas isso é diferente. As pessoas falam de tédio quando as coisas se tornam repetitivas e sem paixão no cotidiano, mas isso não passa da ambição de escapar do trabalho. Yo-han não é assim. Ele é uma pessoa criativa. Gosta de usar o cérebro no trabalho. Costuma se concentrar segundo o seu próprio estilo, mesmo nas tarefas mais simples, como consertar pequenas coisas da casa, do carro, ou então na hora de escolher um móvel. Não é uma mera questão de gosto ou preferência, mas é uma expressão clara de si mesmo. O cérebro dele está vivo. Até mesmo enquanto dorme ou toma banho, ele fica mergulhado em pensamentos. Ele é tão bonitinho nessas horas. Como não precisamos que os dois trabalhem, estamos discutindo seriamente sobre a possibilidade de ele trabalhar em casa, cuidando da casa. O cansaço é inevitável quando os dois trabalham, não é mesmo? Ele é melhor do que eu nas tarefas do lar ou nas compras. Até mesmo uma cortina escolhida por ele é mais bonita do que se eu escolhesse. E ele está com vontade de aprender carpintaria. Então pensei que seria ótimo nos mudarmos para uma casa com um porão, para montar uma oficina para ele. Na verdade, esse é o nosso sonho desde o começo do casamento. Você deve saber que ele sempre foi mais delicado e criativo, enquanto eu sempre fui mais determinada e direta. Como ele trabalha com computador, pode muito bem trabalhar em casa. Além do mais, ele nunca gostou de fazer amizades com muitas pessoas. E qual o problema em ganhar menos dinheiro? Basta eu trabalhar mais. Ele gosta de cozinhar e nunca apreciou o fato de eu pensar mais nas calorias da comida do que no sabor. Ele mostra tanta paixão e atenção em coisas aparentemente de pouca importância, como trocar o azulejo do banheiro, pensar no modo de expor o vaso verde na janela e decidir qual marca de molho de tomate comprar, quanto no seu próprio trabalho. Não é estranho demais dizer que uma pessoa assim possa estar entediada? Penso que as pessoas têm a obrigação de ficar com peso na consciência quando falamos de tédio. Ele também deve pensar o mesmo. Por isso acho que você se enganou, Jin-ju.

03h05
— As pessoas dizem que ou conhecemos tudo sobre os outros ou não conhecemos nada. Não que eu acredite nisso, mas acho que podemos comparar em função do tempo. É como se eu conhecesse tudo sobre você à uma hora da manhã, por exemplo, mas às três da manhã do dia seguinte não conhecesse nada. O que você acha?

03h35
— Você é uma pessoa direita e orgulhosa. Um tanto careta e forte. Mas é pobre. Com certeza você já deve ter se sentido machucada por causa disso. Eu nunca te vi com um tênis novo quando estávamos na escola. Nunca viajou para fora e, pelo que eu saiba, nunca foi a um salão de beleza. Mesmo assim, sempre que tinha dinheiro, pagava as dívidas de Sung-do. Não precisa negar. Nós todos sabemos, mas fingimos não saber. E mesmo tendo um diploma universitário, foi mandada embora cinco vezes do trabalho, e mais da metade do que você ganha nesse sexto emprego é gasta para alimentar a sua agonia, e quer se casar com Sung-do que, como Pasolini, está procurando algo na arte para se rebelar. E, para isso, você tem que cuidar até altas horas da noite de crianças riquinhas que não têm a mínima noção de educação, enquanto a mãe delas está recebendo massagem nos pés ou namorando. Você está fazendo o dever de casa dessas crianças em nome de seu título de babá profissional. Tudo isso porque a mãe dessas crianças acredita que a educação controlada é um obstáculo para a criatividade e a imaginação dos filhos, pois essa educação não passa de um aprendizado repetitivo. O que eu

quero dizer é que você deve descansar um pouco. Pode ser que você sinta vontade de fugir por causa do cansaço. Mas isso não significa que você esteja querendo se casar com Sung-do para fugir da realidade. Outras talvez quisessem. Você e Sung-do se amam de verdade. E como é que eu, uma pessoa que percebe esse amor de vocês, poderia dizer algo parecido? Acredito que a moral e os valores devem ser atribuídos de acordo com as pessoas. Sob esse ponto de vista, você merece descansar. Não estou falando de ócio, mas da liberdade do trabalho apenas pelo dinheiro. É para o bem da criatividade do seu cérebro e a dignidade do seu espírito. Você não é masoquista. Não há motivos para você trabalhar feito um animal. Principalmente se o objetivo final é o casamento. Não me leve a mal. Não estou querendo dizer que o casamento com Sung-do é tão problemático assim. Sung-do é uma boa pessoa. É claro que não o conheço tanto quanto você, mas poderia dizer que você é diferente dele. É claro que eu e Yo-han também somos diferentes. Se eu tiver que dizer as coisas mais concretamente, diria que você está trabalhando cada vez mais, enquanto Sung-do procura mais o mundo externo. Não há nada de errado com o trabalho. Nem com o fato de um homem de sagitário procurar coisas mais longínquas. Sabia que, diferentemente daqueles que usavam lança ou espada, os sagitários eram os que tinham a melhor vista, porque miravam as coisas posicionadas bem longe de si? Isso mesmo, eles têm uma alma atraente. Por mais que você negue, o problema é o seu cansaço. O cansaço piora o problema. É também a causa do pessimismo. Não dá para se casar desse jeito, ora. Então pensei que você podia diminuir a renda e aumentar o tempo livre. O que você acha? Num relacionamento firme, como o seu com Sung-do, o relacionamento em si procura manter um equilíbrio, mesmo quando o casal não dá conta disso. O que quero dizer é que Sung-do também vai acabar achando a noção da realidade, sem perceber.

11h50
Quando ela voltou do escritório, o marido estava sentado no sofá, lendo uma revista com a biografia de Erik Satie. A última linha dizia o seguinte: "Em 1925, terminou a vida criativa, abstinente e solitária no hospital São José. Não deixou viúva nem filhos."
O marido disse:
— Eu também queria viver assim.
— Que pena — respondeu Yoo-eun Bae como se estivesse achando graça. — Pobrezinho, não vai poder ter uma vida assim.
— O que quer dizer? — o marido parecia frouxo e deprimido.
— Estou grávida.
— Hummm — gemeu o marido de maneira mais deprimida ainda. — Não sei como. Eu sempre tomei cuidado. Não acho que tenha sido culpa minha.
— Não é culpa sua — consolou Yoo-eun Bae o marido. — Acho que o ritmo do meu ciclo desregulou por causa do trabalho. Isso é totalmente possível, não?
— Eu não quero ter filhos. Nem você, não é mesmo? E então, está pensando em abortar?
— Não sei ainda — Yoo-eun Bae parecia ter um tique

no ombro. — Estive pensando e acho que não seria mal ter um filho.

— Que merda — soltou o marido, usando o único palavrão que conhecia e deitou-se no sofá, enfiando o rosto na revista. — Tenha dó de mim, por favor. Não está vendo que o seu marido está morrendo de desespero?

— Acho que não vai ser tão ruim assim.

— Um dos dois vai ter que deixar o trabalho integral. Os gastos vão aumentar e teremos que procurar uma casa maior. Eu não vou poder mais ouvir música ou ler em casa. Se bobear, vamos ter que contratar uma empregada.

— Combinamos de não ter empregadas ou motoristas. Já se esqueceu do trato que fizemos antes do casamento? — a voz de Yoo-eun Bae estava mais austera do que nunca.

— Quem foi que quebrou a promessa antes? Foi você quem propôs levarmos uma vida sem filhos.

— As pessoas mudam de ideia. Não seja tão turrão assim. Mas empregada, não. Se for tão cansativo, eu posso tomar conta da criança depois do trabalho.

— Problemas inesperados podem surgir a qualquer momento — o marido estava sendo mais cauteloso do que Yoo-eun Bae. — Teremos que calcular por quanto tempo devemos tirar folga, e quanto vamos gastar. Os gastos de antes, durante e depois da gestação, os gastos com o bebê, com o hospital e, sobretudo, os gastos com a babá.

— Nossa, quanto pessimismo — Yoo-eun Bae sentou-se ao lado do marido. — Mas pense bem, nós vamos ter um bebê.

— É um peso para mim — franziu a testa o marido como se estivesse mesmo com uma dor de cabeça. — Queria viver como Erik Satie, o da revista — continuou a resmungar o marido.

— Uma vida criativa, abstinente e solitária?

— Isso mesmo.

— Você sabe quanto custou o pijama que você está vestindo?

— É claro. Fui eu que comprei.

— E o preço da escova de dente que você usa todas as manhãs, do cobertor, da xícara com estampa de cachemira e a pantufa cujo valor ninguém reconhece, mas que é indispensável em todos os momentos da vida? Você deve saber qual foi o preço de cada um, não sabe?

— Com certeza, pois fui eu quem os comprou.

— Além disso, você só usa perfumes caríssimos, não consegue dormir se não vestir roupas de baixo de puro algodão, não suporta mulheres feias e estéreos com baixa qualidade de som, e sempre procura estar na moda.

— Acho que sim.

— Então nem precisa falar mais. Você não vai conseguir viver assim — Yoo-eun Bae começou a rir, tirando sarro. E continuou: — Pense comigo. Por que será que todas as pessoas têm filhos? Isso é válido também para os que não estão financeiramente bem.

— Deve ser uma espécie de diversão.

— É isso mesmo — respondeu Yoo-eun Bae num tom passional. E abraçou o rosto de seu querido marido.

— Pense bem sobre o bebê. Nós também poderemos

nos divertir. Se pensarmos em tudo antes, criar uma criança poderá ser mais divertido do que imaginamos. Antes de tudo, será uma criança nossa. Não podemos comprar em lugar nenhum. Você sempre quis comprar um cachorro ou um gato. Não vai ser diferente. Aliás, é mais especial. Um filho, se não tivermos, não vamos conseguir em qualquer lugar. E quando temos um, devemos pensar direitinho e planejar. Não é legal? Devemos começar por onde, então?

— Por um nome — gritou o marido, como se tivesse finalmente encontrado algo divertido.

— É importante, mas não é a prioridade.

— O que é, então?

— É fazer com que a criança veja e escute mais coisas quanto possível. É fazê-la sentir por ela mesma. Isso é educar. Pela primeira vez, eu assisti no escritório a uns DVDs de filmes antigos pensando no bebê. Acabei me sentindo estranha. Como posso dizer, senti satisfação e plenitude ao mesmo tempo. Não me senti sozinha. Um sentimento de poder controlar algo além de mim através das veias e do cérebro, como se fizesse parte de mim, formando uma unidade. É parecido com um filme de ficção no qual aparecem coisas como telepatia e clonagem. Lembra que você também ficava entusiasmado vendo esses filmes? Que droga, seria tão bom se você pudesse sentir isso. Bom, de qualquer jeito, foi um sentimento de altruísmo. Você sempre quis que eu fosse mais altruísta, não é?

— Isso quando se trata de mim, ora. Mas que filme que era?

— *O exorcista* e *A profecia*.

Colados um no outro, os dois estavam sentados no sofá escutando o vento soprar do lado de fora da janela. Graças a um sentimento mútuo existente apenas nos casais de longa data, cada um deles mergulhou em seu próprio pensamento. Depois de um momento, o marido finalmente falou:

— Que tal ler livros para ele?

— Que tipo?

— Educativos. No *Jardim secreto*, por exemplo, a parte em que aparece o corcunda ensina o respeito pelos deficientes. No mínimo, dá para aprender que não se deve trancafiar os deficientes. A parte em que o lobo come a Chapeuzinho Vermelho ensina que as velhas corocas e os lobos estão no mesmo nível. A parte em que João e Maria queimam a bruxa ensina que a união pode fazer com que as crianças vençam os adultos. E as velhas gentis sem motivos são todas bruxas. A parte em que a Joana d'Arc vai para a fogueira mostra que fim leva o nacionalismo cego e o espírito guerreiro. E por fim, o Flautista de Hamelin mostra que os vagabundos curtindo a vida à toa não passam de sequestradores sem vergonha.

— Que coisa mais banal — ironizou Yoo-eun Bae.

— Afinal, você quer ou não essa criança? Eu respeito a sua opinião. Afinal, é verdade que estabelecemos um acordo antes de casar. Se você disser não até a morte quanto à empregada, eu vou dar um jeito. Apesar de ser contra a minha vontade.

Depois de ter dito isso, Yoo-eun Bae andou de maneira frenética pelo quarto. Yo-han Kim, com cara de quem estava achando graça da situação, acendeu um cigarro e lhe passou. Eles não fumavam, mas sempre tinham alguns guardados para as visitas. Yo-han Kim sentiu vontade de fumar no dia do casamento deles e no dia em que seu pai faleceu. E sentiu a mesma vontade nesse exato momento. Yo-han Kim, com os cotovelos no carpete, observando Yoo-eun Bae andar para lá e para cá, não conseguiu segurar a gargalhada.

— Mas as mulheres são realmente seres inferiores. Ficar grávida, ora. Qual é a diferença com o broto?

— Isso que você está dizendo é verdade, mas pare de rir — disse, irritada, Yoo-eun Bae, fumando com gosto o cigarro que Yo-han Kim lhe dera.

— No começo, nem em sonhos eu pensaria em ter um bebê. Minha nossa, isso seria impossível. Imagine ser pai. Os filhos só pensam em gastar o dinheiro dos pais sem trabalhar, como se tivessem todo o direito do mundo, e isso vai até o fim da vida. Mesmo no momento da minha morte, eles vão abrir as mãos me pedindo dinheiro. Nem morto quero me colocar numa situação dessas. Quando você me anunciou a gravidez, desejei que você desse um jeito por você mesma. Mas agora mudei de ideia. Nós temos o direito de recusar o que é considerado óbvio por todo mundo. Por quê? Porque você é Yoo-eun Bae, e eu, Yo-han Kim. Agora, temos um início embriológico. Uma bolota de células com aparência de réptil está se formando, se alimentando dos seus nutrientes. E nós estamos realmente "fazendo" um bebê. É um experimento criativo. Podemos até tentar. Mas tenho consciência de que é preciso um esforço enorme para criá-lo. Nem um cachorro você quis ter. Sem uma empregada, o nosso cotidiano vai se tornar difícil demais, e eu sou contra isso. Precisamos tomar medidas para sistematizar a nossa vida. Existe outro problema. E se você engordar mais ainda? Se ficar mais gorda, vai ser difícil para mim. Por isso, quero que fume.

Yo-han Kim parecia satisfeito com o sermão. Achava que era mil vezes melhor não ter um bebê. Ele era racional, ora! Mas estava curtindo a gravidez de Yoo-eun Bae e, além disso, decidiu respeitar a opinião dela, pois a amava.

01h15
Eles estavam deitados na cama. Dorminhoca como era, Yoo-eun Bae já estava roncando levemente. Eles tinham que se levantar às cinco e meia da manhã. Era normal Yoo-eun Bae passar mais do que quatorze horas por dia fora de casa. Os sábados não eram exceção e, quando havia muito trabalho, ainda trazia tarefas para casa. Por isso, sempre que se deitava, adormecia logo em seguida. Yo-han Kim costumava ler antes de dormir, e as leituras de cada dia reapareciam no sonho da noite. Quando não lia, não sonhava. Yo-han Kim pensou no que poderia ser uma vida criativa, abstinente e solitária. Até aquele momento, ele achava que a sua vida se aproximava desse sonho, apesar de Yoo-eun Bae sempre dizer que podia provar o contrário, dando mais de mil argumentos. Como disse Yoo-eun Bae, Yo-han Kim estava acostumado com produtos de luxo. No entanto, isso não vinha de uma vontade forte da parte dele, era só um velho hábito consolidado. Yo-han Kim era filho único de uma família rica, mas nunca desfrutara de uma vida luxuosa — nesse aspecto, o casal era idêntico como gêmeos —, e ambos não gostavam de desperdiçar atenção, dinheiro e tempo em comida, roupas e casa na tentativa de tornar a vida mais agradável. Por

exemplo, eles curtiam vinho, caviar e *foie-gras* em restaurantes de luxo, mas diziam que estavam fartos dessa bonança, e que os gourmets e gastrônomos eram um bando de porcos que mereciam ser mortos a estocadas. Ou seja, eles simplesmente "não gostavam". Estavam dispostos a se tornar fregueses de um restaurante que servisse de maneira extremamente humilde e puritana, sem se importar com o preço, por mais alto que fosse. Ele usava roupas caras, mas era porque não havia nada mais barato para comprar, e porque agradavam às pessoas com quem se encontravam. Além disso, ele sempre podia afirmar que dava duro no trabalho. Para ele, a sua vida era nada mais do que apenas aceitar passivamente o seu destino, desde o nascimento até o casamento. Ele tinha certeza de que, se tivesse a liberdade de arquitetar a própria vida como uma casa, não teria escolhido essa. Se ele não vivesse numa cidade grande como aquela, tinha certeza de que poderia acabar com essa vida hipócrita, e se livraria também da repetição dessa nojenta justificação.

Ele sempre desejou ir para o planalto da América Central, deitar sobre a terra, sentar nas pedras e respirar o ar puro daquele lugar. É claro que ele nunca tinha tido tal experiência, mas acreditava que seria feliz ali. Não porque gostava da natureza, mas porque estava farto dessa vida confortável da cidade. Era uma vida comparável a este cobertor de algodão puro e ao travesseiro macio (no dia seguinte mesmo, iria ao shopping center para comprar outro travesseiro. Um que não fosse tão macio e tão leve como as asas de um pombinho), às pantufas leves como as nuvens brancas, aos pijamas de algodão enfeitados com seda, aos sabonetes perfumados, e aos queixos lisos de barba bem-feita. Yoo-eun Bae não gostava de ver o marido pensar assim, porque para ela isso era apenas uma tentativa de fugir da realidade. Planalto da América Central? Como é que ele viveria num lugar desses? Seria ele capaz de aguentar a presença de insetos venenosos, comida rústica, o mal das montanhas e a solidão de uma vida extremamente pacata? Ele não aguentaria levar essa vida monótona sem telefone, internet e fax. Yo-han Kim queria provar que os seus pensamentos não eram mera ficção. Não pretendia deixar viúva ou filhos. Que vida mais simples e honesta. Yo-han Kim se excitou por um momento.

03h23
Yo-han Kim acordou depois de ter adormecido por um curto momento sobre a revista. Yoo-eun Bae estava indo para a sala.

— Aonde você vai?

— Telefonar — respondeu Yoo-eun Bae, com a voz meio rouca.

— A essa hora? Vai ligar para quem?

— Para Jin-ju.

— Ah, a Jin-ju? — perguntou Yo-han Kim mais uma vez, se ajeitando para dormir novamente. — Parece que Jin-ju vai se casar mesmo, não é?

— Acho que sim.

— Você vai ao casamento?

— Já disse que não vou.

— Se acha que ela vai se casar mesmo, por que você está se esforçando tanto assim? Jin-ju não pensa em desistir.

— Ah, é que é divertido.
— Está bem. Boa sorte, então. Eu vou dormir.
— Boa noite.
— Para você também.
— Ah, e você já pensou num nome para o bebê?
— Demon.
— Hunf, é banal demais — resmungou Yoo-eun Bae, mostrando insatisfação.
— Que tal Hwang-kyun?[12]
— Não importando que seja menino ou menina?
— Ah, é mesmo.

Yoo-eun Bae finalmente sorriu. E acrescentou:

— Aí está um possível nome.
— Mande um oi para Jin-ju por mim. Para essa pobre Jin-ju, que está prestes a se casar e se tornar mais infeliz ainda.
— Não fale assim. Ela está cheia de vontade de lutar.
— Mas que droga. Não entendo por que as pessoas querem tanto se casar. Além do mais, estão poluindo este mundo puro com genes inferiores.
— Vá dormir que eu tenho que ligar.
— Quer que eu leia um livro infantil?
— Hoje não. Tenho que ligar para Jin-ju. Amanhã, por favor.
— Está bem. Tchau.

Yo-han Kim apagou o abajur e Yoo-eun Bae deixou o quarto.

---

12. Hwang-kyun: em coreano, esse nome tem a mesma pronúncia de "cão amarelo".

Gang-shi[13]

— Voltei.

A voz de uma criança se fez ouvir primeiro. Depois, a pesada porta de vidro da lavanderia se abriu e uma menina de feições delicadas como a de um frágil pássaro entrou por ela. A jovem aparentava não ter mais do que 10 anos, mas na verdade tinha 12. Seus cabelos eram naturalmente castanho-claros, quase loiros, assim como as unhas e os olhos sem expressão. A pele era clara, o queixo fino, e apresentava uns tiques frequentes. Era difícil dizer se aquilo que estava impregnado nela era medo ou esperteza. Vazia, a lavanderia estava dominada pela escuridão e por uma bolsa de ar morna. Não que o vazio sempre tivesse estado ali, mas parecia um silêncio causado pelo curto momento de distração de uma fera. Amedrontada, a menina observou o quarto no fundo da loja à procura de algum sinal de vida. Não se ouvia nada. Finalmente, a felicidade surgiu em sua expressão.

— Por onde é que você andou esse tempo todo, hein?

Uma voz grave e fria veio por cima da cabeça da menina. Seus ombros se encolheram até não poder mais. O dono dessa voz tinha acabado de entrar na lavanderia, logo depois da garota. Era o dono do negócio,

---

13. *Gang-shi*: fantasma chinês de uma criança, caracterizado principalmente pela rigidez dos braços e pela palidez da pele.

um homem grande de rosto quadrado, escuro e sem expressão.

— Diga, hoje é sábado, não é? Vai me dizer que ficou vagabundeando de novo perto do cinema depois da aula? Quantas vezes eu disse para não fazer isso, hein? Mostre-me a prova de hoje.

Aterrorizada, a menina não conseguia levantar a cabeça.

— Mostre-me a nota, vamos. Não fique aí parada.

— Desculpe — disse a menina com a voz quase inaudível.

— Eu mandei mostrar a prova, e não pedir desculpas. Vamos, vai tirando a prova da mochila!

— Desculpe, pai.

Nesse momento, o homem viu o rosto de outra menininha por trás de sua filha. O dono da lavanderia percebeu que era a filha da viúva que tinha acabado de se mudar para o bairro. Por isso, achou melhor terminar de dar bronca na própria filha mais tarde.

— Ah, você trouxe uma amiga. Se estava brincando com a sua amiga, era só ter falado.

O tom austero do dono da lavanderia se atenuou consideravelmente. A menina percebeu, então, que escapara do perigo.

— Brinquem lá dentro. E façam a lição juntas, também — o dono da lavanderia apontou para o quarto no fundo da loja.

A menina pegou a amiguinha pela mão e a levou para o quarto. Mali, era este seu nome, nem estava na escola ainda. Elas se encontraram no parquinho do bairro e a babá de Mali permitiu que ela fosse brincar um pouco na casa da menina. A babá de Mali era bonita, mas tinha sempre o semblante cheio de preocupação. Ela só deixava Mali brincar na lavanderia quando tinha alguma coisa para buscar ali. Por isso, a menina achava que a babá, mais do que bonita, era esperta.

— Como você é bonita. Como é que conseguiram fazer um penteado tão lindo? Deve ter sido a professora, não foi? — o dono da lavanderia elogiou o penteado de Mali, um coque para amenizar o calor. No entanto, ele parecia não ligar para o cabelo despenteado de sua filha, que precisava urgentemente de um corte. Além do mais, o cabelo dela cheirava mal por estar sem lavar havia vários dias.

A menina se chamava Hye-young Gang. Mas o nome pouco importava, pois em casa o pai a chamava de mala, de preguiçosa, de lerda e mal-educada, de inútil que nem sabe lavar louça direito, de leprosa desgraçada, de estúpida sem valor, etc. Mas na hora de chamar a filha para mandá-la fazer algo, todos os adjetivos eram descartados, pois um "ô!" ou "ei!" era suficiente. Na escola, seu apelido era Gang-shi. Isso porque ela era pálida e sem muitas expressões, além de ter o sobrenome Gang. Quando brigava com os colegas, ela sempre tentava furá-los com um lápis de ponta afiada. Todas as crianças da sua idade, da escola ou do bairro, a chamavam de Gang-shi. Era uma forma de chamá-la que estava mais para um nome do que um apelido em si. É claro que os professores não a chamavam pelo apelido, mas era raro eles chamarem por ela. Para eles, o nome dessa menina existia apenas na lista de chamada. Além do mais, havia outra menina chamada Hye-young. Mas esta era Hye-young Kim e não tinha apelido nenhum. Logicamente, todos a chamavam pelo nome. Por isso, todos achavam mais cômodo chamar a menina de Gang-shi. Mas ela não tinha uma opinião sobre essa situação. Hye-young Gang era magra e miúda, mas bastante teimosa e quieta. Mali observava, com olhos maravilhados, a colega tirar os livros e os cadernos da mochila toda velha, um monte de lápis com pontas afiadas do estojo, colocar tudo no chão e começar a fazer a lição de casa. Gang-shi carregava pedaços de giz de cera enfiados num saco plástico e uma sapatilha imunda. A menina resolvia os problemas de matemática sem dificuldade nenhuma, colocava as notas musicais nos seus devidos lugares como se fosse a coisa mais fácil do mundo, desenhava uns sapos no caderno de desenho e uns mapas estranhos com o lápis. Nem Gang-shi nem Mali abriram a boca para falar. De repente, Gang-shi fez uma careta, dizendo:

— Ai, minha barriga. Acho que vou ficar menstruada.

— O que é isso? — perguntou Mali com os olhos arregalados.

— Não te interessa. Você ainda é uma criança — disse Gang-shi friamente, esnobando.

— O que é? Explique, vai.

Para Mali, Gang-shi sabia de tudo; qualquer coisa que saía da boca dela parecia novo e interessante.

— Não posso falar disso com crianças. Você ainda não precisa saber dessas coisas.

— Mesmo assim, vai.

— Então você promete não falar para ninguém?

— Prometo — concordou Mali rapidamente, com medo de Gang-shi mudar de ideia.

— Ah, não. Mas você é muito nova ainda. Essas coisas, hum, só as mulheres grandes fazem. Por isso, se ficarem sabendo que falei dessas coisas para você, que é uma criança, podem brigar comigo.

Gang-shi balançou a cabeça. Mali se aproximou de joelhos e segurou o braço de Gang-shi.

— Eu trago chocolate lá de casa.

Mali sabia que Gang-shi gostava de chocolate. A babá costumava dar chocolate e biscoito no lanche da tarde. Mali pensou em guardar o lanche para trazer para Gang-shi.

— Verdade? — os olhos de Gang-shi brilharam.

— Claro — Mali balançou a cabeça afirmativamente.

— Vai me trazer biscoito também? Dos grandes.

— Trago.

— Está bem. Então vou explicar. A menstruação é assim: você dorme e quando acorda no dia seguinte, você encontra o lençol sujo de sangue. E depois, você fica com dor de barriga — Gang-shi juntou as sobrancelhas de modo inconsciente enquanto explicava com o máximo de realidade possível um fato sobre o qual ela mesma pouco sabia. — E se você não lavar o lençol direitinho, a babá pode bater em você.

— Verdade? — perguntou Mali como se não pudesse acreditar no que estava ouvindo.

— Mas é claro que é verdade. Deve ser difícil para você acreditar. E o mais importante é que ninguém pode te ver lavando o lençol. Com certeza vai ter que acordar no meio da noite, enquanto todos dormem, para lavar. E se alguém vir o sangue ou o lençol com sangue, você vai ter que morrer de vergonha. O pior de tudo é que quando começa uma vez, vai ter que passar por isso uma vez por mês até morrer.

— Por que é que tem sangue no lençol?

— Porque sai sangue de você.

— De onde?

— Da bunda.

Mali piscou os olhos mostrando mais desconfiança ainda.

— Se sai sangue, será que vai doer?

— Já falei que dói a barriga, não falei? Dói muito. Não pode mais fazer educação física e nem se mexer muito.

— Então eu não quero fazer isso.

— Você não tem que querer nada.

— Vou tampar o bumbum — gritou Mali com firmeza, com vontade de se livrar da ansiedade que tomava conta dela.

— Se fizer isso, você não vai poder ter filhos — cortou Gang-shi com frieza as esperanças de Mali.

— Não tem problema. Não quero sentir dor.

Mali desconhecia a razão e tinha certeza de que Gang-shi estava mentindo, mas sentiu um calafrio igual àquele que sentia depois de ver um filme de terror ou depois de um pesadelo. Desde o dia em que percebeu que o seu pai não vinha mais para casa, Mali passou a sentir uma grande e inqualificável ansiedade. A sensação despertada antes da consciência costuma ficar impregnada até a morte. Era uma sensação impossível de ser descrita com a capacidade linguística de Mali, no entanto, para ela, não era uma ansiedade existente na descrição, mas que existia como um fantasma de uma noite escura. A mãe chorando trancada num quarto escuro. Isso era tudo. Mali era nova demais para saber com exatidão o que tinha acontecido, quem tinha vindo e quem tinha saído. A única coisa é que os objetos apareciam e desapareciam da vista de Mali, sem nitidez, e um mundo indescritível com o vocabulário de Mali ia se sucedendo dia e noite. Tudo o que ela entendia eram coisas como vir, ir, ter, não ter, ser visível e invisível. E toda a subjetividade que preenchia o espaço entre esses verbos eram coisas difíceis e incompreensíveis para Mali. Por que a sua mãe chorava ou por que o seu pai não vinha mais? A mãe lhe dissera que, quando Mali entrasse na escola, o pai voltaria, mas o seu irmão contara na mesa, naquela manhã, que era tudo mentira. Mali não tinha experiência suficiente para questionar mais concretamente sobre as coisas. As lembranças do pai se tornavam cada vez mais nebulosas. Agora, a mãe não chorava mais, o irmão mais velho não falava mais do pai, cujos pertences foram empacotados para ser mandados para não se sabia onde, e restava apenas um teco de confusão em Mali. Mas isso não era fatal para a menina. Vir, ir, ter, não ter, ser visível, ser invisível... não havia mais nada entre tudo isso. Restava apenas uma sombra de ansiedade, uma sensação de ansiedade ainda impossível de ser descrita com a capacidade linguística de Mali.

— Quando é que você vai me trazer o chocolate e o biscoito?

— Amanhã.

— Tem que trazer escondido, para o meu pai não ver — asseverou Gang-shi. E ela disse mexendo as pupilas de maneira frenética, mostrando ansiedade. — Na verdade, o meu pai faz isso pensando em mim. Doce estraga os dentes.

— Gang-shi, você também tem aquilo?
— Aquilo?
— Aquilo que você disse aquela hora. Do lençol sangrando.

— Ah, aquilo — suspirou Gang-shi, esnobando quanto pôde, mas a menstruação fazia parte de um mundo misterioso tão longínquo para ela quanto para Mali.

— Ainda não, mas logo logo. Estou esperando. Pois todas as meninas crescidas ficam. Se não ficar, não podem ter filhos. Você sabe como um bebê sai de dentro da mãe?

— Não, não sei.

Mali balançou a cabeça negativamente. Ela não tinha o menor interesse por esses assuntos e, na verdade, eram chatos demais. Em comparação a Gang-shi que estava na beira da adolescência, Mali ainda era uma criança. Mali pensou por dentro que a história do sangue no lençol era pura invenção. Uma mentira criada por causa do chocolate e do biscoito. Gang-shi tentava esconder, mas todos do bairro sabiam que era maltratada pelo pai. Mas Mali fingia não saber. Exceto por Gang-shi, ninguém brincava com Mali. É claro que havia muitas crianças na pré-escola, mas elas não eram gentis com a recém-chegada Mali. Mudar de escola era triste. Na nova escolinha, as músicas eram diferentes, as regras dos jogos eram diferentes, o modo de cumprimentar o professor de inglês era diferente e o modo de chamar a atenção da professora era diferente. Na nova escolinha, por exemplo, ninguém usava meias brancas que iam até o joelho. Na antiga, as meninas obrigavam as mães a comprar essas meias porque estavam na moda. Era óbvio que, se não usasse as meias que todas usavam, ninguém brincaria com ela. Mas quando Mali chegou à nova escola com essas meias brancas, todo mundo olhou para ela como um ser estranho. Todas as garotas da nova escolinha usavam meias-calças pretas. Só uma menina usava meias brancas, mas ninguém brincava com ela porque era dentuça. No primeiro dia, Mali teve que tomar o lanche com essa menina. Sentiu vontade de morrer. Na hora do lanche, as crianças cantaram uma música que começava com "O som de sino da igreja vindo lá de longe...". Mali não conhecia essa música. Na outra escolinha, eles cantavam uma música que dizia "No nosso lar tão feliz onde o pai e a mãe plantam flores". Mali gostava particularmente dessa música. Gostava também de outra cujo refrão dizia *"Oh my darling, oh my darling, oh my darling Clementine"*. Na hora da recreação, Mali cantou essas duas músicas na frente das outras crianças, mas ninguém gostou e todas tiveram uma reação fria.

— Nem disso você sabe, sua boba. Quer que eu ensine? Se me der essa carteira vermelha, eu te ensino.

— Não, não quero.

Mali bocejou. Ela pensou que seria tão bom se Gang-shi não falasse tanto dessas coisas. Ela sabia que Gang-shi contava de propósito essas histórias horríveis para assustá-la.

— Ah, é? Azar o seu. Então deixa eu olhar a sua carteira vermelha.

— Está bem.

Mali tirou a carteira vermelha infantil que carregava no pescoço e passou para Gang-shi. Tinha sido presente de sua mãe no último aniversário. Mali gostava tanto dessa carteira que sempre a carregava consigo.

— Nossa, que bonita.

Maravilhada, Gang-shi observou com calma. Mali

tinha coisas bonitas demais. Várias bonecas, e mais roupas do que Gang-shi. Mali não tinha pai, mas tinha uma mãe bonitona e uma babá. Ela sempre tinha doces e biscoitos à vontade, sempre estava bem penteada com presilhas magníficas, e usava sapatos novos e brilhantes. Gang-shi pensou que era injusto. Mas Mali era tonta. Acreditava em tudo o que Gang-shi dizia, e sempre trazia doces e brinquedos quando lhe era ordenado.

— O que é isso?

Assim que Gang-shi abriu o fecho de metal da carteira, duas moedas caíram pelo chão. Gang-shi pegou as moedas do chão.

— Nossa, de onde elas saíram?

Gang-shi fingiu não ter visto que as moedas caíram da carteira de Mali.

— São minhas.

Mali pediu que Gang-shi devolvesse as suas moedas.

— São suas por quê? Eu achei na minha casa e por isso são minhas moedas.

— O dinheiro estava na minha carteira. Caiu quando você abriu a carteira.

— Caiu da sua carteira? — Gang-shi olhou desconfiada. — Não acredito em você. Eu não vi as moedas caírem. Eu achei as moedas na minha casa e as peguei. Com certeza caíram quando eu estava trocando de roupa hoje de manhã. Então são minhas.

— Não. São minhas. A minha mãe me deu porque eu não chorei na hora de lavar o cabelo. Elas estavam aqui e não estão mais, olhe.

Como Mali insistiu até o fim, Gang-shi olhou feio.

— Meu pai também me deu dinheiro hoje de manhã.

Eu estava procurando e até que enfim encontrei aqui. Mali, você é mentirosa. Não te disseram o que acontece com meninas mentirosas? Um fantasma descabelado vai vir te buscar no meio da noite. O seu lençol vai ficar todo vermelho de sangue. E você não vai conseguir lavar tudo sozinha. O que é que você vai fazer, hein?

Mali ficou vermelha de medo e de raiva. Já estava choramingando também.

— Mentirosa é você. O seu pai nunca te dá dinheiro. Todo o mundo fala que ele não compra doces e nem roupas para você.

— O quê? Quem disse isso? Não é, não. Não é verdade.

Gang-shi, que trajava um vestido rendado de segunda mão encontrado no baú de doações da igreja, se levantou em fúria. A renda do pescoço e do punho estava descosturada, mas Gang-shi não sabia costurar. Era o vestido que a freira tinha trazido pessoalmente, porque sentiu pena de Gang-shi, que havia muito tempo só usava roupas menores do que o seu tamanho. A meia preta de Gang-shi estava furada e as mãos eram enormes para a sua idade e o seu tamanho, de tanto trabalhar nas tarefas do lar. A mãe de Gang-shi deixara a família havia cinco anos e, desde então, Gang-shi vivia só com o pai sadista.

Nesse momento, o dono da lavanderia estava cumprimentando os clientes que tinham vindo deixar a roupa suja. Era um casal que estava em pé diante do dono com cara de quem estava preocupado com a mancha da camisa. Mas o dono lhes assegurou:

— Não se preocupe, senhor. Esse tipo de mancha (nesse momento, o dono da lavanderia deu uma olhada rápida na mancha da camisa) não é páreo para mim. Posso deixar a camisa novinha em folha, aliás, vai ficar mais perfeita do que quando era nova, e ninguém vai perceber a mancha.

— Então, por favor.

— Até logo. A camisa estará pronta dentro de uma hora. Não se preocupem.

No momento em que o dono da lavandeira se despediu esfregando as mãos, viu chegar a professora particular dos filhos da viúva que tinha acabado de se mudar para o bairro. O dono abriu a porta com grande rapidez.

— Entre, entre. Que calor hoje, não? É claro que a sua casa deve ser fresca por causa do ar-condicionado, mas a vida do povão não é a mesma, sabe? Aqui na lavanderia nem podemos instalar ar-condicionado, porque é quente demais. Com o ar-condicionado, vou acabar saindo no prejuízo. É impossível colocar climatização num local tão grande e com tanto calor saindo das máquinas e dos ferros de passar, a não ser que tenha serviço a ponto de me fazer revirar os olhos. Além disso, há tanta concorrência nessa área, que não teria lucro nenhum. Você que fez até faculdade deve saber muito bem, mas nem sei mais quando foi a última vez que o preço da lavanderia aumentou. Por isso não consigo nem o mínimo para manter o negócio. Sente-se aqui na frente do ventilador. Pelo menos com a janela aberta dá para aguentar um pouco.

— Trouxe dois conjuntos de lã, um par de luvas de couro e uma echarpe também.

Jin-ju desejou sair de lá quanto antes, porque a puxação de saco do dono da lavanderia não lhe agradava. Jin-ju não gostava desse homem. Não gostava do jeito exagerado de ser gentil com os clientes, o fato de o seu olhar frio nunca mudar de brilho lhe dava arrepios e, apesar de ser algo habitual para ele, detestava o jeito como tratava a filha. Era como uma hiena diante de uma presa à beira da morte. Jin-ju não gostava de ir à lavanderia, mas ela não tinha escolha porque a empregada esqueceu de passar ali durante a tarde e tinha pedido esse favor. Além de tudo, precisava buscar Mali.

— Mas é claro, deixe aí mesmo. A echarpe deve ser de seda, não? Em dois dias estarão prontos.

— E eu vim buscar Mali. Ela veio com Gang-shi, aliás, com a sua filha para cá, depois da escola. Ela está?

— Claro. Devem estar brincando. Não sei como elas não saem do quarto com o calor que deve fazer lá dentro. Como pode ver, estive tão ocupado que nem tive tempo para dar atenção às meninas.

Enxugando o suor da testa, o dono da lavanderia jogava uns olhares negros sobre Jin-ju. No momento em que ele abriu a porta do quarto sem dizer nada, nem mesmo o "Ei!" habitual, Mali estava derramando lágrimas sem fazer barulho. Tentava tomar as moedas que Gang-shi segurava com toda a força em suas mãos. Uma das mãos de Mali puxava o cabelo de Gang-shi, que segurava um lápis pontudo com a outra mão. A parte pontuda do lápis apontava para a testa de Mali. Gang-shi estava prestes a enfiar a ponta do lápis no rosto de Mali. Jin-ju pegou Mali no colo quase no mesmo momento em que a ponta do lápis quebrou em mil partes contra a parede onde Mali estava encostada. O dono da lavanderia soltou um berro.

— Mas o que está acontecendo por aqui? Eu mandei vocês brincarem juntas e não brigar!

Mali finalmente caiu em prantos no colo de Jin-ju, e Gang-shi recuperou a inexpressividade de sempre. Mas visto que o olhar fixo não se mexia e que os seus pequenos ombros tremiam de forma frenética, era possível deduzir que Gang-shi estava petrificada de pavor, muito mais do que Jin-ju ou Mali. O dono da lavanderia fez um sinal com o queixo como se estivesse perguntando a Gang-shi o que acontecera.

— Ei, o que foi, hein?

A mão de Gang-shi estremeceu, abrindo-se de modo autômato. Duas moedas prateadas caíram no chão, tilintando. Mali, que estava chorando, correu para apanhar as moedas e depois se jogou nos braços de Jin-ju para chorar mais ainda. Mali segurava com toda a força a carteira de pérolas com uma das alças arrebentada. Com certeza tinha sido uma batalha dura para Mali.

— Sua ladra.

Entendendo a situação, o dono da lavanderia entrou no quarto de sapato mesmo, e tirou Gang-shi de lá à força.

— Por favor, explique à patroa como eu dei uma boa lição nesta minha filha ladra. Sem falta.

O dono da lavanderia disse num tom sério e deu um soco bem no meio do rosto de Gang-shi, que tremia feito um choupo. "Crec", ouviu-se um ruído leve, como o de um osso de um pássaro se quebrando: o nariz de Gang-shi sangrou, sujando o punho do dono da lavanderia. Ao ver o sangue, Mali gritou com estridência, como se estivesse tendo uma convulsão. Mali estava tão assustada que esperneava. Jin-ju pensou que deveria intervir, mas a prioridade era Mali. Afinal, ela tinha sido contratada para proteger a menina. No momento em que o dono da lavanderia dava o segundo soco em Gang-shi, Jin-ju saiu da lavanderia às pressas, segurando Mali nos braços e ouvindo o barulho do osso do nariz ensanguentado de Gang-shi fraturar de vez.

Um dia negro

Eles eram pessoas comuns, facilmente vistos em todos os lugares. Isso significava que eram apenas um casal de amantes traindo os respectivos cônjuges.

Além disso, eram usuários de hotéis fora da cidade e tinham expressões cheias de complicação no rosto, como se estivessem guardando um segredo enorme da vida de cada um. Quando estavam sozinhos, quase sempre se comportavam como artistas complexos, e quando estavam juntos, apesar de ninguém estar olhando para eles, baixavam a cabeça. A aparência deles não era chamativa e ambos eram introvertidos. A única coisa que queriam era imitar os outros. Como eram pessoas desconfiadas e cautelosas por natureza, no início temiam a seriedade do parceiro. Mas logo, como todos os outros medrosos, acabaram percebendo com rapidez que era uma preocupação desnecessária. Isso os tranquilizou e, em alguns momentos, chegavam a se mostrar mais audaciosos. Sentiam-se gratos um com o outro. Se não fosse pela existência de cada um deles, o casal nunca poderia pensar em encontrar um amante fora do casamento. E se não fosse o caso, imaginavam quão entediante seria a vida deles.

Vestiam-se com simplicidade, como todos, e tinham carros iguais aos da grande maioria das pessoas. Ouviam músicas *lounge* seguindo a moda do momento, e revistas e ensaios eram a única forma de leitura que tinham. Eles pensavam simplesmente que todos os outros tipos de livro estavam compactados em revistas e ensaios. Viajaram juntos uma única vez para Hokkaido, argumentando viagem de trabalho aos respectivos cônjuges. Mas esse tipo de viagem secreta nunca mais se repetiu porque, na primeira e única vez em que viajaram juntos, passaram o tempo todo preocupados. Como todos os outros casais na mesma situação, eles sempre se mostravam excessivamente alegres ou tristes. E como todos os outros, se abriam com um ou dois amigos considerados próximos e curtiam a inveja deles. É claro que cada um no casal tinha um nome próprio, mas o nome não tinha importância. Porque a vida deles fazia com que fossem chamados apenas de um homem ou uma mulher.

Um deles, o homem, tinha mania de limpeza e era histérico. Logo que se levantava, catava os fios de cabelo espalhados pela cama, um por um, e tomava a ducha com o mesmo sabonete que usava em casa, para não deixar rastros. Ele nunca voltava para o mesmo hotel, nem voltava para casa antes de secar os cabelos por completo. Quando ligava para a mulher (a amante), ele sempre usava o telefone público e, por mais que fosse óbvio, tomava extrema precaução para não ficar com manchas suspeitas de batom, perfume, maquiagem ou saliva na camisa ou no paletó. Quando se encontrava com a mulher, o homem nunca usava cartão de crédito e tomava cuidado para não levar multas por estacionar em local proibido ou passar em farol vermelho. A mulher também não ficava atrás no que dizia respeito à precaução. Mas de uma maneira diferente, porque suas preocupações estavam voltadas para as marcas deixadas no corpo. Hematomas ou sinais de mordidas, por exemplo. Mas por mais que tomassem cuidado, era impossível atingir a perfeição. Enquanto o homem arrumava a cama e as roupas, a mulher checava o seu corpo dos pés à cabeça, em frente ao espelho do banheiro. Era preciso tomar conhecimento do menor arranhão em seu corpo. Em alguns momentos, quando chegavam à quase paranoia por causa desses detalhes, sentiam uma ponta de repúdio um pelo outro. Então deixavam de se ligar durante um mês inteiro.

O casal tinha fome de segredo. Era disso que precisavam. Uma vida que fosse além daquela aberta e compartilhada com todos, dentro do cerco chamado família. Cada um deles sentia certa satisfação com o próprio casamento, apesar da simples palavra "satisfação" não ter uma definição clara na cabeça deles. Isso significava que tinham inúmeros motivos para estar satisfeitos, e inúmeros outros para não estar. Por vezes, acordavam com um sentimento de ceticismo, mas não entendiam que era o estado de confusão vivido por causa da dificuldade de compreender a ideia de "satisfação". Eles se sentiam satisfeitos com o casamento deles, mas nunca pararam para pensar se essa satisfação significava "não sentir necessidade de mais nada e mesmo assim acabar na maior confusão por procurar justificar os seus atos adotando todos os valores existentes das pessoas ao redor". Superficialmente, era como um roteiro perfeito que precisa de um "personagem secundário". É claro que eles tinham uma espécie de consentimento sentimental como qualquer outro casal de amantes. E como não eram ingênuos, estavam cientes de que a relação deles não duraria para sempre. Chegará o momento em que eles preferirão ver TV em casa a se encontrar em hotéis diferentes. Em vez de sentir o coração acelerado, sentirão cansaço ao pensar em se encontrar. De todo modo, tudo na vida tinha o seu momento de queda. E esse momento não será tão doce quanto o início. Parecia que esse momento estava chegando. O casal estava se afastando aos poucos. Eles não necessitavam mais um do outro como antes. Nos momentos em que estavam juntos, o homem bocejava com mais frequência, enquanto a mulher olhava mais vezes para o relógio. Cada um mergulhava no próprio pensamento. Quando assistiam à televisão na sala de estar junto com a família, muitas vezes aparecia a história dramaticamente romântica de casais adúlteros. E eles se comparavam com os protagonistas. Esse tipo de comparação era possível só por meio da imaginação, mas era muito mais verossímil quando havia algum segredo ou motivos na vida real. Pois cada um deles era o segredo do outro. Esse fenômeno estava ligado também a uma espécie de ego inflado, de narcisismo. Por isso, se eles perdessem um ao outro, perderiam ao mesmo tempo o ego exibicionista. Esse era o motivo pelo qual nenhum dos dois tomava a decisão final. Apesar de sentirem que o relógio interior deles indicava a proximidade do fim.

— Que estranho — observando a camisa com muito cuidado, o homem perguntou à mulher que se olhava diante do espelho do banheiro: — Por acaso você pisou na minha camisa aquela hora?

— Acho que não. Eu não pisei na sua camisa — respondeu a mulher do banheiro, mostrando-se incomodada com a pergunta.

— Muito estranho. Como explicar essa mancha, então? Além de a camisa estar amassada, essa mancha não sai.

A mulher tentou ignorar a observação feita pelo homem, mas o tom de quem continuava a desconfiar dela a incomodava. Ela lançou um olhar rápido à sola do próprio pé, mas não viu nenhuma sujeira em especial.

— Será que não é cerveja? Quando você jogou sobre o meu corpo, caiu um pouco de cerveja no chão. Deve ser cerveja.

— Acho que não. Parece marca de chinelo.

— Mas eu nem calcei esses chinelos sujos daqui — respondeu a mulher, notando ao mesmo tempo uma marca do tamanho de uma moeda abaixo das próprias costelas. Não sabia se era um hematoma ou se era apenas uma mancha na pele. Havia um pequeno roxo avermelhado perto do peito. Tocou para descobrir o que seria, mas não sentiu nada de especial. "Isso parece mais marca de um beliscão. Mas esse tipo de roxo é frequente no dia a dia. Acho que não preciso me preocupar demais com isso. Ou será que é câncer?" Mas a voz do homem cortou o fluxo do pensamento da mulher:

— Ah, acho que sei o que é. Você não sentou sobre a minha camisa aquela hora?

— Não. Eu não sentei sobre a sua camisa — devolveu a mulher feito um papagaio.

— Então o que será essa mancha? Ela está me incomodando.

— Com certeza você deve ter derrubado alguma coisa.

— O que será?

O homem levou a camisa para perto da janela a fim de ver melhor a mancha quase invisível. Era uma mancha quase imperceptível, mas não deixava de ser uma mancha, que, mesmo esfregando com força, não saía. Ou melhor, ela se tornava cada vez maior e mais nítida aos olhos do homem.

— Mas essa mancha é quase invisível. Acho que você está exagerando — intrometeu-se a mulher, enquanto vestia as roupas de baixo, a blusa e a saia.

— Parece sangue — murmurou o homem.

— Sangue? Mas do que você está falando? — retrucou a mulher de maneira aguda.

— Tome mais cuidado. Você quase pisou na minha gravata.

O homem chamou a atenção para o descuido da mulher e, mesmo não estando nada amarrotada, alisou a gravata cuidadosamente com as mãos depois de tê-la recolhido do chão.

— Acho melhor passar na lavanderia.

— Tudo bem, então. Faça como quiser.

Pela janela do hotel onde o homem se encontrava se via uma tranquila zona residencial. O hotel ficava no alto e, como de costume, era a primeira vez que iam para lá. Pela janela, viam-se casas, uma estação de trem, construções provisórias de latão próprias da periferia e um estacionamento. Não havia nada de especial naquela paisagem. O quarto do hotel também não tinha nada de atrativo. Carpete. Cama. Criado-mudo. Cinzeiro. Jarra de vidro com água. Cópia de um quadro de paisagem (com o paisagismo de algum lugar da Europa). Chinelos. Cerveja. Camisinha. Toalhas. Pente de plástico. Cortina não muito limpa. A pasta do homem. A bolsa da mulher. Chave do carro. E uma irreconhecível estranheza e uma depressão parecidas com um prato vazio. O homem encontrou uma lavanderia logo na entrada da zona residencial. "Tenho que passar ali." O homem ficou ansioso. Sem dizer nada, a mulher concordou com a decisão do homem. Eles saíram do hotel pensando o que seria esse sentimento de leve hostilidade que tomava conta deles depois da excitação momentânea que os inflava como balões.

Eles foram à lavanderia de carro. Nem o homem, nem a mulher falavam. Eles viram um parque infantil onde algumas crianças brincavam e uma jovem mulher, imersa em seus pensamentos, passava com muita pressa. O homem bocejava e olhava para a camisa com uma cara cheia de preocupação. "Isso realmente parece sangue", pensou por dentro. "Parece uma tênue mancha de sangue, mancha de sangue que restou depois de uma tentativa frustrada de removê-la às pressas. Não gosto nada dessa situação, nem da sensação de agora." A mulher estava pensando em outra coisa. Aquilo era realmente irritante. Existiam várias coisas irritantes no mundo, sobretudo os encontros com homens. Aliás, estar viva era motivo de aborrecimento. Então a mulher sorriu com amargura, porque achou que estava sendo manhosa demais. Mas esse sorriso irritou o homem. Eles continuaram sem nada dizer.

Na lavanderia, o dono os recebeu com amabilidade. Fazia muito calor dentro do estabelecimento cheio de casacos de inverno e de roupas de seda e de lã. No canto do fundo, havia uma pequena porta. Com certeza, havia crianças ali dentro, visto os dois pares de sapatos infantis em frente à porta. Um deles era um par de sapatos de couro que aparentava ser caro, o outro era um par de tênis velho e imundo. O dono da lavanderia tinha um olhar tão frio que dava medo. Mas recebia os clientes de maneira inesperada, com demasiada falsa gentileza.

— Gostaria que ficasse pronto quanto antes. Em uma ou duas horas, por favor.

Ouvindo o homem fazer esse pedido ao dono da lavanderia, a mulher pensou que seria impossível. Mas não era o que achava o dono da lavanderia.

— Mas é claro. Voltem em uma hora e meia. Vou resolver o seu caso primeiro, pois vejo que estão com muita pressa.

— É possível mesmo, não é?

— Não se preocupe, senhor. Esse tipo de mancha (nesse momento, o dono da lavanderia deu uma rápida olhada na mancha da camisa) não é páreo para mim. Posso deixar a camisa novinha em folha, aliás, vai ficar mais perfeita do que quando era nova e ninguém vai perceber a mancha.

A mulher levou um susto ao ver as mãos do dono da lavanderia pegar a camisa. Elas lembravam o bico ou as garras de uma águia atacando um pintinho.

— Então, por favor.

— Até logo. A camisa estará pronta dentro de uma hora. Não se preocupem.

No momento em que o casal saiu da lavanderia, cruzaram com a jovem que tinham visto do carro. Ela chegou com as bochechas vermelhas, como se tivesse vindo às pressas, e entrou correndo na lavanderia.

— Que dia escuro — disse o homem. Eles saíram da lavanderia e caminharam um bocado. Como o homem tinha deixado a camisa na lavanderia, estava vestindo o blazer que carregava no porta-malas de seu carro. Apesar de o sol não ter se posto ainda, o céu estava estranhamente escuro. Parecia até um eclipse solar. Eles pararam em frente a uma imobiliária e observaram o mapa da nova zona residencial da região. O mapa era bastante detalhado, contendo até as ruas menores, caixas de correio e demarcações das áreas de estacionamento.

— Será que vale a pena investir nessa zona residencial? — perguntou o homem, mostrando verdadeiro interesse no pôster publicitário da imobiliária.

— Mas parece que os preços da imobiliária daqui já aumentaram.

— É mesmo. Se a informação chegou a pessoas comuns como nós, todo mundo já deve estar sabendo.

Sem assunto, eles avançaram ainda alguns passos. E o homem repetiu:

— Que estranho. O dia está tão escuro.

— As nuvens estão chegando.

Dessa vez a mulher falou num tom de repreensão a um comentário tão óbvio. Eles voltaram ao carro. O que fazer agora? O carro da mulher estava estacionado na estação de trem de Seul. Eles tinham duas alternativas. A primeira era a mulher voltar de táxi. A segunda era ela esperar a camisa ficar pronta, tomando um chá com o homem lá por perto.

— Então. O que prefere? — perguntou ele, enquanto caíam do céu as primeiras pedras de granizo.

— É granizo — disse a mulher, entediada e alheia ao assunto, olhando para o granizo na palma da sua mão, que ela tinha posto para fora do carro.

— Isso explica a escuridão do céu — disse o homem, como se finalmente pudesse entender o motivo de tudo.

Eles não procuraram saber por que tudo parecia sem sentido, apesar de estarem falando sobre fatos incontestáveis. Enquanto o casal falava de coisas desprovidas de sentido, o céu escureceu como a noite, num piscar de olhos. Nuvens carregadas de relâmpagos agourentos cobriram o céu inteiro.

— Acho melhor fecharmos a janela.

— Sim, é melhor.

De dentro do carro, olharam o granizo cair, sem pensar em grande coisa. Os pedaços de gelo desabavam sobre o carro como se fossem destruí-lo. Parecia até o ataque de um enxame de gafanhotos desvairados. O vento, com gemidos assombrados, tomava conta das casas, das ruas e de todos os cantos dos prédios. Folhas enormes como guardas-chuvas voavam pelo ar. De repente, tudo ficou escuro, a ponto de mudar o aspecto da pessoa sentada ao lado.

— Por que está chorando? — perguntou o homem, desconcertado, à mulher.

— Nem eu sei — respondeu ela.

— Aconteceu alguma coisa?

— Não, não aconteceu nada.

A mulher pegou um lenço, enxugou as lágrimas e eles voltaram a ficar em silêncio. O granizo não caiu por muito tempo. Na realidade, o dia esteve negro por um curto período de tempo. Mas, dependendo do ponto de vista de cada um, poderia parecer uma eternidade. Foi o caso deles. Aquele dia seria lembrado por eles como "o dia negro". Ao lembrar que aquele dia seria o fim, é claro que pensaram nisso, mas de forma espontânea; sem comentar um com o outro, tiveram uma estranha sensação de desprezo e de vergonha mútuos. Sentiram uma forte pena de si mesmos, não um pelo outro.

— Está com fome? — perguntou o homem com delicadeza.

— Não — respondeu a mulher, ainda fungando um pouco.

— Então, aceita tomar um chá?

— Sim, vamos.

A mulher sorriu.

Foram a uma casa de chá ali perto e cada um comprou um jornal para ler. O tempo tardava a passar. A mulher roeu as unhas, mexeu nos cabelos, fuçou na bolsa, mas acabou pedindo ao dono do estabelecimento que chamasse um táxi, porque não aguentava mais. O homem não fez questão de segurá-la. Ele bocejou umas cem vezes, lendo e relendo artigos sobre escândalos políticos pouco interessantes. Pretendia ir correndo como um relâmpago para a lavanderia assim que desse o prazo prometido. Sentiam-se ao mesmo tempo ansiosos e entediados. O tédio logo se transformava numa estranha vontade de atacar as pessoas ao redor sem motivos aparentes. O homem não se despediu da mulher, e ela não se preocupou com a camisa dele. Ambos sabiam que aquele era o último encontro deles. Nenhum dos dois voltaria a ligar para o outro. Uma questão menos importante era que nenhum dos dois poderia imaginar, naquele momento, que ele não recuperaria sua camisa, que o dono da lavanderia não seria capaz de cumprir com a palavra.

"Existem pessoas que vão empobrecendo aos poucos e as que caem na miséria de um dia para o outro.

Existem aquelas que nascem pobres e outras que empobrecem no exato momento em que nascem. Como essas se tornam pobres muito precocemente, não têm nenhuma lembrança dos dias em que não eram pobres. Existem pessoas que guardam as lembranças dos tempos de fartura em anotações ou fotografias. Nesses casos, é muito mais fácil de relembrar. Existem vários tipos de pobreza. Um deles, por exemplo, é a pobreza faminta. A fome é o princípio básico na definição da pobreza, apesar de ela ter sido ignorada com frequência nos últimos tempos. Em princípio, a noção de pobreza inclui inevitavelmente a fome. Ela se manifesta por estômago vazio, tontura, dor de cabeça, ânsia de vômito, falta de energia e olhar vago. Também pode ser representada por uma agressividade sem motivos ou uma obsessão excessiva por si próprio. A característica da pobreza é a da fome em si. Por mais que um pobre tenha comida, pobreza significa fome. Para mim, a pobreza no sentido positivo não é mais uma pobreza pura. Porque esse tipo de pobreza inexiste. A pobreza é algo que ultrapassa um simples desconforto ou as estatísticas. Ela domina os seres humanos no aspecto sentimental. O filho do filho do ser humano. Por isso, aqueles que só tiveram lembranças da pobreza faminta e aqueles que não se lembram dos dias em que não foram pobres não conseguem deixar de ser esfomeados, mesmo colocando um pedaço de pão na boca. Se não for assim, eles vão sofrer. Porque não poderão fazer mais nada além disso... É isso mesmo. Eu estou fadado a tamanho sofrimento que não consigo continuar a escrever de jeito nenhum."

"Tamanho sofrimento." Quando ele chegou a essa frase, a pronunciou com os lábios secos. "Tamanho." "Sofrimento." A casa dele era no subsolo. Por isso ele pôde ver de muito perto as pedras de granizo caírem na rua e se espatifarem em pedaços. O mundo escureceu como se estivesse sob a barriga de um enorme dinossauro. Ele observou com o olhar vago a escuridão do mundo demasiadamente densa. Uma lâmpada se encontrava pendurada no teto do subsolo, sem uma luminária decente. Era uma luz opaca e fraca. Os canos enferrujados visíveis na parede serviam de passagem aos ratos e às aranhas. O mundo escureceu. Ele se debruçou sobre a mesa porque não conseguia continuar com a leitura. Será que estava chorando?

Colocou a mão no bolso e tirou a sua última moeda. Havia muito tempo que ele não sentia vontade de comer algo. Havia apenas alguns pedaços de pão seco na geladeira. As paredes e o teto estavam repletos de teias de aranha, e um rato tinha levado o sabonete do lavabo. A umidade arrancara o papel de parede, fornecendo espaço às baratas. Havia um prato com uma maçã vermelha sobre a mesa. Essa maçã era o que havia de mais vigoroso e fresco entre tudo que se encontrava (inclusive ele) naquele espaço. Ele não era pintor, mas gostava de desenhos de objetos inanimados. Quando não tinha trabalho (como quase sempre era o caso) ou quando estava cansado de escrever e ler dentro dessa casa estreita e sem luminosidade, ele tirava da gaveta os lápis de cor e desenhava uma maçã, ou o vaso de planta que secara e morrera muito tempo atrás, ou ou a borracha e o lápis, ou o livro e o lavabo, ou a única mala de viagem ou os sapatos velhos. Desenhar representava uma pequena alegria para ele. Deixou escapar a moeda, que caiu no chão. Ele pensou no que poderia comprar com essa moeda. Um *donut* açucarado, uma pequena salsicha, um pacote de macarrão, tofu e dois ovos, talvez. Fazia tanto tempo que ele não comprava o que quer que fosse, que chegou a esquecer o que era vendido na mercearia da entrada do bairro. Não se lembrava desde quando perdera a energia. Mas lembrava-se muito bem dos dias em que era rico. Ele vestia ternos e sapatos caros e tinha um carrão. Era jovem, mas muitos empregados lhe cumprimentavam educadamente, e tomava aulas com professores particulares. Lia livros caríssimos sobre arte, mas tudo aquilo parecia um sonho distante. Hoje usava meias furadas, tinha os cabelos fedidos, vestia uma camisa nojenta. Tudo o que possuía era uma única moeda, e de tanto passar fome chupava até os próprios dentes. Não se lembrava mais de quando tinha sido a sua última refeição. Mas não sentia fome e nem tinha apetite. Mesmo assim, ele terá de comer algo. Pão, ele tinha um pouco de pão. Era impensável cozinhar qualquer coisa, porque estava tomado por uma tristeza letárgica e nem tinha ingredientes para isso. No entanto, ele se levantou devagar e preparou a mesa. Não lembrava mais quando havia sido a última vez em que comera decentemente. Tirou o pão seco da geladeira e cortou em duas fatias, tomando cuidado para não esfarelar muito, e as colocou sobre dois pratos. Colocou dois garfos e duas facas ao lado dos pratos sobre a mesa, pegou duas taças e encheu-as com água, em vez de vinho. Então começou a descascar a maçã que estava sobre a mesa. Ele estava enfraquecido por ter passado tanto tempo sem comer, num lugar fechado, mas descascou a maçã com cuidado para não tirar lascas da fruta e nem deixar restos de casca. Depois de retirar as sementes, arrumou e cortou em dois pedaços, e os colocou sobre os pratos. Tirou do armário dois lenços lavados. Posicionou os lenços ao lado dos pratos sobre a mesa, e por último acendeu a vela que já estava pela metade. Então, sentou-se com elegância. Enquanto preparava a refeição, o seu olhar recuperou o brilho e suas pernas e seus braços magros pareciam ter recuperado as forças. Pela primeira vez, sua atitude estava livre da lassitude e do desespero, mostrando austeridade e educação. Por isso, apesar de ser uma refeição simples, pairava nele uma força cheia de pietismo. Foi tomado por espíritos como um xamã.

"O dia está escuro. Hoje é um 'dia negro'", ele pensou. A noite ainda demoraria para chegar. Mas choveu granizo, ventou de repente e o dia escureceu como uma noite de lua nova. Nuvens negras como tinta nanquim apareceram. Que no último dia do mundo estejamos livres da horrível ambição! Ele olhou para o assento vazio do outro lado da mesa com os olhos brilhando acima das salientes maçãs do rosto. Um ser visível só para ele estava sentado ali.

— Eu estava escrevendo uma carta para você — disse ele. Enquanto falava, um leve sorriso se formou em seu semblante. Era a expressão de alguém que havia muito tempo tinha esquecido como sorrir. Se alguém estivesse passando pela rua escura e visse esse sorriso, teria provavelmente pensado que era um ataque nervoso nos lábios, sem imaginar que fosse um sorriso. Ele suplicou: — Não vá embora. Pelo menos não até terminar a refeição.

Ele cortou a maçã em pedaços menores e pegou uma fatia de pão com as mãos.

— Ou melhor, me leve com você depois da refeição. Quero ir com você.

Ele refletiu sobre o que acabara de dizer. Mas não sentiu nenhuma rejeição, medo, hesitação ou repulsa. Por isso, sorriu mais uma vez.

— *Gutten Appetit.*

Ele espetou a maçã com o garfo e começou a comer. A sirene de uma ambulância foi ouvida de muito perto, mas não chegou a atrapalhar sua refeição.

Mas, vem cá. Você tem alguma coisa para comer, aí?

No-yong se levantou um pouco depois da uma da tarde. O seu princípio era de nunca acordar pela manhã. Porque isso significava um dia mais longo, logo, um período mais longo de fome. Além disso, como ele nunca tinha nada marcado, não havia necessidade de ter pressa. Na verdade, ele tinha acordado um pouco antes do meio-dia, mas não se levantara de pronto. Apenas verificou a hora e voltou a colocar a máscara para dormir. Enfim, não era um homem ocupado. Mas, pensando na saúde, acreditava que era adequado dormir um pouco mais de nove horas por dia. Numa ocasião em que No-yong acordou no leito de um hospital, o médico tinha aconselhado que ele não se estressasse, que dormisse no mínimo nove horas por dia, e que tomasse banhos quentes com frequência. Isso tinha sido dito havia algum tempo, mas No-yong confirmava e reconfirmava consigo mesmo para verificar se estava seguindo esses conselhos à risca. Ele já não sofria mais de enxaqueca e nem tinha mais convulsões na sobrancelha.

Depois de se levantar, passou um bom tempo sob o chuveiro e cortou as unhas com esmero. Caso Jun-hee lhe emprestasse algum dinheiro, ele poderia comer num restaurante. Mas imaginava que Jun-hee não fosse emprestar dinheiro nenhum, embora não pensasse em criticá-la por isso, porque era óbvio demais. Ele não iria ao restaurante e ponto. Bocejando, pensou mais um pouco se deveria ir até o trabalho de Jun-hee para pedir o dinheiro emprestado, ou se realmente pularia essa etapa, por saber que teria um não como resposta. Se pulasse, teria a tarde inteira livre. O que poderia fazer durante esse tempo, então? No-yong não ligava para o fato de não ter dinheiro. Dar-se o trabalho de ir até o serviço de Jun-hee para lhe pedir uns 2,5 mil ou 3 mil wons era uma espécie de pretexto moral diante do trabalho. Pouco mudaria no que se refere à fome de No-yong. Para ele, Jun-hee era como uma igreja no início de uma jornada em busca de comida. Se não tivesse comida naquela igreja, ele poderia pelo menos rezar como de costume. Mas, naquele momento, No-yong estava realmente faminto porque não tinha comido nada desde a noite anterior. Passar fome era tão frequente que ele apenas voltou a franzir a testa e a bocejar mais uma vez. Era preciso ir a um restaurante para comer. Mas para isso era necessário pagar. E não tinha dinheiro. Então nem era preciso ir até o restaurante. Esse tipo de lassitude lhe dava nos nervos. Ele voltou a relembrar os dias em que podia comer à vontade, até estourar. Os dias em que tomava uma tigela inteira de leite, que derramava sopa de carne no chão ou quando tinha batatas cozidas, tomates e macarrão de monte ao seu dispor. Naquela época, No-yong era ajudante de cozinha de uma rede de *fast-food*. Ele costumava colocar a comida num saco preto como se fosse lixo, e trazia para casa. Foi uma época boa, até o momento em que ele foi mandado embora sem motivo nenhum. Até então, ele podia comer à vontade, esbaldar-se de batata, macarrão e carne moída. Para isso, era preciso apenas de um pouco de manha. Mesmo assim, ele jogava fora um montão de resto de carne, cebola picada, tomate, ovo cozido e presunto, sob o pretexto de não serem produtos frescos. Foi tolice sua. No avião, as comissárias costumam jogar fora as latas com os restos de suco de laranja e de leite só porque era difícil de transportar. Se ele tivesse um amigo trabalhando num supermercado, poderia até conseguir um pouco de salada vencida. Além de poder conseguir um pouco de peixe defumado expirado, ou alguns pedaços de pão. Sempre havia sobra, porque ninguém gostava de comer essas coisas hoje em dia. Uma vez No-yong foi a um restaurante enorme pedir um pouco da sobra ou ingredientes que seriam jogados fora. Mas ninguém deu. Ele não entendia por quê. As pessoas faziam fila esperando uma mesa, e os garçons se moviam com presteza, como esquilos tentando mostrar-se animados. Quando No-yong se aproximou deles, eles olharam ao redor, em busca de uma mesa adequada ao cavalheiro desacompanhado.

— O senhor quer uma mesa na área de fumantes? — perguntaram a No-yong.

— Não quero lugar de fumante, só vim pedir comida estragada, que vai ser jogada fora — respondeu No-yong, fazendo com que todos reagissem com espanto. Como No-yong não diminuiu a voz, os clientes que estavam ao redor também olharam surpresos.

— O que disse? — o garçom ficou com uma expressão atônita.

— Comida, para comer. Tipo presunto vencido, pão duro ou macarrão cozido demais. Será que posso ter?
— Isso aí não é comigo. Tenho que perguntar para o gerente.
— Então pode me levar até o gerente, por favor? — pediu No-yong, deixando o garçom enfurecido.
— Como pode ver, estamos com tantos clientes que não tenho tempo para isso. O gerente é aquele ali, em pé. Se quiser, vá falar com ele.
O gerente era um jovem de terno. Escrevia algo no caderno de anotações. E sorriu para No-yong.
— Em que posso ajudar, senhor? Algum problema?
— Eu vim pedir comida. A que vocês têm para jogar fora.
— Nós não jogamos comida fora. Como pode ver, apenas vendemos pratos feitos. Se jogamos alguma coisa fora, não seria mais comida, mas lixo, senhor.
— Eu estou falando de coisas que já foram comida um dia, mas que estão quase estragadas, como presunto, pão ou queijo que já não servem mais para fazer refeições.
— Eu não posso fazer nada sobre o assunto, porque quem cuida da cozinha é outro gerente. Eu não sei o que eles fazem com esse tipo de coisas. Mas, como pode ver, o pessoal da cozinha está extremamente ocupado.
— Então quando é que posso voltar?
— Não sei — o gerente fez uma expressão vaga. — Acho que depois das dez vai ser mais tranquilo. Mas não posso garantir.
No-yong voltou para casa, aguentou a fome até as dez

e retornou ao restaurante. O número de clientes tinha diminuído visivelmente. Mas o chefe de cozinha disse que não podia dar nada para ele.

— Por que não?

— Porque nós mandamos tudo para instituições de caridade, ora essa — o chefe de cozinha lançou um olhar de desprezo diante de pergunta tão óbvia.

— O que fazem essas instituições?

— Não sei direito. Devem ajudar os órfãos, os hospitais carentes e os desempregados. Não somos obrigados a saber de tudo, ora. A gente só precisa do certificado.

— Que certificado é esse?

— O que temos que entregar na prefeitura. Ele atesta que não reutilizamos os restos e que doamos. São papéis relacionados com as finanças, os impostos.

— Eu também faço parte desses pobres que precisam da caridade dos outros. E estou com muita fome. Não comi nada hoje.

— A gente não é uma instituição de caridade. Se está precisando de ajuda, é melhor procurar essas instituições. Está entendendo?

Explicaram tudo isso com frieza, colocando as sobras do dia no saco de lixo. Parecia que eles não estavam levando a fome de No-yong a sério. Então era assim. No-yong se mostrou convencido. Se fosse tão fácil conseguir esse tipo de comida, muitas pessoas poderiam deixar de trabalhar. Pelo menos aqueles que trabalhavam só para conseguir o que comer. O desaparecimento do motivo de trabalho seria perigoso demais. Mas esse ponto de vista abrangente seria coisa de administradores e de políticos. Normalmente esse tipo de preocupação não fazia parte do cotidiano dos indivíduos, por isso No-yong não entendia por que as pessoas preferiam jogar uma enorme quantidade de sopa de carne ralo abaixo, sem querer distribuir aos necessitados. Por um lado, havia os que suavam a camisa para conseguir comida e, por outro, os que a jogavam fora só porque não tinham mais fome. Seria tão bom se os dois mundos pudessem criar uma harmonia de alguma forma. Se fosse para pensar na sociedade como um todo, era como se uma boa parte dela trabalhasse duro para jogar comida fora. Mas nada disso tinha importância para No-yong. Em dias de sorte, ele até conseguia um pouco de comida. Na padaria onde Jun-hee era cliente, davam o que sobrava do pão com creme no fim do dia. E era possível conseguir leite com a data vencida no supermercado. Mas em geral, segundo o que dizia Jun-hee, não era fácil conseguir comida porque No-yong era preguiçoso demais. Em dias bonitos, ele podia perambular perto de um restaurante universitário porque era certo que encontraria alunas que deixavam sobras, ou alunos vindos do interior que passavam mal com a comida. Eles davam os restos sem reclamar.

Necessitar de dinheiro para sobreviver era uma barbaridade. Isso implicava trabalho. No-yong não desejava muito. Se pudesse conseguir a sobra de comida das pessoas, poderia viver uma vida feliz. Era realmente difícil de compreender o fato de as pessoas preferirem jogar comida fora a lhe dar. Ele tocava a campainha, cumprimentava com educação e perguntava de modo cordial "será que poderia me dar alguma sobra ou comida que será jogada fora, por favor?". Aqueles que não davam nada eram os que consideram No-yong um maluco nefasto, ou que tinham preguiça de trazer sobra de macarrão, cenoura estragada ou comida mofada da geladeira. No-yong acreditava que ninguém deixava de dar comida estragada por não tê-las. E também, na maioria das vezes, odiavam No-yong, que queria comer de graça, sem trabalhar.

"Por que tudo isso? Eu não faço mal a ninguém."

De todo modo, No-yong precisava sair em busca de alimento porque estava com fome. Resolveu ir para onde trabalhava Jun-hee, porque podia ir a pé e pensar em algo enquanto caminhava. Por mais faminto que estivesse, No-yong abominava o ato de comer num restaurante até a barriga estourar para depois dizer que não tinha dinheiro. Se estivesse mesmo com vontade de comer uma refeição quente, tinha que avisar ao dono antes de comer. Ele se recusava a trabalhar (*Why not?*), e deveria ser franco nesse aspecto. Ele reconhecia que era preguiçoso e inútil (*Why not?*). Entretanto, não era pessimista na hora de se autoavaliar. Considerava-se um homem emotivo e com noção de moral.

Jun-hee não estava. Ela trabalhava numa agência imobiliária. Como era um lugar onde imóveis eram comprados e vendidos, sempre havia um grande fluxo de pessoas estranhas. Por isso, No-yong não encontrava dificuldade nenhuma em visitar o escritório de Jun-hee a qualquer momento. Mas hoje Jun-hee não estava. E nem parecia ter dado uma saída rápida. Ele perguntou aos outros funcionários se Jun-hee não tinha vindo trabalhar, mas todos responderam de maneira incerta, que achavam que não. Como todos eles tinham muito serviço, ninguém se dispôs a responder direto. Por isso ele ficou um tanto decepcionado. Sem conseguir dinheiro emprestado, era triste ter vindo até ali e não encontrar Jun-hee. Ele sentou-se na sala de espera. Lá ele podia tomar café de graça. Ele fez um café com bastante creme e açúcar e tomou devagarzinho, substituindo o café da manhã. Enquanto isso, uma pequena multidão entrou na sala, deixando o local com o aspecto de uma plataforma de trem lotada. Todos falavam alto com um mapa da região nas mãos e com a voz cheia de autoconfiança. Até que ele avistou uma funcionária amiga de Jun-hee. Sempre que ele vinha ali, via as duas conversando. Depois de terminar o café, ele se levantou e foi em direção à funcionária para perguntar coisas simples, se Jun-hee não tinha vindo trabalhar hoje, quando ela voltaria, se não vinha mais, etc.

— Mas quem é o senhor?

Apesar de ter visto No-yong algumas vezes, a funcionária perguntou com um olhar cheio de desconfiança.

— Eu nasci um ano antes de Jun-hee — respondeu No-yong, mas ela continuou olhando com cara de quem não estava entendendo nada.

— Na mesma família.

— Então o senhor está dizendo que é o irmão mais velho de Jun-hee?

— Os outros dizem que sim.

— Não pode ser.

— O quê?

— Jun-hee saiu esta manhã porque disseram que o irmão mais velho dela morreu. O que acha disso?

— Do quê?

— Está mentindo que é irmão dela, não é mesmo?

— Não estou, não. É verdade.

— Mas estou dizendo que o irmão dela morreu. Ela até chorou.

— Ah, sim — No-yong ficou pensativo por um momento e logo sorriu. — Então ela deve voltar só daqui a alguns dias. Mas vem cá. Você não teria aí um pouco de comida ou qualquer coisa para comer que possa dividir comigo?

O estômago dele estava cheio de água com açúcar e um pouco de café. Na boca, cubos de açúcar, que chupou feito um cavalo. O bolso estava cheio de chocolate e caramelo que a funcionária tinha lhe dado. O raio solar aquecia a tarde de maneira agradável. Era suave e quente, digno do outono. Ele caminhou sem pressa, agitando os longos braços. Parava de vez em quando sentindo-se em paz; achava-se o homem mais feliz do mundo, por saber que ninguém iria competir com ele, e que ele não precisaria competir com ninguém.

"Hunf, morreu. Que outro irmão além de mim poderia ter batido as botas? Ou talvez Jun-hee tenha mentido para fugir do trabalho."

Um odor de carne cozida vinha dos restaurantes da rua. Através dos vidros embaçados desses restaurantes, viam-se os clientes enfiarem um monte de sopa de carne goela abaixo, suando, como numa imagem de televisão. Esquecendo de atravessar a rua, ele parou para fitar o interior de um dos restaurantes. Pensou que não era necessário comer suando daquele jeito. Ele também tinha lembranças de um momento em que enfiou carne goela abaixo daquele mesmo jeito. Lembrava também de ter tomado o caldo da carne, derramando pelos cantos da boca. Logo depois, sentiu desconforto e dor devido à enorme quantidade de comida no estômago. Todos que estavam sentados na mesa naquele dia olhavam para essa cena de refeição bárbara com abominação e pena ao mesmo tempo. Todos eles afirmavam ser seus parentes. Todas as pessoas que foram convidadas junto com ele quase não conseguiam comer a carne tamanho o horror da cena. Jun-hee mastigava apenas folhas de alface como se tivesse perdido o apetite. Todos estavam sentados. Logo após se empaturrar até não poder mais, No-yong sentiu ânsia de vômito e correu para o banheiro. Apesar de todos estarem no meio da refeição, ele fugiu para casa. Todos desejavam que No-yong trabalhasse. Eles tinham vontade de lhe dizer que querer comer sem trabalhar era pecado, mas No-yong não tinha a mínima vontade de lhes dar ouvidos (afinal, qual era o problema se ele apenas desejava comer o que tinha sido descartado?).

Quando No-yong voltou para casa, encontrou uma carta na caixa de correio. Não esperava carta de ninguém. Seu lábio inferior rachou e ele sentiu o sangue escorrer. Ardia. Ele pressionou o lábio com a carta. Uma mancha de sangue marcou o envelope. Ele abriu a carta e observou o conteúdo. Tratava-se, digamos, de uma notificação de óbito.

— Devem ter mandado uma carta para você. Não recebeu? — perguntou Jun-hee mais tarde.

— Recebi — respondeu No-yong, lacônico.

— Então por que não veio? Se bem que não importa.

— Não tinha dinheiro para condução. Estava sem dinheiro nenhum. Além disso, estava fraco por não me alimentar havia muito tempo. — justificou No-yong. Mas depois de um momento de silêncio, foi mais franco: — Na verdade, estava com preguiça. Afinal, a gente não o conhecia, não é? Se bem que não faria diferença ter conhecido o falecido ou não.

Jun-hee não dava ouvidos àquilo que No-yong dizia. Estava imersa nos próprios pensamentos.

— Sabe o que ele disse?

— O quê? — perguntou No-yong, sufocando um bocejo.

— Que a gente, os três irmãos, nasceu numa casa com doze quartos.

— Ah, é? E daí?

— Disse que ele era o único a se lembrar disso. Ele tinha 6 anos naquela época. Depois que nascemos, com alguns anos de diferença, tudo desapareceu como um sonho. Disse que toda a riqueza e a honra sumiram antes mesmo de a gente começar a ter memória.

— Riqueza e honra?

— Isso mesmo. Foram os termos que ele usou.

— E você acreditou nisso?

— Não, não acreditei. Isso não faz sentido.

— Ele está louco. Percebi logo que vi.

— Mas pode ser que seja verdade.

— Então por que será que a gente não se lembra de nada?

— Porque a gente era muito novo.

— Eu me lembro de tudo do orfanato. Lembro da gente no berço também. E que saímos de lá para ir para a casa de várias pessoas, que diziam ser nossos familiares. Mas não entendo por que não tenho lembranças dele. Esses parentes nos trataram bem, não foi?

— É mesmo. Eles nos trataram muito bem. Compraram

roupas caras e nos levaram para a escola de carro todos os dias. Se as frutas não fossem bonitas e frescas, eu nem as colocava na boca.

— Eu podia brincar a noite inteira na quadra do quintal, com uma bola de basquete. Eles até nos levaram numa viagem para fora.

— É, mas não me lembro de ter ficado mais de seis meses numa mesma casa. A gente sempre tomava muito cuidado, como se fôssemos empregados. Além disso, a gente estava sempre de mãos vazias. E a gente também se comportava como filhos de pessoas realmente pobres.

— Pensando bem, é estranho. Moramos na casa de tantos parentes que não consigo me lembrar de todos com exatidão. Mas será que eles eram mesmo nossos familiares?

— Acho que não.

— Então por que cuidaram da gente?

— Isso não dá para saber.

— E onde é que ele estava todo esse tempo?

— Isso também não tem como saber.

— Então por que você chorou quando ouviu que ele tinha morrido?

— Quem, eu? Não me lembro.

— Eu estive no seu escritório. Aquela funcionária amiga sua me disse.

— Ela deve ter se enganado.

— É, pode ser.

— Nós o encontramos com aquelas senhoras, lembra? No restaurante de *sukiyaki*.

— Oh, é mesmo.

No-yong se lembrou do enorme restaurante luxuoso como uma sala de ópera e mergulhou nas lembranças. Tudo era folheado de ouro. As paredes, o teto, tudo. Havia um funcionário só para pendurar os casacos de pele. Se bem que nenhum de nós tinha casaco de pele. Os pratos para a carne pronta e os vegetais eram de porcelana. Até mesmo os dedos da garçonete eram elegantes. Havia minúsculas árvores como brinquedos e o estacionamento estava cheio de carros com motorista.

— Você simplesmente engoliu toda a carne que estava na mesa feito um porco, ferveu o caldo você mesmo no lugar da garçonete, e tomou tudo, na panela mesmo, fazendo o maior barulho. Depois foi correndo para o banheiro vomitar.

— É que naquela época eu não estava tão acostumado a passar fome... Nem a comer até ficar cheio...

— Você estava com uma aparência tão lamentável que ele ficou muito triste.

— Triste com o quê?

— Com o fato de você ser a personificação da pobreza em si. Que você tinha lembranças apenas da nossa miséria.

— Mas isso é lógico, o que é que tem de errado nisso? Sempre fui pobre.

— Não é verdade. Ele disse que nos viu em berço de ouro.

— Bobagem! Eu estava deitado no berço do orfanato. Essa é a primeira lembrança que tenho da minha infância. Aquele sujeito não passava de um sonhador mentiroso.

— Pode ser que sim. Se isso é verdade ou não, não vai mudar nada em nossas vidas.

— Você tem alguma coisa para comer, aí? Um sanduíche ou uma maçã?

— Por que será que a gente ficou pobre? Se ele tiver razão, é claro.

— Está querendo começar tudo de novo?

— Só por curiosidade.

— A verdade é que você ainda lamenta o passado. Por pensar que tenha sido rica no passado. Por isso você está ficando obcecada.

— Não é nada disso. O que quero dizer é que, apesar de a gente não se lembrar se nossos pais foram ricos no passado, o nosso presente não teria sido outro. Ah, mas eu também não sei por que fico pensando nessas bobagens.

— Você está ficando estranha. Não sei mais o que dizer — No-yong parou de bocejar e ficou olhando para Jun-hee. E continuou dizendo: — Além disso, não falaria assim se essas coisas trouxessem ao menos uma moeda de cem wons. A não ser que tenha dinheiro enterrado em algum lugar. Se não for nada disso, não passam de bobagens.

— Você não está entendendo. A questão não é dinheiro — os lábios de Jun-hee tremeram. — Estou falando é de coisas menos materiais. Ah, eu sei que você não vai entender nada se eu disser as coisas desse jeito. Mas o que tenho que fazer para você entender? Tem alguma noção do que possa significar palavras como sentimento e elegância? Argh! — gritou Jun-hee de repente. — Fico tão brava quando você olha para mim com essa cara. Não vou falar mais. Você não passa de um mendigo. Como é que vai saber dessas coisas, ora.

— É isso mesmo. Eu sou um mendigo — reconheceu No-yong com toda a sinceridade. — E estou sempre faminto. O motivo é a preguiça. Dou mais valor a uma tigela de sopa de carne hoje do que para a riqueza e a glória do passado. Está entendendo? Estou falando do resto da sopa que vocês deixam sobrar e jogam fora, está ouvindo?

— Mas você é um lixo! Não me conformo que um sujeito como você seja meu irmão.

— E que diferença faz ter deitado num berço de ouro num passado de que você nem se lembra? E se for verdade? Será que você teria me amado do jeito que sou? Seria um paradoxo dizer que sim.

— Isso eu não sei, mas sei que você precisa mudar.

— O que importa é que estou com fome. Queria levar alguma coisa da sua casa para comer. Não precisa ser muito e nem precisa ser coisa boa.

— Só tenho batata. Aquelas que você ajudou a trazer da feira outro dia. Se quiser, pode levar. Se me ajudar a trazer acelgas da feira, te dou legumes.

— Obrigado. E vou levar um pouco de sal, ok? Cozinhar a batata sem nada não é bom.

— Se quiser tem maionese e manteiga.

— Oh, não. É luxo demais para mim. Sal basta. E queria levar um pedaço de sabão em pedra, porque o cobertor está tão fedido que não consigo dormir. É normal, porque não lavei nenhuma vez durante o verão. Se permitir, é claro.

— Leve tudo o que quiser e agora suma daqui, por favor.

Mesmo quando tinha um trabalho, No-yong não pensava em trabalhar mais do que dois dias por semana, pois lhe rendia o suficiente para comer. É claro que seria mil vezes melhor se não trabalhasse nem um dia por semana (*Why not?*). Ele não achava que os valores substanciais ou os sentimentos (ao contrário do que pensava Jun-hee, No-yong sabia muito bem o que eram essas coisas) dependiam do passado. Que importância teria tudo isso, ora. Além do mais, era óbvio que era tudo mentira! No-yong achava que Jun-hee era doente, que era megalomaníaca. Teria sido contaminada pelo falecido irmão. Jun-hee estava eufórica só porque havia uma possibilidade de ela ter sido alguém especial. Esse era o perigo da consciência sobre a própria identidade. Quando o centro do pensamento não absorve nada além do próprio indivíduo, esse indivíduo arde na ambição de se tornar o universo em si. Como no geral um indivíduo é frágil, ele precisa de uma ideia de grandeza (do gênero "eu sou especial") para alimentar o amor-próprio! Foi por isso que depois da Renascença o mundo deixou de ser um monastério silencioso para se tornar um lugar barulhento como feira, de uma hora para a outra. Para No-yong, tudo no mundo estava poluído de tanto "eu". O mundo é uma poluição em primeira pessoa.

— Sabe, eu...

Aquela menina também falava desse jeito. Resumindo, tudo o que ela dizia era sempre o mesmo.

— Porque eu sou especial. Sou completamente diferente das outras. Isso é especial porque vem de mim.

Houve uma época em que isso era considerado positivo. Todas as frases começavam com "Eu...", e os títulos de livros também começavam por "Eu..." ou "Meu...".

Esse egocentrismo era facilmente visível em mulheres, e ele tinha percebido os sintomas desde muito cedo. Agora, os sintomas estavam aparecendo em Jun-hee.

Estou apenas, apenas rabiscando...

24 de outubro, Ji-sun Kim
Para No-yong.

Você é um ser tão inútil que muitas vezes penso que nem tenho vontade de saber se está vivo ou morto, mas me vejo te escrevendo mais uma vez e isso me deixa louca. Em Dresden, fui assistir a uma ópera de Wagner e o tenor que vi através dos binóculos me fez lembrar de você. Não vá pensar que é um elogio, pois não estou dizendo que ele era bonito ou charmoso. Ele até era bonito. Mas não foi isso que me fez lembrar de você. Foram os movimentos lânguidos e preguiçosos. Principalmente o pescoço esticado por causa do esforço aplicado no canto que me fez lembrar de você. Uma vaidade cheia de orgulho, isso mesmo, uma vaidade orgulhosa completamente impotente. Ele estava usando calças brancas que mais pareciam roupa de baixo e, estranhamente, elas causavam um desconforto exagerado. Voltando, lembrei de te mandar uma carta. Acredito que esteja tudo bem com você, apesar desse "estar bem" ter uma diferença enorme para mim e para você. Ao menos dentro dos seus princípios, você está sempre bem.

Voltei faz uns dez dias. Você ainda deve morar naquela casa, não é mesmo?

A única coisa que me agrada em você é o lugar onde mora. Se eu disser que na verdade só te visitei algumas vezes porque gostava da sua casa, você vai ficar triste (acredito que não)? Você ignora os sentimentos delicados e frágeis, ou então tenta não vê-los. Por isso, conversar com você é como falar com uma porta (com certeza conhece essa expressão, não?). Às vezes me pergunto até quando você poderá morar nesse lugar. Você disse que a casa não era sua, mas que era propriedade de um primo, ou melhor, de um primo do primo, um parente bem distante, enfim. Que você estava apenas morando naquela casa de favor.

Francamente, não vou negar que me sinto mal por você. Eu não te amo. Eu ainda não sei direito sobre essas coisas. Perdoe-me por não poder deixar de falar desse jeito. Mas você é um bom amigo, mesmo. Apesar de você passar por algumas dificuldades, no fundo não quero te perder como amigo. O fato é que eu sou amiga de Jun--hee também (tenho um grande carinho por ela. Tanto pela sinceridade quanto pela teimosia), mas tenho um carinho por você independentemente do fato de vocês dois serem irmãos. Agora, amar é outra história. Na minha opinião, você não deve saber o que as mulheres querem dos homens. Como você já está cansado de saber, eu tenho um noivo. Mas não foi só por isso que disse não para você. É que eu sei quanto é importante viver de acordo com a realidade. Você já deve ter percebido, mas eu tenho muita sede. Essa minha sede cabe somente a mim e é um fardo que tenho que carregar sozinha. Será que estou querendo apenas guardar lembranças suas? Eu já cheguei a ter esse tipo de ambição pueril. Você deve negar, mas quando estávamos na faculdade, alguns colegas lembravam de você como uma pessoa com um charme indefinível. São os que sempre quiseram ter um amigo como você, mas nunca tiveram coragem de se aproximar. Mas no caso do meu noivo, posso dizer que ele é um materialista assumido. Não me critique dizendo que falo mal pelas costas, porque eu sempre falo isso para ele, na cara. Eu não sou daquelas mulheres comportadas que se aproximam dos homens apenas para jogar charme (você sabe disso, não sabe?). Mas o fato é que ele me aceita do jeito que sou. Se não fosse um cavalheiro nojento, ele seria o exemplo da moralidade. Isso me dá vontade de vomitar. Ele é também o modelo típico da criatura formada pela sociedade hierárquica. Para ele, existe apenas um pequeno grupo de pessoas com certo protótipo que merecem ser amadas e valorizadas. Se você soubesse como tudo isso depende apenas das aparências sociais! Claro que não posso culpá-lo por isso. Ele é tão atencioso comigo que fico até com a consciência pesada sem motivos. Mas a sede que eu tenho está me levando ao pressentimento de que não poderei nunca fazer parte dele por completo. Sinto que posso traí-lo com muita facilidade, assim que tiver uma chance. Para ser mais exata, eu disse não para você porque havia possibilidades de eu poder aproveitar dos seus sentimentos nos meus dramas compulsivos. Por isso, No-yong, por favor, desista de mim e tente me compreender.

Estive pensando. Você nunca considerou escrever ou fazer algo parecido? Nunca te imaginei um escritor, mas de repente pensei que seria o trabalho que mais combinava com seu estilo. Uma pessoa como você, sem ambição, tão dissociada do mundo, estilosa e antissistemática escreveria melhor do que ninguém. Lendo as cartas que você me enviou durante todo esse tempo, chego à seguinte conclusão: você nunca foi um militante, nem um yuppie, nem um materialista assumido, nem um homem que segue os padrões existentes, e nunca foi capaz de criar teorias para si ou fazer críticas, porque não era diligente o suficiente. Você não é bobo. Você sempre teve uma imaginação que ultrapassa o normal. Se puder escrever, terá muito mais liberdade, nunca deixando de ser você mesmo. Se quiser, posso te emprestar um livro muito bonito sobre pessoas que encontraram o verdadeiro eu através do ato de escrever.

Mais uma coisa, No-yong. Saiba que apesar dos seus atos estranhos, você é uma das raras pessoas em que posso confiar. Eu queria que você soubesse disso. Ah, se você soubesse o nojo e a vontade de vomitar que já senti de pessoas que encontrei socialmente e de vários acontecimentos que vivi, seria impossível descrever. Se possível, eu queria morar fora, nem que seja por pouco tempo. É claro que é apenas um sonho, mas acho que o meu noivo concordaria se fosse por um ou dois anos. Na verdade, tenho medo de poder desfrutar de muita liberdade, mesmo que seja por um momento. É porque não sei de que maneira essa liberdade poderá estimular a minha sede. Por acaso você se lembra do professor Kim, aquele que deu aula na faculdade durante um tempo? Depois que você largou o curso, eles ganharam muito dinheiro com ações, o professor Kim se tornou conselheiro de política de desenvolvimento de um certo ministro e, em seguida, o pai de Min-ja, a esposa do professor Kim, se tornou membro da Assembleia Nacional. Eles mudaram tanto, depois de tudo isso. O riso deles foi ficando cada vez mais alto. Todas as vezes que eu ia para a casa deles, achava repulsiva uma mudança tão drástica assim. Talvez a minha decepção não teria sido tão profunda se eles sempre tivessem sido esse tipo de gente ignorante e sem cérebro. Se eu pudesse apenas te fazer compreender quão nojento é o fato de DEIXAR de ser intelectual e DEIXAR de ser altruísta! Para mim, me encontrar com eles sempre foi uma tortura cruel. No entanto, eu não podia evitar esses encontros porque eles eram parentes do meu noivo. Esse tipo de relacionamento costuma deixar grandes feridas. O doloroso é que é mais fácil se revoltar diante de um déspota e matá-lo do que se revoltar nesse tipo de relacionamento pessoal e humano. Esse tipo de problema sempre acaba sendo uma tarefa pessoal, a ser executada pelo indivíduo e ninguém mais... É triste não poder te explicar com mais detalhes. Eles foram ficando cada vez mais inoportunos, chegando a dizer que o sobrinho era areia demais para o meu caminhão, que os meus pais não ganhavam muito e que eu tinha estudado apenas em escolas públicas. Eles não passam de pessoas mal-educadas, de baixo nível. Não consigo achar outra forma para descrevê-los. Um bando de cretinos que só consideram como parte da alta sociedade as pessoas com dinheiro e influência... Ai, nem consigo mais continuar a falar mal deles. Por mais que eu fale, sei que vou viver o resto da minha vida e acabar morrendo no meio dessa gente. Consegue entender o sufoco que estou sentindo...?

Não é da boca para fora, mas às vezes sinto vontade de morrer. Mas o meu lado racional não se conforma, porque sabe que optar pela morte é imaturo, que é uma tentativa infeliz de racionalizar a autopiedade e que não passa de uma decisão irracional e infantil. Já ouviu falar de gente que se matou por sofrer pela ideia de não possuir tudo? Não ria, No-yong. Seria frieza demais dizer que todo suicídio é oriundo da insatisfação de não poder ter tudo? Eu conheço bem o meu passado e o presente. E não tenho dúvidas quanto ao meu futuro também. Se isso é a origem da minha infelicidade, seria sem dúvida devido à minha natureza pessimista, que é extremamente sentimental e antinômica. Eu desejo curtir, ser respeitada, amada e sempre conservar a minha beleza. Então, por que tenho que sofrer tanto por causa desses desejos que todo ser humano tem? Isso sem contar que são coisas relativamente realizadas na minha vida. Por favor, não me venha com histórias do tipo "tente viver para os outros" ou "procure estabelecer metas para a vida que não sejam sobre si mesma". Estou cansada desses clichês pouco convincentes. Talvez eu tenha vontade de decair, de me tornar sexualmente vulgar ou de ter uma vida depravada e humilhante. Não se assuste, No-yong. Pensei que apenas essa recusa ao meu próprio sangue seria a única solução para os meus problemas. É isso mesmo, eu desejo ser livre. Ao mesmo tempo que eu abomino a falta de intelecto, tenho horror de me ver tão intelectual. Muitas vezes não aguento terminar o dia sem estimulantes, como café com uma grossa camada de espuma. Ontem de noite tive vontade de botar fogo no quarto de estudos da minha mãe. Apesar de eu amar tudo aquilo.

Acho que preciso viajar mais uma vez.

Estranho, não? Escrevendo esta carta, pensei numa coisa estranha. Que você, No-yong, na verdade não me ama, mas que me odeia ao extremo. Talvez seja um ódio que supere o padrão dos sentimentos e da linguagem, e que por isso não pode ser exprimido de maneira comum ou por meio de experiências banais. Esse ódio seria algo tão especial e tão indescritível que você não teria encontrado outra expressão a não ser "eu te amo".

Espero que considere a minha proposta (a de escrever) com seriedade.

Tchau, No-yong. Desejo-lhe muita saúde, sempre.

16 de outubro, Jun-hee
Para o meu irmão No-yong.

Desde o dia em que te encontrei, fiquei tão doente que não pude ir trabalhar durante dois dias seguidos. Os colegas do trabalho vieram me visitar. Nem quero pensar nesses dois dias, fiquei sem água quente porque a calefação de casa quebrou. Além do mais, tudo estava no maior caos, e eu não podia mexer um dedo sequer. Mas os colegas me ajudaram muito e agora estou melhor. Quando receber o salário deste mês, te mandarei um pouco de dinheiro. Você tinha falado que precisava mandar arrumar o encanamento, não é mesmo? Para comer, talvez seja possível se virar do seu jeito, mas para arrumar o encanamento com certeza vai precisar pagar. As contas de luz, água e aquecimento sempre dão problemas. Como não quero que você morra de fome, se estiver faminto pode vir comer aqui em casa. Mas vai ter que pagar por isso. Estou querendo pintar a porta da cozinha e fazer uma limpeza geral no depósito. Já que sempre vou ter um serviço para você, pode vir comer quando quiser.

Acho que não vou durar muito tempo nesse trabalho também. Eu sei que vou ser a primeira da lista dos funcionários a serem mandados embora quando o mercado imobiliário entrar em recessão. O meu único sonho é arranjar um trabalho fixo, estável, sem riscos de ser despedida. De desempregado já basta você. Ji-sun mandou um cartão-postal de Veneza. Se quiser ver, pode vir aqui em casa. Mas decidi morar com uma amiga do trabalho a partir da semana que vem. Sei que você não está curioso, mas é com Kyung-sook, que você conhece. É uma ótima oportunidade de economizar no aluguel e os gastos com a casa. É que ela está precisando de um lugar para morar durante alguns meses, porque o pai dela ficou desempregado e resolveu reformar a casa para fazer várias quitinetes e viver do aluguel. Como ela já te conhece, disse que não teria problema de você vir aqui. Ela é muito boazinha. Ela sabe que me preocupo com o trabalho. Um dia, ela perguntou por que eu não falava com o meu tio, mas isso é o que ela pensa. Como é que eu vou saber que ele é meu tio? Mas de qualquer jeito cortei logo, dizendo que só de pensar em pedir alguma coisa para essas pessoas que só falam da boca para fora e que não têm a mínima preocupação com a gente faz até meus pelos se arrepiarem. Você se lembra da única vez que encontramos o nosso irmão? Era um inverno. Enquanto a gente estava morrendo de frio naquela casa sem aquecimento, eles nos convidaram para uma festa, deram um monte de comida cara e disseram que sempre se preocupavam com a gente, que sempre que precisasse de alguma coisa, era só ligar. Mas a gente não tinha o número deles. Só o número que a secretária atendia. E eles fizeram a gente assinar uns papéis que nem sabíamos o que era. Até hoje tenho vontade de vomitar quando penso naquele jantar. Mesmo tendo visto que as nossas mãos estavam encolhidas de frio, tudo o que fizeram foi mandar telefonar. Não deram um tostão sequer. Mesmo quando a gente morava na casa deles, nunca nos deram dinheiro. A gente tinha roupa e comida cara, viajava, mas nunca tivemos dinheiro. Por isso, sempre que precisava de dinheiro, eu fiz bico. Acho que era uma espécie de regra. Desde o início, eles nos analisaram como usurpadores da riqueza deles. Tomaram cuidado desde o começo porque achavam que íamos pedir cada vez mais dinheiro se nos acostumássemos com a fartura. Porque achavam que a gente era pobre e que grudaríamos como sanguessugas. Eles decidiram que podiam cuidar para que a gente não morresse de fome, mas nunca dividiriam o que possuíam com a gente. Foi por isso que não deixavam a gente ficar muito tempo numa casa. Se bem que agora nada disso tem importância. Mas de vez em quando ainda vejo a atitude desses parentes nossos na Ji-sun. Ela é gentil e boazinha, mas é como se tudo estivesse perfeitamente planejado. É como se toda a gentileza, a compreensão e o afeto vindos dela tivessem uma área definida, e somente dentro desse limite mostrassem o real valor. É esse tipo de relacionamento que eu vejo da parte dela. E quanto ao seu relacionamento com Ji-sun, sei que não é da minha conta... É isso mesmo, acho melhor eu não dizer nada. Você e Ji-sun são amigos desde o colegial e devem se conhecer melhor do que eu. Talvez ela já tenha voltado. Como ela não aguenta ficar sem viajar, por enquanto vai estar tranquila, mas em seis meses mais ou menos ela deve fazer as malas de novo.

Mudando de assunto, eu não queria que Ji-sun continuasse a manter contato comigo. Não que eu esteja chateada com ela. Mas não me sinto bem com ela. Quando a gente era estudante, pelo menos aparentemente, ela era igual a gente. Mas agora, depois de adultos, sem direito à proteção dos mais velhos, somos muito diferentes. Não preciso explicar quais são as diferenças, não é mesmo? Eu sei que não serei convincente se disser que não podemos mais ser amigas só porque pertencemos a camadas sociais diferentes. Mas por mais que não seja um motivo convincente, estou sendo cem por cento realista. Estou tentando me adaptar à pobreza. Não estou falando somente da pobreza, mas do trabalho também. Eu só existo por meio do trabalho. Se bem que cada um dos nossos três irmãos tem uma maneira diferente de analisar um acontecimento inesperado. Eu gostaria de voltar ao princípio para começar tudo de novo. Você sempre foi cético e nunca acreditou que nós talvez tenhamos nascido em berço de ouro. Para você isso não muda nada. Mas você deve se encontrar executando o papel daquele que nasceu em berço de ouro. Você é pobre e não trabalha. Esforça-se em ignorar o instinto que procura recuperar a dignidade. Entendo que essa sua atitude seja uma tentativa de negar a necessidade de se adaptar à realidade atual. Pode ser que você não concorde comigo ou não perceba isso. Digamos que você está fazendo o papel do pobre radical, fora do alcance da imaginação de todos, mas ao mesmo tempo, paradoxalmente, não age como um pobre nato. Quero dizer que você não age como os outros pobres. Você não liga para a pobreza, não tenta escapar dela, não busca cegamente o dinheiro e nem tem ódio. O nosso irmão também deve ter odiado ser pobre. A ponto de morrer de fome, sabe? Ele foi infeliz porque nunca conseguiu se livrar das lembranças do passado. Nós dois não temos essas lembranças.

Portanto, você apenas ignora a lenda dessas lembranças, indo de forma inconsciente para o extremo, e eu temo não ser fiel à realidade em que vivo por causa dessas mesmas lembranças. Eu só tenho uma carta, a carta do trabalho na mão. Mas tenho medo de pensar e agir como se tivesse uma carta de diamantes ou rainha, e me transformar num ser arrepiante e arrogante. Para ser franca, desejo realmente que aquilo (o fato de termos nascido em berço de ouro) seja verdade. Mas tenho medo de chegar à óbvia conclusão sobre a dura realidade de que aquilo não poderá mudar em nada a minha vida atual. Todos nós estamos agindo na contramão do que pensamos.

No-yong, nenhum de nós tem liberdade.

Eu sei que é uma conclusão demasiadamente mecânica, mas o fato de eu ser contra o seu namoro com Ji-sun (serei ousada e digo que acho que você não ama Ji-sun) ou de você teimar nesse namoro são coisas exatamente iguais. Em conclusão, nós estamos diante de uma única condição, mas estamos apenas reagindo, cada um de uma maneira diferente. Sem essa condição, as nossas reações, que são o conteúdo em si de nossas vidas, não teriam sentido.

Apesar de ter me encontrado uma única vez, apenas, e agora ele ser um finado cuja existência antes de morrer não era clara, ainda penso nesse nosso irmão. Independentemente da questão da riqueza ou da pobreza, sinto falta dele, de vez em quando. Será que a situação teria sido melhor se tivéssemos morado todos os três juntos? Por que será que os nossos parentes nos separaram? Até mesmo a existência dele só foi esclarecida depois da morte... Você sempre age como se nunca pensasse nisso. Provavelmente será assim até o dia da sua morte. O que estou dizendo é que sei muito bem que isso não vai adiantar nada, mesmo repetindo milhares de vezes.

Eu queria fazer um convite, mas, se não quiser, não precisa vir: eu, Jae-suk e Kyung-sook, a amiga do trabalho, marcamos um jantar. Vai ser na minha casa, na primeira sexta-feira de novembro. Eu e Kyung-sook vamos cozinhar e gostaria que você viesse. Mas como você não gosta do Jae-suk, não vou te forçar a vir. Jae-suk é pobre, mas é uma boa pessoa. Quando estou com ele, me sinto em paz (e isso não basta?). Mesmo que passemos a viver juntos, se isso acontecer, não precisa se preocupar, porque não pensamos em nos casar.

Tchau.

30 de outubro, No-yong

(carta escrita a lápis, atrás de um panfleto entregue em casa) Para Jun-hee.

Obrigado pelo dinheiro (foi de grande ajuda. Muito mais do que você imagina). Mas por que você continua mandando dinheiro para mim? Já falei várias vezes que posso muito bem viver sem dinheiro. É verdade.

Tchau.

P. S.: Eu aceito o seu convite. Pois não tenho motivos para recusar, não é mesmo? Principalmente porque vai ter comida. Mas não vá pensar que eu sou um porco. Porque eu não como tanto e não tenho a vergonhosa ambição de querer coisas gostosas. E eu não tenho tanto interesse nesse tal de Jae-suk como você pensa. Afinal, quem é ele? Não me interessa se vocês vão viver juntos ou não (não estou sendo cínico e nem estou com ciúmes). Se me permitir, vou te dizer uma coisa. Esse sujeito não passa do resultado dessa sua tendência masoquista. O que estou querendo dizer com isso é que você escolheu esse cara como parceiro para (e tão somente) confirmar o seu papel como trabalhadora. Esse homem formado em colegial noturno, com forte sotaque, que nem sabe se Mendelssohn é nome de gente ou de objeto. De qualquer forma, não quero me intrometer na vida de vocês dois. Para você ter escolhido esse cara, imagino (ou melhor, tenho certeza) que a revolta por mim deve ter influenciado. Queria dizer que foi uma decisão tola da sua parte, mas como todas as suas decisões são tolas (incluindo o fato de ter mandado dinheiro para mim), não preciso dizer mais nada. Na verdade, eu me preocupo com você... Mas nesse momento não posso fazer nada além de ir comer na sua casa.

E quanto a Ji-sun, foi há mais de dez anos que eu a amei. Não a amo mais. Mas o problema é que ela não sabe disso e continua mandando cartas estranhas. Isso é tudo entre nós.

Até sexta.

30 de outubro, No-yong.
Para Ji-sun.
Diferentemente do papel, que é fácil de arranjar, conseguir uma caneta é mais difícil. Assim, escrevo da mesa do centro de administração pública perto de casa, e não poderei me prolongar muito porque estou numa posição que vai me dar dor nas costas. Ah, como esses formulários impressos só de um lado são úteis! Eu posso levar

essas folhas para desenhar, rabiscar ou escrever, como você sugeriu.

Você me recusou, mas não precisa mais pensar nisso porque foi algo óbvio e não guardo rancores. Mas é verdade que é uma pena. Porque tudo o que eu queria era que você tirasse um pouco da sua roupa. Era só isso que eu queria e nada mais. Mas agora, eu tenho preguiça de falar sobre isso.

Às vezes suspeito que vocês já sejam casados (desculpe-me se usei o verbo "suspeito"). Vocês estão noivos há mais de oito anos. Mas você fala como se ainda não tivessem se casado. Gostaria de dizer que se você ainda está usando a palavra "noivo" para esconder de mim que já está casada, ou porque não quer admitir o seu próprio casamento, não precisa fazer isso. Pois eu não ligo.

Se você realmente sente horror de alguma coisa, Ji-sun, deve ser de você mesma (sei muito bem que isso não vai te machucar, mas dinamizar esse vazio no seu espírito que você chama de sede) e não preciso explicar o porquê, não é mesmo? Eu digo com toda a doçura do mundo... Eu te odeio... (é isso que você quer ouvir?). Mas me desculpe, porque nem esse tipo de sentimento perdura em mim. Apesar de nunca ter visto a sua mãe, eu a odeio. Não tenho razões para isso. Fiquei curioso em saber por que você não botou fogo no quarto de estudos dela. Eu sempre esperei por isso. Você não passa de uma dessas hipócritas que sabem muito bem que são hipócritas nojentas. Você deve estar esperando que alguém (provavelmente eu) proclame a declaração que você não tem coragem de fazer. Eu até poderia fazê-lo para você, se quisesse curtir a decadência moral e o prazer ao mesmo tempo. Nos dias de hoje, isso nem é mais chocante ou segredo para ninguém. Eu posso fazer isso para você, se não deseja perder nada do que possui e se tornar protagonista de um drama. Não precisava mandar esse tipo de carta para me fazer entender isso. E como eu sou preguiçoso demais, não estou a fim de escrever para um público desconhecido, e nem acho que tenha talento para isso. Estou apenas rabiscando, escrevendo cartas como esta... Fico pensando se não é você quem está com vontade de escrever. Eu não sou hipócrita, nem infeliz e nem mulher! Por isso, não tenho a mínima intenção de me masturbar publicando textos meus.

Uma mulher sentada no sofá da sala de espera não tira os olhos dos meus pés. Com certeza ela não gosta do meu pé descalço e imundo. Ela sabe também que estou rabiscando. Com certeza pensa que estou brincando com as folhas de um centro público. Vou ter que terminar de escrever esta carta, parecer um cidadão educado e sair daqui cumprimentando-a. Gosto muito de te escrever. Da mesma forma se te encontrasse. Você pode vir aqui na casa do meu primo, onde estou morando, me visitar mais uma vez (o que acha dessa frase típica de tradução?). Até o dia em que esse primo, que nunca vi até agora, me mandar embora, posso continuar morando lá. Só não sei quando será esse dia. Se você tiver vontade de me convidar para a comemoração dos dez anos de noivado, vá em frente. Mas só se for uma festa de traje casual.

Então tchau.

Contrabaixo

Quem abriu a porta foi um homem com a idade próxima de Sung-do. Eram impressionantes suas pupilas finas, que faziam parecer que ele estivesse de olhos meio fechados. Os cabelos vinham até o ombro, mas eram comportados. Vestia uma camisa polo verde-clara e calças de golfe, e parecia ser obeso somente da barriga para baixo. Ele estava encostado na parede sem falar nada, e Sung-do achou os seus movimentos sinistros e elegantes ao mesmo tempo. A sua voz se fez entender logo depois desses movimentos.

— O que é?

Era uma voz bonita, mas teimosamente lenta.

— Eu marquei uma entrevista através de Ji-sun Kim. Meu nome é Sung-do. Mandei uma carta previamente. Com certeza recebeu, não?

— Entrevista?

Ele olhou para mais baixo ainda. Sung-do pensou que ele poderia não estar completamente acordado. Já tinha passado das cinco da tarde, mas não era algo impossível. Pois segundo Ji-sun Kim, ele estava desempregado.

— Desculpe, mas não me lembro de carta nenhuma. E quem é que está querendo entrevistar? Eu ainda não entendi direito. Estou morando sozinho nesta casa porque a minha irmã mais nova saiu daqui há mais de um ano. Ela trabalha numa imobiliária. Ninguém teria interesse em pedir uma entrevista, tanto para mim quanto para ela.

Ele continuou falando lentamente. Os braços eram longos, suaves e esbeltos, mas a cintura e o duplo queixo pareciam ser o resultado de uma vida ociosa. Cada vez que abria a boca para falar, a banha branca por baixo do queixo balançava ritmicamente.

— Você não é No-yong?

— Sou sim.

— Eu fiquei sabendo de você há uns dois meses por Ji-sun Kim e quis entrevistá-lo. Solicitei a entrevista por carta e tive uma resposta afirmativa via Ji-sun Kim também. Por isso vim aqui depois de marcar a data e a hora. Como não tinha telefone, tive todas as respostas por meio de Ji-sun Kim.

— Ji-sun Kim? Dois meses atrás... hum, não sei mesmo do que está falando. É verdade que recebi cartas, mas eu não li direito. Seja como for, você está enganado. Não sei como conheceu a Ji-sun, mas tudo o que ela diz é mentira. Não sei o que ela falou de mim, mas uma entrevista? Que bobagem.

— Eu... ouvi dizer que você e Ji-sun Kim eram colegas do colegial e que agora você estaria desempregado. Isso... não está correto? — perguntou Sung-do, preocupado.

— Sim, está certo.

— Foi por isso que pedi a entrevista.

Pensativo, ele levantou os olhos puxados e fitou o topo da cabeça de Sung-do. Logo em seguida, perguntou suspirando:

— Você está querendo me entrevistar só porque sou desempregado? Por acaso você trabalha numa instituição social?

— Não, não é por isso. Mas se eu tiver que dar um

motivo, o fato de você estar desempregado conta muito. Ouvi de Ji-sun Kim que você não ficaria ofendido. Estou errado? — perguntou Sung-do com cuidado, porque já tinha tido reações violentas antes.

— Que revista que é?

— Eu... eu não trabalho para revistas. A entrevista não é por causa do trabalho, como estava explicado na carta, mas para um projeto pessoal. Digamos que estou recolhendo material para poder escrever algo um dia. Se eu tiver ofendido, ou se houve um mal-entendido, podemos deixar a entrevista de lado. Peço que não fique bravo.

— Então você está com planos de escrever sobre o desemprego, é isso?

— Não é bem isso. É um pouco difícil dizer qual é o tema agora. Mas poderia dizer que está relacionado com a diversidade cultural. Com as formas da miséria desejada, e uma vida livre de preconceitos, por exemplo.

— Chame como quiser... E tudo o que Ji-sun Kim disse sobre mim é bobagem.

— Bom, isso não tem importância. Não ouvi muito sobre você. Tudo o que ela disse a seu respeito é que era infeliz e diferente dos outros.

— Ha! Infeliz e diferente? É típico dela mesmo.

— E então? Não queria ser inoportuno, mas gostaria de entrevistá-lo. Não tomarei muito tempo.

— Bom, acho melhor conversar aqui dentro. Independentemente da entrevista.

Sung-do entrou, seguindo No-yong. O corredor estreito da entrada levava a quatro portas. No-yong abriu uma delas e convidou-o para entrar. A porta dava para um cômodo, que era quarto e sala ao mesmo tempo. Havia um copo com um líquido preto sobre a mesa. Um par de chinelos sujos de lã se encontrava ao lado da cama, e um calendário de 1997 se via pendurado na parede. Era um calendário de muitos anos atrás. No quarto, havia alguns livros de Hemingway jogados na cama, uma caixa de contrabaixo extremamente grande encostada na parede, um tapete que cobria uma parede inteira, e um sofá com várias peças de roupas espalhadas. No-yong empurrou as roupas para um canto e ofereceu lugar a Sung-do. Ele se sentou no chão mesmo.

— Então — disse No-yong. — O que quer me perguntar? Se começar a falar, talvez eu encontre algumas perguntas que me darão vontade de responder. Tanto faz para mim, já que não trabalho e não tenho nada para fazer. Mas antes de começar, você tem alguma coisa para comer aí?

— Não, não tenho.

— Que coisa, é que estou com muita fome. Na verdade, estava saindo para conseguir alguma coisa para comer.

— Então façamos assim. Vamos sair e conversar num restaurante calmo, comendo alguma coisa. Acho melhor fazermos isso, apesar de eu já ter almoçado.

— Não, não — disse No-yong, reiterando a negativa também com as mãos. — Eu não estou numa situação de poder pagar para comer. Não é isso que estou querendo. Eu posso procurar comida jogada por aí e, se faltar, posso jantar na casa da minha irmã. Existe tanta comida sendo jogada fora que não vale a pena pagar para comer.

— Eu sei que tem muita comida indo para o lixo, mas não existem meios de consegui-la, não é mesmo? Além disso, por mais que tenham sido jogadas fora, devem estar limpas e, se não estiverem estragadas, dá para comer. Você não procura comida no lixo, não é?

No-yong encolheu os ombros sem responder, mas isso parecia dizer a Sung-do que não tinha importância e que ninguém ligava para isso. No-yong saiu do quarto, foi para a cozinha e tomou um copo de água da torneira. Então saiu e voltou trazendo algo nas mãos.

— Olhe isso. Hoje estou com uma sorte tremenda — comentou No-yong com entusiasmo, mostrando a Sung-do o saco de papel que trazia.

— Aquela hora não vi porque estava conversando com você. Mas encontrei um sanduíche de atum pela metade, e presunto com a validade de ontem. São quase como novos! Não posso acreditar. Além disso, tinha leite também. Esse tipo de coisa só acontece uma vez por semana e olhe lá.

— Onde encontrou isso?

— Você viu a caixa com uma tampa em frente ao portão? Eu colei um cartaz no estacionamento do subsolo pedindo para que deixassem comida ali. O cartaz não está mais lá, mas dizia para colocar na caixa comida vencida, mas comestível. Estava escrito que podia ser qualquer coisa, como arroz seco e duro, ou frutas pela metade, que tudo seria bem-vindo. Mas ninguém vinha até aqui só para jogar comida na caixa. Se bem que agora melhorou bastante. Mesmo assim não é comparável à quantidade de comida sendo jogada fora por aí. É que as pessoas têm preguiça. Mas não posso reclamar delas, porque eu também tenho preguiça de tudo. Olhe isso, um litro de leite! E nem está aberto. Então, vai querer um copo?

No-yong tirou dois copos do armário da cozinha e encheu-os.

— Mas veja. Esse leite passou da validade há cinco dias. Será que não tem problema mesmo?

— Pelo cheiro ele ainda está bom. Fora que está tão gelado que os meus dedos estão quase congelando. Devem ter acabado de tirar da geladeira antes de colocar na caixa. Não se preocupe. Experimentando, dá para saber se está estragado ou não. Esse aqui não está estragado, não. Vai querer?

Sung-do hesitou por um momento, mas aceitou tomar o leite. Sung-do não era alérgico a nada e nem tinha estômago frágil. O leite estava tão gelado que mal dava para sentir o gosto. De fato, pelo menos, não parecia estragado.

— Você é um homem de sorte — sorriu No-yong, abrindo a lata de presunto em conserva. — É a primeira vez que sirvo comida aos meus visitantes. Ninguém até agora foi recebido assim. Nem mesmo a minha irmã, ela nem imaginaria. Espere um pouco. Vou refazer o sanduíche com o presunto e o atum.

— O que é isso? — perguntou Sung-do, apontando para o copo sobre a mesa.

— É tinta nanquim.

— Você faz caligrafia tradicional?

— Não. Tomei um gole na noite passada porque não conseguia dormir de tanta fome.

— Não tem problema tomar isso?

— O gosto não é bom. Mas como eu já sabia disso, coloquei açúcar. Eu tinha alguns cubos de açúcar, sabe? Mas depois de tomar um gole, perdi a vontade. Daí desisti.

No-yong trouxe um prato com o sanduíche. Era a

metade do sanduíche de atum refeito com fatias grossas de presunto. Sung-do recusou o sanduíche dizendo que já tinha almoçado.

— Então, tome o leite — sugeriu No-yong, mastigando o sanduíche.

— E se passar mal depois de comer essas comidas perigosas?

— Eu sou bem saudável — No-yong abriu os braços em frente a Sung-do. — Além disso, já tem um tempo que estou acostumado com esse tipo de comida. No começo a minha irmã também se preocupava com isso, mas agora não liga mais.

— Posso perguntar por quê?

— Por que o quê? — indagou No-yong, engolindo o sanduíche às pressas.

— Se fosse para ser assim, não seria mais, digamos, mais fácil e simples trabalhar, nem que seja um pouco, para comprar a própria comida?

— Você disse mais fácil e simples? Pois, para mim, isso aqui é muito mais simples.

— Mas se tiver que pensar na fome o tempo todo, não diria que é tão simples assim. Preocupar-se todos os dias com o que comer é muito chato, não?

— Mas não seria o mesmo? Pois se eu trabalhasse, teria que me preocupar com muitas outras coisas além da comida, ora. E você? Por que você trabalha desse jeito? Você não parece ser pragmático, visto que anda entrevistando gente sem precisar. Eu estou muito mais curioso.

— Vou escrever um livro, um dia.

Enquanto respondia, Sung-do pensou em Ji-sun Kim, no seu rosto que dizia com veemência: "Neste momento, principalmente neste exato momento, somente o espírito extremamente altruísta e que defronta o puro idealismo é considerado grandioso. Escrever um livro é uma das maneiras de se autoafirmar. Algumas pessoas necessitam apenas afirmar a própria existência para existir. São pessoas extremistas que dizem não precisar de mais nada para existir. Mesmo que não concordem comigo. Eu conheço uma pessoa assim."

— Eu trabalho pensando no futuro. O presente não me satisfaz.

— Por que você quer se adiantar tanto? — perguntou No-yong, sem ser cínico.

— Talvez seja por causa da depressão — respondeu Sung-do, mais sério do que o necessário.

— Desculpe. Como disse?

— Depressão.

— Por que diz que o seu presente é depressivo? Ora, eu é que estou fazendo as perguntas agora. Não era essa a minha intenção.

— Não tem problema. O meu presente é depressivo por causa das lembranças do meu passado. Eu não poderei escapar disso até o dia da minha morte.

— Então você prevê que o seu futuro também será depressivo. Estou certo?

— Isso mesmo.

— Dizer que você está fugindo para um futuro depressivo por causa do passado que é a causa dessa depressão é paradoxal, mas compreensível.

Por um momento, um mastigou o sanduíche e o outro tomou o leite sem dizer nada. Sung-do acabou bebendo o copo inteiro daquele leite.

— Desculpe, mas aquele contrabaixo é seu? — perguntou Sung-do, apontando para a caixa encostada na parede.

— Não. Tirando a comida, não tem nada meu aqui. Nem a casa, nem as roupas ou plantas. Ji-sun Kim não disse? Eu estou morando de favor na casa de um parente. Eu sou pobre. Não um pobre normal, mas um miserável sem absolutamente nada mesmo.

Falando dessas coisas, No-yong não riu alto e nem fez cara de pobre coitado. A única coisa que fez foi se encostar na parede com preguiça. Logo depois, levou a mão para debaixo do braço, como os homens primitivos faziam na hora de caçar pulgas. Era um homem muito estranho, Sung-do pensou. Um homem muito estranho que morava numa casa cheia de móveis, roupas, com um piano, um contrabaixo, uma estante inteira de livros sobre arquitetura e fotografia, e que tomava um gole de tinta nanquim para esquecer a fome.

— Nunca pensou em trabalhar?

— Para quê?

No-yong bocejou.

— Para ter dinheiro, amigos e para si mesmo.

— Para quê? Eu não estou nem um pouco deprimido.

— Mas se por acaso o seu primo lhe pedir para sair desta casa e você não tiver outro lugar para ir?

— Ah, faz tanto tempo que moro aqui que ele já deve ter esquecido da minha existência. Quero dizer, ele não liga. E se por acaso isso acontecer, com certeza vou encontrar uma solução. Preocupar-me com antecedência? Para quê?

— Posso te fazer algumas perguntas e gravar as respostas?

— Eu não disse que concordava com a entrevista — respondeu No-yong, com seriedade.

— E o que diz de continuarmos a conversar assim, sem gravador?

— Isso tudo bem. Afinal, você é visita.

— Certo. Posso fazer algumas perguntas?

— Bom, pode sim.

Ao concordar, No-yong subiu na cama e deitou-se, bocejando mais uma vez.

— Tem algum problema eu ficar deitado? Não se preocupe que não vou dormir.

— Você parece ser saudável e ouvi dizer que tem um nível de educação relativamente alto. E que mesmo assim optou por viver desse jeito. Não está cansado dessa vida? Estou falando de procurar um motivo para viver ou um objetivo, por exemplo. Se não for nada disso, gostaria de saber se você tem alguma explicação para essa preguiça toda.

— Por que você está sendo hostil comigo? Eu não fiz mal a ninguém — replicou No-yong, com os olhos semicerrados e a voz desprovida de qualquer demonstração de sentimentos.

— Não estou sendo hostil. É curiosidade apenas. É que eu tenho vontade de traçar o perfil humano. Um perfil com mil expressões e de mil pessoas. Entende?

— O seu trabalho não me interessa — No-yong se encolheu mais ainda no cobertor, soltando o ar pelo nariz. — Ainda acho que teria sido melhor você entrevistar Ji-sun Kim. Aliás, talvez já tenha feito isso.

— Não posso dizer nada porque guardo em segredo todas as informações obtidas nas entrevistas. Nenhum personagem terá o nome verdadeiro revelado.

— Fico curioso para saber que tipo de gente você

tem entrevistado para chegar a um pobretão sem graça como eu.

Sung-do não respondeu a esse comentário. Apenas se encostou na parede e olhou para o contrabaixo que continuava a atiçar sua curiosidade.

— Você por acaso já tocou aquilo? O contrabaixo.

— Eu estudei numa faculdade de música. Se bem que foi há mais de quatorze anos.

Os olhos de No-yong estavam quase fechados, e como ele estava completamente coberto, não dava mais para vê-lo. Apenas a voz de No-yong, murmurada, chegava aos ouvidos de Sung-do.

— Eu era aluno de contrabaixo, mas larguei o curso sem terminar nem o primeiro semestre sequer. Não me leve a mal, mas a música não significava nada para mim. Eu acabei chegando por acaso àquela faculdade de música com um contrabaixo enorme nas costas. Depois disso, tive aulas de assistência social, mas não era inscrito. Para viver, ha, ha, eu vendi o contrabaixo a preço de banana. Foi ali que reencontrei Ji-sun Kim, que era colega do colegial. Mas fiquei de saco cheio em menos de seis meses, porque de qualquer jeito nem estava interessado em me formar. Por esses e outros motivos, acho que nunca toquei aquele contrabaixo. Na verdade, não me lembro, porque já faz muito tempo. Mas nesse daí eu nunca nem botei as mãos. É que não é meu. Deve ser do meu primo. Acho que tivemos aula de contrabaixo juntos.

— E o que você fez depois?

— O que disse?

— O que você fez depois de largar a faculdade?

No-yong guardou silêncio. Foi um silêncio tão

inesperado que Sung-do chegou a pensar que No-yong adormecera.

— Não me lembro dos dois ou três anos de pobreza total depois do serviço militar. No último período, acho que estava no hospital e parece que a minha irmã veio me procurar. Foi assim que nos reencontramos. No começo ela me sustentou, mas com o passar do tempo foi ficando cada vez mais difícil, e também senti que ela estava ficando cheia daquela situação, então decidimos morar cada um por si. Não pense mal, ela apenas se surpreendeu com o fato de eu me recusar a procurar um trabalho. Não foi por causa do dinheiro que ela saiu daqui. Por mais que eu diga para ela não ligar para mim, não adianta. Eu realmente não ligo mesmo. Mas foi duro para ela. A minha existência em si era sufocante. Quando ela saiu daqui, com certeza desejava se esquecer completamente da minha existência, mas não se passou nem uma semana antes de ela voltar a me ver, preocupada comigo e me trazendo comida. Seria muito bom para ela vir morar aqui, já que tem um quarto livre, mas ela não quer. Agora que ela está dizendo que vai morar com o namorado dela, a possibilidade se tornou mais remota ainda. Isso é tudo. Não tenho nada além de uma irmã na minha vida.

— Pode me contar um pouco mais? Sobre essa época de que não se lembra...

— É como você mesmo disse. Eu não me lembro.

— Esteve doente?

— Bom, é o que todos dizem.

— E agora? Como está?

— Como pode notar, estou muito bem. Com muita

saúde. Nunca fiquei doente, nem antes, nem depois daquela época.

No-yong se mexeu um pouco e mergulhou mais ainda entre a cama e o cobertor. Sung-do teve que se aproximar da cama para ouvir a voz de No-yong vindo de debaixo do cobertor.

— No-yong, então você está dizendo que não sente uma espécie de responsabilidade pela sua irmã? Já pensou no motivo pelo qual ela saiu desta casa?

— Ela saiu daqui chorando.

— Sei.

— Mas voltou depois de uma semana, como se nada tivesse acontecido. As jovens solteiras daquela idade sempre sonham em viver de maneira independente, por isso deve ter sido muito bom para ela, muito mais do que a pobreza momentânea. Isso porque eu sempre me esforcei para não dar muito trabalho à minha irmã. Nunca pedi dinheiro para ela e nem aparecia na frente dela quando ela não queria me ver. Nem ao banheiro eu ia quando ela estava em casa. Muitas vezes, desejei me tornar um bicho bem pequeno, como um inseto. Para as solteiras da idade dela e virgens, eu sei que ela era virgem, histéricas como ela, um irmão mais velho desempregado perambulando pela casa deve ser a coisa mais insuportável do mundo. Eu lia livros ou limpava os seus sapatos para agradar. Fingia não estar com fome também. Tudo o que ela me dava, mesmo quando era casca de batata crua, eu comia com muito gosto. Mas mesmo assim ela não pôde me aguentar. O simples fato de estarmos na mesma casa deixava-a louca. Ou melhor, ela detestava esta casa.

— Alguma vez você já pensou no motivo? Por que

ela não aguentava ficar aqui? Não teria sido o seu desemprego, a inconsciência intencional, a extrema passividade da sua parte? Será que ela não desejava que você mudasse? O que você acha disso?

— Não é bem isso. Ela não gostava era da minha pobreza.

— Parecem coisas semelhantes. Então a sua irmã queria mais dinheiro ou uma situação mais confortável? Ou então tudo o que ela queria podia ter sido a vontade de viver humildemente como todos os outros.

— Não é nada disso. Não sei se vai conseguir me entender, mas ela disse que não havia sentido na minha pobreza. E ela acha que eu sou a pobreza em pessoa. Ela sabe que eu não vou mudar. Ela não gostava do fato de eu ser a personificação da pobreza e de saber que eu não mudaria.

— Francamente, No-yong, não queria perguntar sobre isso, mas ouvi dizer que você cresceu e foi educado num ambiente rico. Eu estava com Ji-sun Kim e seus amigos, e todos disseram a mesma coisa. Que você não era pobre, mas que estava apenas imitando a pobreza de maneira extrema. Havia até mesmo os que diziam que a sua atitude era de uma ganância imperdoável.

— Ambiente rico? Até um cachorro vai rir quando ouvir isso. Eu cresci num orfanato. Isso quer dizer que sou da classe dos lixos.

No-yong descobriu o rosto e olhou para Sung-do. Com os olhos sempre semicerrados, abriu a boca num sorriso que demonstrava alegria.

— Todos têm a sua própria opinião. Eles me conheceram na escola, e só. Não posso explicar, mas a situação atual é outra, aliás, horrivelmente outra. Não preciso explicar tudo para todo mundo, não é mesmo? Tenho preguiça de ficar explicando sobre essas coisas sem sentido, como o passado sem rastros. Principalmente porque eu não ligo para esse tipo de mudança. Eu não estou ofendido. Viver ativamente não combina comigo. Isso me cansa. Não consigo entender por que as pessoas não me deixam em paz. Posso muito bem viver só da comida que as pessoas deixam na caixa ao lado do portão. É claro que não poderia dizer que se trata da melhor das vidas, mas o importante é que eu não espero nada além disso. Tudo o que eu espero é desfrutar do meu direito de ser pobre.

— No-yong, você diz que é um direito, mas sob certos pontos de vista, o ócio a esse ponto é considerado doença ou crime. Já pensou na influência que pode resultar dessa sua escolha? Talvez seja uma obrigação você ter uma vida melhor. Talvez você já saiba disso.

Sung-do foi dizendo as coisas sem nem mesmo perceber. Nunca, durante uma entrevista, ele tinha dito tão claramente a sua opinião. Sung-do ficou surpreso também com o fato de saber que ele próprio tinha esse tipo de opinião tão determinada. Mais do que uma simples opinião, era uma espécie de simples reação. Ele sentiu uma ponta de vergonha, porque sempre sofreu com o complexo de inferioridade oriundo da pobreza. Sung-do pensava que a pobreza o incluía no grupo dos pobres, ou seja, numa classe inferior. Isso significava muito mais do que a pobreza em si, ou o fato de não ter dinheiro. Isso determinava a identidade cultural na adolescência. E aquele homem, invisível, encolhido num casulo, estava estimulando o complexo de inferioridade de Sung-do. Será que Sung-do estava se tornando o tipo utilitário que tanto criticara, por causa do complexo de inferioridade? Ainda bem que No-yong não podia vê-lo por estar debaixo do cobertor, porque por um momento o rosto de Sung-do enrubesceu. Depois da vergonha, Sung-do sentiu dor. Ficou pálido. No-yong não disse nada. Nesse momento, a campainha tocou duas vezes. Os dois continuaram onde estavam, sem se mover, ignorando silenciosamente a porta. A campainha tocou ainda umas duas ou três vezes. Depois, o silêncio voltou a reinar.

— Por que você não atendeu a porta? É costume? — perguntou Sung-do, quase sussurrando, chegando mais perto de No-yong.

— Jun-hee. A minha irmã — disse a voz de No-yong sob o cobertor.

— O que é que tem ela?

— Ela pensa que sou capaz de cometer suicídio. Ou de morrer de fome. Se bem que não tem diferença entre os dois. Por isso vem verificar de vez em quando. Vem, verifica o meu estado e vai embora, fechando a porta sem dizer nada.

— Eu não acho que você seja capaz de se suicidar.

— Ela sempre se engana. Na verdade, um da família morreu de fome, quase um suicídio. Então ela tem pavor disso. Mas qual será a diferença entre pavor e esperança?

— Alguém da família?

— O irmão mais velho dela.

— Então quer dizer que é seu irmão também?

— Isso mesmo.

— Mas... por que é que você não sai de debaixo do cobertor?

— Dá para viver assim, com apenas o mínimo, quando a gente não sente gosto nenhum. É uma forma de sobreviver. Não é muito difícil. Desculpe, mas não estou mais com vontade de jogar conversar fora. Você pode ter a impressão de ouvir algum dogma absurdo. É só você fechar a porta quando sair. Não precisa trancar. Desculpe não ter concedido a entrevista. É que eu não nasci com eloquência.

Mas Sung-do ainda esperou por um momento. Era hora de o quarto escurecer aos poucos. De No-yong, que ainda estava coberto, não se ouvia nem o ruído da respiração. Quando passou perto do contrabaixo, Sung-do sentiu uma leve tontura. Fosse ele No-yong, teria quebrado esse símbolo em mil pedaços ou se desfeito dele há muito tempo. Sung-do fechou a porta com muito cuidado para não fazer barulho.

A triste sociedade miserável

Para ser mais exato e geral, eu não penso em negar que a principal razão pela qual me interessei pela pobreza, ou melhor, pela desigualdade (no entanto, esse tipo de clichê sem nenhum senso de crítica já mostra quanto o assunto é desvalorizado e vítima de maneirismo) na distribuição da riqueza foi por causa da minha própria infância pobre. Eu cresci numa família de classe média baixa, cujos pais não chegaram a fazer o colegial. Éramos pobres, mas não a ponto de faltar grãos para as refeições. Mas ao mesmo tempo, o fato de nunca ter dinheiro suficiente em casa era algo tão óbvio quanto ter que cuidar dos irmãos mais novos. Os meus pais sempre trabalharam mais do que a média para botar comida na mesa, nos vestir e fornecer um teto, o que nem sempre foi possível. Não conheço todas as dificuldades ou sofrimentos encontrados pelos meus pais para conseguir sustentar a família. Eu apenas imagino. No entanto, até os anos 1970, a pobreza dessa classe menos favorecida não era raridade. Acontecimentos como frequentes falências de pequenas empresas, funcionários mandados embora de um dia para o outro, falta de moradia, aluguel demasiadamente elevado para microcomerciantes, corrupção em todos os níveis da sociedade, o êxodo rural que causou a queda e a irregularidade dos salários dos operários no meio urbano e a falta de assistência médica tornavam insegura a vida da população mais humilde. Não dá para negar que uma camada média apareceu mesmo assim, mas muitos que não agarraram a oportunidade, ou que passaram por falências, problemas de saúde ou perda de emprego, que foram afastados de uma vida pacífica devido a perdas pessoais, que nasceram e continuaram pobres a vida inteira, e finalmente os idosos e os órfãos, os doentes crônicos ou mentais, não conseguiram escapar da pobreza, continuando na camada mais baixa da sociedade. A pobreza é um fenômeno social claro e abrangente, mas os critérios de avaliação ainda variam muito, dificultando a sua definição. Casos de pobreza extrema são enumerados em textos disfarçados em artigos sérios e são citados para recolher doações nas instituições de caridade. O ponto de partida para os preparativos deste texto também não estavam muito longe disso. Uma entidade solicitou que eu escrevesse uma reportagem com entrevistas com crianças e velhos de baixa renda. Na época, eu estava fazendo bico, escrevendo sob anonimato para diversas revistas. Em conclusão, o objetivo final deles era fundar uma instituição ecumênica de caridade com doações individuais de pessoas influentes da alta sociedade. O nome dessa instituição será tão conhecido quanto o Greenpeace, a Companhia de Jesus ou os Maçons Livres, e terá uma lista de ricos doadores. Um nome que fornecerá honra puramente moral para o indivíduo e a sua família, desprovido de todos os motivos religiosos ou políticos. Para uma reforma dessa amplitude, o primeiro passo a ser tomado por eles é publicar uma monografia com o título provisório de "Estudos sobre o problema da pobreza e os esforços e tentativas contínuos para uma solução". E paralelamente, por meio deste artigo, eles querem apelar para os sentimentos daqueles que não têm acesso à monografia. A exigência deles era que não queriam apenas uma coleção de entrevistas carregadas de emoção, mas que fossem capazes de esclarecer as causas da miséria que atravessa a atual realidade coreana; o ciclo vicioso da pobreza sem solução; a pobreza herdada; como as pessoas, querendo ou não, são obrigadas a conviver com a miséria e como reagem contra ela, através de uma ideologia moral, chegando a procurar saber se a pobreza do momento é uma questão de escassez absoluta do momento, ou se é um resultado que mostra os paradoxos da distribuição desequilibrada dos bens. Eu, para ser franco, deveria ter me recusado a escrever o artigo. Por mais que tivessem boas intenções, eu tinha convicção de que o material seria utilizado pelo Exército Branco. Não foi por motivos econômicos que aceitei a proposta. Foi a ambição dentro de mim que me abalou. O texto era surpreendentemente parecido com aqueles que eu sempre desejei escrever. Na época, confesso que me sentia um jovem soldado carregando sozinho a bandeira em meio à fumaça da artilharia, no campo de guerra contra a pobreza. Ademais, eu já estava com um texto relativamente longo, escrito com base nos relatos de alguns entrevistados anônimos, porém com uma opinião passional sobre o tema, só esperando a publicação, na primeira oportunidade. Essas entrevistas poderiam ser incluídas, ou pelo menos servir de referência. As entrevistas iam desde histórias pessoais até chegar nas opiniões sobre as políticas atuais contra a miséria. Pois uma história pessoal reflete a história da sociedade. Naquela época, eu estava imitando um geólogo amador querendo definir a história da civilização humana com alguns parcos exemplos da superfície terrestre. De qualquer maneira, fiquei surpreso ao ver que as duas condições que exigi foram aceitas. Porque não seria difícil para eles encontrarem um escritor do meu nível. Eu exigi que dois pontos fossem modificados e eles aceitaram no dia seguinte. Originalmente, diziam que o entrevistado deveria conhecer de antemão o objetivo e as intenções. Mas eu não concordei com essa condição e a primeira exigência da minha parte foi essa. Eles consideravam que o entrevistado tinha o direito de saber, mas eu afirmei que, nesse caso, a entrevista poderia se tornar artificial, dificultando a possibilidade de obter manifestações espontâneas sobre o assunto. Isto é, o entrevistado seria influenciado de alguma maneira. Essa era a minha afirmação. Porém, não revelaria o nome do entrevistado, nem de sua família ou das pessoas ao redor. Modificaria também as partes que poderiam pôr em risco a identidade do entrevistado. Eu podia dizer que as entrevistas eram para coisas pessoais, como uma monografia para a pós-graduação, por exemplo. Insisti também que houvesse uma recompensa financeira pelas entrevistas. Em segundo lugar, exigi que a gama dos entrevistados não se limitasse apenas aos idosos e órfãos. Queria um grupo de pessoas com perfil mais diversificado, que pudessem fornecer um espectro mais amplo sobre a pobreza. Incluiria pessoas pobres nesse exato momento, e os que viveram na miséria no passado, ou pessoas que nunca chegaram perto da pobreza, o que é mais raro, os desinteressados no assunto, os que consideram a pobreza como parte da própria personalidade, e também pessoas com diferentes análises a respeito do tema. Em relação a essa segunda exigência não houve resistência nenhuma. Enquanto o nosso contrato estava sendo preparado para ser assinado, executei o papel de coordenador de relações exteriores, e tive a oportunidade de conversar muito sobre a pobreza durante alguns dias com um dos administradores, relativamente jovem para o cargo que tinha. Considerei essa uma primeira entrevista para o livro. É claro que não falei sobre essa intenção ao administrador chamado Han. Isso depois de eu dizer para mim mesmo que guardaria o segredo a sete chaves enquanto estivesse no projeto. Até mesmo para Jin-ju, com quem estava pensando em me casar seriamente. O fato de ela saber não mudaria em nada, mas eu queria fazer tudo direito. Esse trabalho era só meu. Eu tinha projetos de juntar as entrevistas num livro chamado *A triste sociedade miserável*. Só de imaginar, fui ficando tão entusiasmado que passei a entrevistar também pessoas que não estavam diretamente relacionadas com a pobreza. Entrevistava, por exemplo, pelo fato de a pessoa ter uma profissão bastante diferente da dos outros. Eu dizia que estava fazendo uma reportagem sobre diferentes estilos de vida. E para mim, isso não era mentira. Eu tinha apenas quatro meses, mas como eu tinha também outro trabalho, era um tempo absolutamente curto. Precisava entrevistar sempre que sobrava um tempinho e escrever o artigo durante o fim de semana. A parte mais difícil foi a seleção dos entrevistados e a aproximação. Teria sido mais fácil esclarecer o motivo e a intenção das entrevistas, mas eu insisti na minha própria maneira. Acreditava que o texto poderia ter um valor não somente estatístico, mas literário também, dependendo dos entrevistados. Por isso fiz questão de avaliar se cada entrevistado tinha esse valor. Depois de ter organizado a conversa com Han, que nunca sentiu a pobreza na pele, mas se sentia na obrigação de controlar esse mal por meios políticos, escolhi a minha noiva Jin-ju para ser a primeira entrevistada. Além de ser a mais acessível, ela tinha todas as características para estimular *A triste sociedade miserável*. Ela tem um nível de educação acima da média e passou por uma educação moderna, mas o fundamento do seu mundo psicológico tinha sido, em grande parte, a miséria. Descrevi em detalhes a sua infância, e até mesmo as mentiras que ela contava de modo inconsciente para embelezar a sua família foram incluídas. Tive muita dificuldade em contatar e me aproximar dos entrevistados, sendo que por várias vezes ouvi não como resposta. Então, conversava ou ouvia o entrevistado durante um ou dois dias. E aos poucos, fui me colocando asas. Passei a não querer mais que o meu texto fosse apenas um instrumento de caridade. Passados quatro meses e meio, quando Han e os outros ricos da organização viram o texto com mais da metade pronta, perceberam que uma grande parte das entrevistas não era nada compatível com o objetivo deles e pediram para que tirasse tudo, então me dei conta desse meu desejo. Além disso, eles não entendiam por que eu levava mais tempo para terminar esse trabalho, comparado às minimonografias sobre economia que executava paralelamente. Pelo menos Han percebeu que eu estava sendo ambicioso demais, fazendo "literatura" demais. Quando Han se mostrou preocupado com a lentidão, eu dei a seguinte resposta: "Han, para dizer a verdade, a conclusão que eu tirei das entrevistas foi que a 'miséria' não tem fim. E você ainda acha que eu vou poder terminar esse texto? Você acha que isso tem sentido?". A isso, Han respondeu que o objetivo final da instituição dele não era botar um fim à miséria, e que a miséria sem fim era absolutamente necessária para a caridade sem fim. Disse que o meu livro tinha como objetivo acentuar o problema da pobreza à população em geral. Que o meu ponto de vista literário sobre a pobreza era interessante para ele, mas não era compatível com os objetivos da fundação. A observação dele era banal, mas exata. Eu queria ter largado o projeto naquela hora, mas não pude. Até porque eu já tinha gastado todo o dinheiro recebido deles com essa história de casamento e, mesmo que eu tivesse esse dinheiro para devolver, não tinha como recompensar a perda de tempo de até então. Finalmente, um livro bastante reduzido baseado nas minhas entrevistas foi publicado, mas eu continuei com as entrevistas. Não houve obstáculo nenhum em considerar que esse era o meu verdadeiro trabalho. Eu parecia até estar enfeitiçado por todos os tipos de miséria existentes neste mundo, como se eles me levassem para o fundo da caverna. No início, o meu projeto era escrever um livro branco sobre a humanidade, com o perfil de todas as pessoas. Mas infelizmente, ao prosseguir com as entrevistas, a inegável existência da miséria foi a única confirmação que consegui obter. Não vou deixar de lado a possibilidade de eu mesmo querer observar os seres humanos sob esse ponto de vista. Eu passei a não duvidar do fato de a miséria ser o ponto inicial de tudo e que, ao mesmo tempo, também é o fim de tudo que é possível. A miséria pode ser dividida em dois tipos, sendo o primeiro tipo a escassez de bem, e o segundo a má distribuição. A miséria nada mais é do que conflito causado pelos resultados da distribuição segundo as regras de uma determinada época e a limitação dos bens para satisfazer a ambição de todos os seres humanos existentes no mundo. Nas regras da época, estão incluídos o abuso de poder, a situação histórica, a violência anárquica ou então as organizações de extorsão bem sistematizadas. Há os casos daqueles que afirmam ter perdido tudo devido a um calote, os que faliram depois de um investimento forçado, os que ficaram sem nenhum tostão bebendo e jogando, os que não têm a mínima vontade ou intenção de trabalhar e, no extremo oposto, os que trabalharam a vida inteira mas não conseguiram juntar riqueza nenhuma e agora estão velhos e doentes; e, finalmente, os que afirmam ter perdido tudo por causa do sistema financeiro irresponsável e incompreensível. O que eles mais temiam não era passar fome, mas ver os filhos deles não terem oportunidades na sociedade. Casos mais raros eram daqueles que tiveram uma queda relativamente profunda num curto período de tempo. A miséria é causa do isolamento cultural. Por isso, as pessoas que não conseguem mais manter o nível de vida que levava antes caem no desespero com muito mais facilidade do que os mais pobres. O contrário também ocorre. Quando nos obstinamos pela miséria durante vários anos, acabamos duvidando da existência de uma "comunidade". Seja ela um povo ou uma nação. A comunidade perdurava unicamente sob as ameaças externas. Além disso, não havia motivos para que uma comunidade se reconheça como tal. Segundo a opinião de Han, para que uma ideologia una essa comunidade, a questão da miséria não deve ter caracteres supracomunais. Ademais, andei me encontrando com o ódio dos pobres para com os ricos, além dos inúmeros preconceitos introduzidos à força ou aceitos pela moral, formando um conjunto de prejuízos acríticos. Encontrei também várias opiniões sobre a miséria, que é tão difícil de erradicar quanto os insetos. Geralmente eram críticas, desprezo, pena, alívio (pelo fato de a miséria não fazer parte de sua vida) e, na grande maioria dos casos, abominação contra esse mal. Como imaginado, as pessoas eram generosas e racionais quanto à miséria no nível social, mas se mostraram completamente diferentes quando se tratava de indivíduos. Ninguém queria se relacionar pessoalmente com gente da camada pobre. O ato de reconhecer a pobreza passou a ser um ato de coragem. A maioria absoluta era de conservadores que consideravam a distribuição dos bens uma questão de justiça. Entendiam que a distribuição liderada pelas autoridades nunca era completamente justa porque o poder em si era contaminado. No entanto, sem as autoridades, quem é que botaria ordem na distribuição dos bens em geral? Todos sabem que o mercado, não dotado de caráter, não está conseguindo dar conta dessa ordem. Muitos dos que trazem a miséria como parte da vida pessoal deles faziam de tudo para escondê-la. Sobretudo quando se trata de uma pobreza fatal. Eles costumam dizer "é que eu nunca senti a pobreza na pele", de passagem, num tom bem leve. As pessoas que negam a pobreza a todo custo têm uma reação geralmente ligada com a inibição sexual. O hormônio masculino reagia por meio do ódio ou da raiva, enquanto o hormônio feminino se associava com o sentimento de vergonha. Essa opinião sobre a pobreza era incrivelmente persistente nelas. Parecia que elas não se conformavam em aceitar a pobreza como sendo um problema de classes. É por isso que as pessoas que viveram a miséria durante a adolescência podem se tornar extremamente apolíticas e sonhadoras. Louvam o talento nato ou o sentido artístico, livre de qualquer influência do meio, e ao mesmo tempo apenas ignoram ou mostram abominação às querelas políticas. Para as pessoas em geral, o fator genético tinha um papel muito importante na questão da miséria e das classes sociais. Era considerado óbvio que os incapazes de executar trabalhos de alto valor agregado não mereciam se tornar "ricos". Mas não preparei o texto só para chegar a essas conclusões triviais. E cuidei para que as experiências pessoais e as opiniões e as avaliações dos entrevistados influenciem a conclusão. Não procurei fazer como os acadêmicos apressados em obter resultados, que acabam por construir todo um sistema para ter apenas uma bela aparência teórica. O problema, na verdade, era outro. Com o passar do tempo, eu estava me envolvendo cada vez mais com o tema e o meu método. Passei a me concentrar na coleta do *corpus*, a pensar que essa etapa era suficiente e a me entusiasmar só pelo fato de estar levando o projeto adiante. Eu não tinha a mínima vontade de finalizá-lo. Eu já tinha tido amargas experiências na tentativa de me descrever como um herói romântico, e mais uma vez me deixei prender por essas mesmas garras. Eu estava apenas tentando imitar um artista.

Durante os 30 anos da minha vida, estudei por mim mesmo. A conclusão a que cheguei agora me diz que definitivamente eu não sou um artista. Um dos grandes motivos é que eu não sou um artista nato, mas também vivi grande parte da minha vida e a minha infância na miséria. Se decidir, posso até viver como um operário da arte. Não foram poucas as vezes que fui premiado por boas notas em redação e educação artística. Eu escrevo, seleciono o vocabulário e reformulo as minhas orações usando sempre a minha linguagem, sem repetir as ideias ou as frases dos outros. Mesmo assim eu não sou um artista. Não quero dizer, de forma nenhuma, que deixei de ter sucesso. Sempre que escrevia orações ou textos e quando os apresentava, não conseguia parar de pensar que escrevia dentro de uma categoria. Eu estava sempre procurando, de forma inconsciente, uma solução que fosse aceitável para as normas e a melhor de todas, sempre. Não estava conseguindo construir uma base minha, algo inédito, que não ensinavam por aí. Nem ousava esperar conseguir. Eu não consegui vencer a força da ultragravidade deste mundo. Conhecia muito bem esse problema porque era meu e de mais ninguém. Mas não foi por isso que aspirei a me tornar um artista. A única coisa é que eu sabia não ser um artista. Eu não era livre das lembranças da miséria, e toda a imitação dos atos artísticos não passava de reações diretas ou indiretas dessas lembranças. Em conclusão, os resultados obtidos a partir da influência do meio em que cresceu, por mais que estejam bem embalados, por mais que tenham uma pose de *dandy*, não conseguiam ultrapassar os limites do passivo. Tudo aquilo que eu considerava serem minhas reflexões, fosse complexo de ideologia, mentalidade de vítima ou apenas vaidade, estava enraizado na miséria psicológica, e esse era o meu limite. Que eu saiba, ninguém da minha família exerceu funções intelectuais. Meu pai tinha cinco irmãos, sendo que nenhum deles chegou ao colegial. Nesse ponto, a família de Jin-ju era parecida, podendo chegar a pensar que era o ponto em comum daquela geração. Esses tios nunca tiveram uma profissão fixa e não juntaram grande fortuna porque eram viciados em álcool, em jogos ou viviam desempregados. Um dos tios chegou a morrer atropelado enquanto dormia bêbado na rua. Meu pai era dos mais bem-sucedidos entre os irmãos, mas não conseguiu outro trabalho que não fosse de diarista. Eu tinha um irmão mais velho e três irmãs mais novas, mas eu fui o único a terminar a faculdade. Fiquei sabendo mais tarde que o meu pai trabalhava com o objetivo último de botar comida na nossa mesa e nos vestir. Por isso, na nossa infância, não me lembro de ter comprado outros livros a não ser os didáticos, outras roupas a não ser o uniforme, e que comer carne era inimaginável. Mas na época não me sentia tão vitimado. Porque a maioria das crianças vivia de maneira parecida. Além disso, na escola havia crianças que precisavam trabalhar porque não tinham pai, apanhavam por não pagar a mensalidade, ou que largaram tudo para seguir o caminho da criminalidade e, comparado com elas, até que eu era uma criança feliz. Eu fiquei realmente chocado quando entrei na faculdade, para ser mais exato, no meu primeiro trabalho depois de formado, no qual comecei a fazer bico escrevendo artigos. Percebi que a minha origem era pobre e esse problema não podia ser remediado de maneira artificial ou pela força de vontade. Passei a querer esconder esse aspecto de mim depois que conheci Jin-ju. Porém, ela não sabe das minhas intenções e se engana sobre muitos aspectos. Fui adiando o casamento com Jin-ju não só pela aversão de formar uma comunidade sem muito sentido, mas principalmente pelo pavor de vir a ter um filho. Assim como todas as opiniões formadas e todas as decisões da minha vida, o principal motivo era a miséria. O que eu vi até agora foram os meus primos herdarem a pobreza de geração a geração, tirando o caso excepcional de dois deles, que se tornaram funcionário público e professor de ginásio. Mas a única coisa que mudava também era que eles eram colarinhos brancos e nada mais. Todos eles tinham herdado a miséria dos pais, tendo a obrigação de sustentar os pais, eram casados e, ainda por cima, tinham filhos. É claro que não posso dizer que eles estão numa miséria total. Mas, para falar a verdade, eles não vivem uma vida digna de ser repetida de geração a geração. O meu caso não é muito diferente do deles. Para Jin-ju, disse que não queria herdar a miséria. Isso não é mentira. Eu conheço de perto a vida da classe popular, vulnerável à menor crise. Uma única despesa não prevista, uma única hospitalização, um único momento sem emprego é o suficiente para se gastar até o último tostão da conta bancária e começar a se endividar, para ter a família destruída, com as crianças negligenciadas, o fim do amor do casal, sem poder desfrutar de nenhum privilégio educacional ou cultural. Tanto eu quanto Jin-ju, e toda a nossa família, vivenciamos essa situação, torcendo, todos os dias com o coração na mão, para que nada de ruim aconteça. O sacrifício de Jin-ju para perpetuar a família de costureiro, marceneiro, encanador, vendedor e *office boy* é completamente desnecessário. Ela prometeu não ter filhos, mas não acho que ela tenha concordado com sinceridade. Apesar de casados, eu lhe escondia muita coisa e nem tinha total confiança nela. Mesmo eu tendo dito que a amava, não sabia direito o que era o amor; não podia prometer amá-la eternamente, e nem neste exato momento esse amor tem um aspecto absoluto ou passional, mas mesmo assim Jin-ju decidiu se casar comigo. Essa determinação da parte dela suscitou alguma desconfiança em mim. O nosso relacionamento tinha sido distorcido. O casamento por conveniência não era exclusividade só da classe rica e poderosa. Será que existiriam casamentos não convenientes? Jin-ju estava consciente de que o casamento não seria muito diferente de vivermos juntos, mas ela insistiu. Segundo a sua afirmação, não queria deixar nenhuma possibilidade de fácil separação. Mas eu sabia que ela tinha me escolhido, como o exemplo de um homem inteligente da classe pobre, devido à ambição de mostrar aos outros que ela não ligava para a pobreza e que era livre da influência da miséria na sua vida. Ela negava de forma veemente a miséria fatal que vivera no passado, desprezando a aspiração que todas as mulheres podem ter em encontrar maridos ricos. Ela não demonstrava, mas a miséria sempre tinha sido motivo de desonra para ela. Para mim, ela serviu de um exemplo raro, porém positivo, no que diz respeito a uma jovem geração que conseguiu escapar da pobreza graças à educação de qualidade.

Se definirmos a miséria como sendo uma escassez econômica que impede o indivíduo de viver dignamente, muitos dos meus entrevistados não poderão ser incluídos no meu projeto. Por isso, acho que vou ser criticado por ter amplificado em demasia a noção da miséria. Mas enquanto fazia as minhas entrevistas, pude ver a miséria sorrir para mim, por detrás dos ombros dos meus entrevistados, com mil máscaras diferentes. Eu tenho a impressão de que não poderei terminar este livro. A miséria está estendendo o seu escopo e mudando de forma de várias maneiras, seja adotando outros nomes, ou colocando máscaras decadentes. Assim, está ficando cada vez mais difícil segui-la. Eu sinto que a miséria está tomando conta de mim aos poucos e que estou me tornando seu prisioneiro. Todo aspecto singular oriundo da escassez se tornou agora familiar e comum. Reconheço que essa pode ser uma visão extrema e distorcida. Por mais que não consiga terminar o livro, e por mais que ele e eu tenhamos tido opiniões diferentes, agradeço ao administrador Han por ter me estimulado no início do projeto. Ao contrário de mim, ele analisou a miséria de cima para baixo. Analisou em especial estatísticas, materiais sobre as políticas adotadas, leis e orçamentos públicos. Para ele, a justiça tinha muito valor e a distribuição justa, por mais que não seja completamente realizável, era considerada uma espécie de tarefa. E era ele quem estava levando adiante, sem se cansar, essa ideia para dentro do sistema burocrático. A principal diferença é que, quando falava de miséria, ele se referia à miséria da comunidade toda, e quando se falava em riqueza e força, era da sociedade por inteiro. Ele começou a se interessar por esse assunto desde os 12 anos e, acreditando que a única solução era a política, resolveu se tornar funcionário público. Ele é a pessoa mais altruísta que já conheci, pois chegou a colocar os seus quatro filhos numa escola pública. E seus filhos estão crescendo junto com filhos de alcoólatras e crianças cuja mãe as abandonou. Eles vestem as mesmas roupas e comem da mesma comida. Eu tive a oportunidade de me encontrar com o mais velho. Dedico o meu livro a Han e seu filho mais velho.

Um mero ser humano cruelmente pisoteado

Gisors e Kyo depuseram ter aderido aos comunistas por causa da dignidade humana. Mas, à exceção de alguns colegas revolucionários de Kyo, todas as outras pessoas da camada popular não passavam de trapos, sem um pingo de dignidade humana para ser defendido. Sobre essa camada de trapos, alguns homens vestidos a rigor, chamados de estratégicos, tentavam ler o mercado ansiosamente, motivados apenas pela sua própria ambição. Afinal, o que é a dignidade humana? Kyo não passava de um sonhador. É preciso entender que a morte pela ideologia também é uma forma de lutar pela humanidade. Mas sob nenhum regime ou condição o lixo deixará de ser lixo, e uma toupeira nunca poderá se transformar num cisne. Por isso a abominação pela raça nojenta e o sacrifício por causas sublimes serão sempre paradoxais. Concluindo, apenas a estratégia política mudará as coisas. Mesmo assim, atirando-se para o meio de uma bomba, Tchen, um terrorista que abandona tudo para sacrificar seu corpo em meio ao sofrimento, se estremece de orgulho por coabitar com a morte. Então, para os seres humanos, qual seria o sentido dessa revolução que não alcança o interior? Como eles poderão comprovar a grandiosidade dos seus atos? O fato de o objeto desse sacrifício ser subjetivo é uma prova de que o ser humano nada pode fazer senão continuar ligado à terra, eternamente.

Foi o que ele anotou depois da leitura de *A condição humana*. Isso se deu há quatro décadas, quando tinha 16 anos. Até então, entre os alunos da geração pós-guerra, era o único do colégio técnico capaz de ler livros traduzidos em japonês. Ele tirou as velhas anotações, revistou as páginas e sublinhou o seguinte trecho: "Concluindo, apenas a estratégia política mudará as coisas. [...] O fato de o objeto desse sacrifício ser subjetivo é uma prova de que o ser humano nada pode fazer senão continuar ligado à terra, eternamente." Ao reler esse trecho, sentiu vergonha da puerilidade presente nessas frases, mas não pensava em mudar. Se fosse para escrever o mesmo texto agora, com certeza teria deixado a conclusão em aberto ou, pelo menos, teria evitado se colocar à frente de tudo para se exibir. Isso significava que ele estava mais generoso diante das características nojentas de cada indivíduo da raça humana que se juntavam debaixo do que chamavam de dignidade. E isso implicava o fato de ele considerar essas questões de menor valor ou desprovidas de realismo.

"Mas mesmo assim é normal", pensou ele.

"Quando eu tinha 16 anos, queria seguir carreira religiosa. Eu estava tão certo do que queria que, nem em sonho, me via exercendo outra profissão. Comparado com agora, o tempo não é apenas algo físico que causa mudanças, mas provoca mudanças no mundo ao qual o indivíduo pertence. Por isso, se alguém sente vergonha do passado, ou das coisas que fez no passado, significa que não compreende esse princípio."

Sozinho, começou a rir, fazendo um barulho desagradável com a garganta cheia de muco. Além de ter bronquite crônica, tinha cara de homem com mais de 60 anos, e a tosse incessante não deixava o seu físico esguio em paz. Fazia muito tempo que ele tinha largado não somente as esperanças de se tornar um monge católico, mas também a religião em si. Havia muito tempo que levava uma vida na qual deixara de pronunciar palavras como "mundo" ou "dignidade". Ele deu uma olhada rápida pela cortina da cozinha. Já havia passado da hora da visita semanal de seu sobrinho. Como nunca fora casado, não tinha tido descendentes. Pois a situação era a mesma para o seu pai, o que o fez ser registrado como filho de seu tio materno. O tio tinha uma pequena casa de penhores no fundo de uma rua sombria, e era um homem avaro e desvirtuado. O tio nunca pensou em deixar um tostão sequer para os seus próprios filhos, muito menos para ele, até o último momento da sua vida. Como ninguém lhe contara com mais detalhes, tinha um conhecimento vago sobre a história de seu pai, um bastardo ele mesmo, que morrera durante a Guerra da Coreia depois de se alistar como soldado raso. Finalmente, podia se dizer que a genealogia pela parte do pai era inexistente. Desde pequeno, se encantou com a austeridade da casula e com a misticidade dos rituais religiosos do Catolicismo Romano. Ele sabia muito bem que o seu físico distorcido exercia uma forte influência nas pessoas. Sabia também que essa influência era maximizada no momento em que se juntava com a impressão mística da religião. Aos 16 anos de idade, com os olhos repletos de profunda fé, fixos na chama da vela, falava de isolamento e obediência para com Deus. De todo modo, ele teria tido muito sucesso no ramo. Mas quando se encontrou diante do imprevisto de ter que passar de um simples ajudante a administrador da casa de penhores de seu tio, mudou de atitude e foi se adaptando a essa nova realidade sem grandes dificuldades. Quando o tio ainda era vivo, ele trabalhara como ajudante na casa de penhores, algo que todos os primos recusaram. Aos poucos, ele foi pagando as dívidas, tanto as do tio quanto as de seus primos, e fez um livro de contas que só ele era capaz de decifrar. Sempre esteve presente nos momentos em que precisavam de uma opinião profissional, e isso fez com que ele se tornasse a única pessoa capaz de tocar e tomar posse daquela casa de penhores. Durante todo esse tempo, sempre morou num quarto nos fundos da loja, sem comprar nada fútil e administrando o negócio sem se envolver com objetos roubados ou com a polícia por causa de transações ilegais com menores de idade.

"Eu nunca fui um homem ambicioso. E nunca reclamei de trabalhar o dia inteiro. Não procurei fazer estudos universitários ou me casar com uma mulher bonita e nem ter um monte de filhos. E eu recebi a minha parte. Posso dizer, então, que nunca botei a mão no prato dos outros."

Ele sempre expulsara os jovens que faziam perguntas suspeitas. Os primos eram diferentes dele. Num piscar de olhos, gastaram todo o dinheiro que o pai avaro juntara em vida, e vinham pedir dinheiro para ele. Assim, aos poucos, foi tomando posse da casa de penhores. A vida toda ele fez o próprio arroz na panela e lavou, ele mesmo, as folhas de alface. Depois que se aposentou, acontecia de cair em melancolia nos momentos de reflexão.

"Se eu pudesse escolher outra vida, se eu tivesse tido a oportunidade de poder escolher outra coisa que não fosse ser dono de uma casa de penhores, se eu tivesse a liberdade de me matricular numa universidade livremente, teria me tornado um teólogo ou jurista."

Ele era um aluno de mente brilhante. Por isso, essa ambição estava longe de ser absurda. No primeiro encontro com o sobrinho, o que o cativou foi o fato de Doo-yeon Baik ser estudado, filho de uma família renomada e que aparentava tal condição. Afinal de contas, ele mesmo era descendente de uma boa família como essa. Tratava o sobrinho com frieza, mas até que gostava das suas visitas. Sem, é claro, deixar de perceber que esse sobrinho à beira da falência esperava uma ajuda financeira. No entanto, ele não pensava em ajudá-lo de maneira nenhuma. Era um sobrinho que nunca tinha conhecido antes, e que só aparecera com o intuito de obter algum dinheiro. Mas esse sobrinho se dava ao trabalho de se mostrar surpreendido pelas anotações de quando o tio era jovem; lhe pedia, feito uma criança, para contar histórias antigas; se indignava sutilmente com as dificuldades e injustiças familiares vividas no passado a ponto de procurar fotos familiares antigas nas quais apareciam o pai. Todas as vezes que o sobrinho pedia favores ou mostrava tais intenções, ele tossia seco e gemia, mergulhando na poltrona. "Você sabe que a minha aposentadoria não dá para nada. Se eu pudesse, te ajudava com certeza, pois você sabe que eu não tenho família além de você." Ele tinha aprendido a enganar o sobrinho dizendo essas coisas. O sobrinho não disse abertamente, mas parecia que tinha se divorciado havia pouco e a causa fora o endividamento, cujos juros eram sua maior preocupação. Para ele, o sobrinho era um vagabundo nato e estava longe de ter responsabilidade ou diligência. Depois de perder dinheiro em todos os investimentos, procurou esse tio, porque já não podia mais contar com os pais ou os irmãos. Se não fosse por isso, não haveria motivos para esse sobrinho vir procurá-lo nesse quarto nos fundos da humilde casa de penhores.

— É isso mesmo, eu recebi a minha parte. Por isso não vou morrer com uma pedra sobre a minha consciência. Isso está claro — disse ele em voz baixa, como se procurasse se reconfortar ou se autoafirmar. Além de a ventilação da cozinha não estar boa, não havia nenhuma separação, como uma porta ou parede, entre a entrada e a cozinha. Por isso, o cheiro de comida e tempero recentemente havia penetrado, de maneira nojenta, em todas as frestas da casa, inclusive na parede, nos móveis, no chão coberto com linóleo de plástico e até na fresta da janela com um monte de papel colado. O espaço entre a casa dele e a da vizinha não era nem de um metro, o que significava topar de cara com a cozinha dela quando abria a janela. O ruído do velho ventilador invadiu a casa. Será que ele tivera a sua parte de maneira justa?

"Certas pessoas dizem que eu tive sorte. O maldito Doo-yeon Baik também disse isso. Só porque eu era um pobre órfão, coitado e abandonado. É verdade que escapei de morrer de fome graças ao tio. Era para eu ter me tornado um vendedor ambulante ou um diarista miserável. E isso depois de ter crescido apanhando nas ruas até quase morrer. Mas o tio era um cristão católico, e pelo menos não batia em mim. Mas nunca ninguém me perguntou o que eu realmente tinha vontade de fazer. Se bem que é mais do que lógico."

Tinha a aparência de fato sofrível. Ser baixinho sempre foi um problema. Mas não o único: a testa pequena e irregular, os cabelos e as sobrancelhas claros e ralos, os pequenos olhos estreitos e o nariz achatado, as costas um tanto curvadas, etc. Ele sempre teve um problema na coluna, embora ninguém percebesse. Durante a vida inteira, sentiu dores na parte esquerda do corpo. Sentia dores até quando carregava peso ou quando mastigava pelo lado esquerdo. Por ter mastigado só pelo lado direito durante toda a fase de crescimento, o rosto tornou-se desproporcional. Seria redundante dizer, mas nenhuma mulher gostava dele. Só o fato de ele ser aluno de um colégio técnico noturno e ser feio eram razões mais do que suficientes para ninguém gostar dele. As cartas de amor eram sempre rejeitadas, e nem mesmo as meninas com profundo sentimento de fé o viam como homem. Ele teve vontade de continuar estudando. Com o mínimo de condição, teria se sentido capaz de tudo. Sempre que podia, comprava livros para ler, estudava línguas estrangeiras por conta própria e sonhava com o seu futuro, escondido de todos. Mas ele não teve direito a nenhuma oportunidade, exceto pela casa de penhores. Coisas como frequentar uma universidade pareciam impossíveis. Mas ele era esperto e captava as coisas com muita facilidade. Era astuto. Foi essa astúcia que lhe mostrou um meio de sobrevivência. E ele não fazia questão de ignorar essa astúcia. Porque, para ele, o ódio era um abismo que nunca deveria ser mostrado. Ele sempre se comportou como um morcego ou um comerciante interesseiro para que os outros acreditassem que isso era tudo. Mas ele odiava os que o desprezavam. Odiava todas as mulheres que o abominavam, que não o consideravam um homem de verdade. Odiava todas as pessoas que não se interessavam por ele ou que se esqueciam dele. Odiava também o mundo que o obrigara a abrir mão do talento, que certamente possuía, pela posição de ajudante da casa de penhores em nome da sobrevivência. Pensando bem, ele era de fato um filho do ódio. Odiava pessoas que exerciam funções importantes, como presidente da República, deputados ou professores universitários, e odiava também a população ignorante e tola que admirava essas pessoas importantes. Odiava todas as pessoas que tinham o direito de fazer escolhas.

"Eu fui um escravo. Não passava de um escravo pagão, vendido a uma família católica. Sabe o que acontece com escravos assim? Eles são batizados. Ganham roupas novas e um novo nome."

Por um momento, riu sonoramente. Ele ganhou roupas novas e um nome. E se tornou agiota. Se tivesse vivido na época da guerra, provavelmente teria sido obrigado a lutar no campo de batalha. No caso de um incêndio, teria sido convocado para apagar o fogo. A sombra de um homem alto foi vista do lado de fora da janela. Era Doo-yeon Baik. Ele entrou vestindo uma capa de chuva encharcada. Tinha um chapéu na cabeça e trazia um guarda-chuva na mão.

— Está chovendo, tio.

Doo-yeon Baik entrou, preenchendo toda a casa do tio. Era tão pequena que não se podia dar mais de cinco ou seis passos sem dar de cara com uma parede. Como não estava acostumado, Doo-yeon Baik tirou o chapéu e se sentou desconfortavelmente numa pequena cadeira que se encontrava no cômodo que era sala e cozinha ao mesmo tempo.

— É mesmo? Nem percebi. É tão barulhento por aqui que nem ouvi.

— Não faz bem para a saúde ficar com a janela fechada o tempo todo.

— Eu estou bem assim.

Houve um momento de silêncio. Os dois homens, sem nenhum ponto em comum, continuaram em silêncio, tomando o chá quente servido. Doo-yeon Baik tinha planejado o que dizer e o que não dizer, mas não pôde deixar de se sentir bastante deprimido com a sensação claustrofóbica daquele espaço minúsculo.

— Então o senhor estava lendo.

Quando Doo-yeon Baik viu *A condição humana* em japonês em cima da mesa, sentiu-se aliviado e feliz em ter encontrado um assunto. Doo-yeon Baik não lia japonês. Mas já tinha lido o livro em tradução coreana havia muito tempo. Porém, lamentou por não se lembrar de nada da trama. Além de ter sido há muito tempo, o livro não impressionara Doo-yeon Baik em nada.

— É um livro antigo. Que maravilha — exclamou Doo-yeon Baik, folheando as páginas amareladas.

— Encontrei enquanto arrumava as minhas coisas. Li quando estava no colégio.

— É uma maravilha, impressionante — exultou Doo-yeon Baik, com ansiedade. — Onde o senhor conseguiu isso?

— Comprei num sebo. Naquela época, era muito fácil encontrar livros em japonês.

— É mesmo?

Doo-yeon Baik balançou a cabeça. O "é mesmo?" dele incluía muitas coisas. A consciência do tio era tão careta quanto Malraux ou Steinbeck, fossilizados em algum momento do passado. Para um jovem teimoso que desenvolvera apenas uma parte da atividade intelectual devido à pobreza, a leitura em si representava um perigo, pois era um meio de levantar muros contra o mundo, um veneno para o resto da vida. Para um adolescente reprimido pela frustração de não poder ter as coisas, e fragilizado diante da cruel realidade, alguns livros bastam para exercer uma influência terrível, marcando o resto da vida. Essa influência era tão forte em relação à falta de experiência do adolescente que chegava a transformá-lo num verdadeiro "idiota que leu um único livro". O seu tio, por exemplo, poderia ter desfrutado de maior liberdade se não tivesse lido esse tipo de literatura, e com certeza não teria tirado esse velho exemplar do porão para exibir o seu gosto intelectual, se ele tivesse feito uma leitura acompanhada de uma orientação correta e apropriada. Todas essas reflexões estavam concentradas nesse "é mesmo?". Doo-yeon Baik disse "é mesmo?" outra vez e assentiu com a cabeça, exagerando.

— Agora que o senhor se aposentou, tio, pode voltar a se dedicar à leitura, não é mesmo? Sempre cuidando da saúde, é claro. Acho que o senhor tem direito de desfrutar a vida, já que viveu a infelicidade da guerra e as dores de um país subdesenvolvido. O que o senhor viveu foi uma pobreza histórica. Não acha que podemos nomear dessa maneira? Posso imaginar que as pessoas levaram a pobreza nas costas como uma responsabilidade de cada uma delas. Além disso, o caráter individual deve ter feito o seu trabalho. Isso quer dizer que, para alguns, o sofrimento deve ter sido maior. Assim como a ambição pelo intelecto varia de pessoa para pessoa, deve existir uma diferença no grau da vergonha sentida, de acordo com cada indivíduo.

Doo-yeon Baik pretendia começar o assunto com muito, mas muito cuidado, depois de passar um lenço nos cabelos molhados. Mas o seu instinto de orador nato falou mais alto e foi levando a conversa para uma seriedade fora do comum. Não pela insensatez de Doo-yeon Baik, mas por pensar que, após alguns encontros, cada um conhecia o outro relativamente bem. Doo-yeon Baik tinha percebido que, apesar de o tio ser esperto e desconfiado, segundo a expressão que usava, se tornava generoso em todos os outros aspectos quando o ego "historicamente ferido" era remediado.

"Hunf, pobreza histórica? Obrigação? É, provavelmente eles teriam me forçado a lutar na guerra. Do jeitinho que fizeram com o meu pai. Nossa família? Está chamando a mim, um mero agiota, de parente? Sei muito bem que me consideram a vergonha da família, e este aí só fala bonito."

Foi o que ele pensou, apontando o queixo saliente em direção a Doo-yeon Baik e olhando de baixo para cima. Mas não chegou a dizer o que pensava, pois de nada adiantaria. Ao contrário do que ele mesmo acreditava, o sobrinho não representava o mundo a que pertencia. Não passava de um sujeito que só sabia falar. Segurando a tosse seca, ele tomou um pouco do chá. Talvez tivesse se tornado um mendigo se não fosse pela ajuda de seu tio materno. Durante toda a vida, sempre ouviu dos outros que era sortudo. Se tivesse falado da sua vontade de estudar teologia ou filosofia, todos teriam lhe chamado de louco. Quando trabalhava como ajudante na casa de penhores, o tio nunca lhe deu um tostão. Sempre viveu no dilema entre ser mandado para o olho da rua ou levar uma vida como a de Shylock. Nunca tomou uma decisão por si. Durante toda a vida, nunca pôde possuir as coisas que amava. Nunca. Mas esse talvez tenha sido o preço que teve de pagar para evitar a pior das vidas, a vida nas ruas.

"Mas ninguém pode deter o meu ódio."

Ele riu em voz alta, com os olhos de pouco brilho fixados na lâmpada. Doo-yeon Baik desconfiou se o tio tomara conhecimento da sua presença naquela casa. O tio se degradava cada vez mais. Apesar de não ter uma idade muito avançada, aparentava ter pelo menos dez anos a mais do que a sua real idade; não tinha um aspecto saudável e os seus olhos, de vez em quando, perdiam o foco.

— Mas, tio, eu não falei da outra vez? Do negócio de móveis? Queria mostrar para o senhor. Mas como é um negócio muito recente, penso que vai precisar de mais algum tempo para as coisas se ajeitarem. É a esposa de um velho amigo da faculdade quem está tocando o negócio. Tenho muita dó dela, porque teve uns problemas com o marido e agora está cuidando das crianças sozinha. É inacreditável o que aconteceu com ela. Ninguém imaginava mesmo. Mas falar dessas coisas agora não adianta nada, não é? De qualquer forma, eu também investi no negócio dela. E também estou dando alguns conselhos quanto à administração da loja. O problema é que ela é completamente inexperiente. Tento ajudar apresentando uns amigos meus, mas o melhor seria ter um administrador profissional ou um sócio com experiência. O que o senhor acha, tio?

A loja vende móveis novos e antiguidades. De preferência, coisas que não aparentem ser novas. Se o senhor ajudar um pouco ou investir um tanto, tenho certeza de que vai ser benéfico também para o senhor. Afinal, dinheiro foi feito para investir, não é mesmo? Não que a loja esteja com problemas financeiros, não é isso. Temos até propostas de investimento. A questão é que está precisando de um investidor de confiança que cuide do negócio como se fosse alguém da família, e de maneira profissional. O senhor podia decidir depois de ver a dona... Mas não vá pensar que estou pressionando o senhor. A loja nem é minha. Mesmo assim, pensei que seria uma boa se o senhor...

— Em vez de ficar falando da mulher e dos filhos dos outros, acho melhor você me contar onde largou os seus filhos.

Ele esteve o tempo todo com o olhar vago e, de repente, cortou a conversa com irritação. Doo-yeon Baik quase pulou da cadeira, pois estava imerso no próprio discurso. Doo-yeon Baik nem tinha percebido que o tio estava de fato prestando atenção no que dizia. "Ele sempre me assusta", pensou Doo-yeon Baik, molhando os lábios secos por causa do nervosismo.

— As crianças estão em Nova York, com a mãe delas. Na verdade, estou pensando em ir vê-las no mês que vem. O casamento com a mãe das crianças não deu muito certo. Não resolvemos ainda o problema da guarda. Mesmo sabendo que não estou financeiramente bem, a mãe das crianças está exigindo uma quantia absurda. Acho que ela pensa que o meu pai ou os meus irmãos vão ajudar. Não é à toa, porque Jae-hyung, o nosso caçula, é o único filho homem, o único herdeiro homem. Mas veja que situação horrorosa, pois ela está pedindo dinheiro usando as crianças como pretexto. De qualquer maneira, eu não larguei os filhos, não. É que não estamos conseguindo chegar a um consenso.

— Elas estão numa fase em que vão precisar muito dos cuidados da mãe.

— Esse é o único ponto em que concordamos, tanto eu quanto a mãe das crianças, mas chegar a um acordo, hum, é uma verdadeira dor de cabeça. Só que a culpa é minha. Não posso negar. Sinto muito por me apresentar diante de todos depois de um casamento falido.

— E mesmo assim você está nesse negócio de vender antiguidades com essa mulher do seu amigo?

— Mas isso é negócio. É trabalho, *business*.

Doo-yeon Baik pensou que era impossível explicar a situação para esse velho careta. Por isso, estava aflito para mudar de assunto.

— Um pobre órfão, igual a mim no passado, nunca se esquecerá disso nem mesmo depois de adulto. Era impossível encontrar um teto seja na rua ou em casa... O único lugar quente era pequeno como a palma da mão, e quando voltava para casa, eu não conseguia entrar debaixo do cobertor ocupado já por dez outros pés — murmurou ele como num monólogo, embora não fosse sua intenção ter verbalizado aquilo.

"Um pobre órfão." Quem ele estava chamando de pobre e de órfão? Doo-yeon Baik pensou que o tio estava louco. Parecia entregue às próprias reflexões, como que esquecido da presença de Doo-yeon Baik, que sabia dos sofrimentos de quando o tio era mais jovem. Mas era tudo passado. O pai dele tinha falecido na guerra quando ainda era novo e isso não era culpa de ninguém. Todos os indivíduos nasciam com uma missão a cumprir. Se não fosse assim, qual seria a diferença deste mundo para um conjunto de produtos manufaturados idênticos?

— Eu queria ser teólogo. Depois de estudar latim, sabe? Hu, hu. Mas tive que ir a um colégio técnico. Tive que agradecer até por isso. O meu pai morreu na guerra, mas como oficialmente eu não era filho dele, eu não tive direito a nenhum tipo de herança. Mas me oprimiram dizendo que eu tinha a obrigação de agradecer pelo fato de não ter morrido de fome. Tudo o que o meu tio me deixou foi a casa de penhores e as enormes dívidas dos primos. Fui obrigado a pagar a dívida deles durante a vida inteira. Ainda assim eu me sentia um rato. Não tinha como ser diferente. Pois eu não passava de um pobre órfão sem direito a nada. Gente como eu só podia ter o direito de se rebaixar. Não sei se você entende o que quero dizer.

— Eu até entendo, mas não concordo. Não concordo com essa sua atitude, tio — respondeu Doo-yeon Baik, mostrando pouco interesse. Sentiu-se ofendido pelo fato de o tio colocar no mesmo plano o seu passado doloroso de ter sido um filho bastardo e órfão de guerra, e o de seus filhos, que estudavam numa escola particular em Nova York. Ele contava tudo isso porque as crianças estavam sendo criadas só pela mãe. Mas não há como tirar essas ideias fixas da cabeça dos velhos, principalmente dos que sempre tiveram uma vida de teimosia e mesquinharia.

— Está na hora de o senhor se livrar dessa mentalidade de vítima. É como eu disse da outra vez, os problemas que o senhor teve no passado não são apenas problemas pessoais. Não estou dizendo que devemos ignorar essa parte, é claro, mas é preciso enfrentar com força, para poder superar tudo isso. É preciso entender as coisas como sendo parte de um processo histórico coletivo. Durante o último meio século, nós nunca nos vimos livres do tema da miséria ou da infelicidade familiar. Estou falando de nós todos, da história coletiva de todos nós. É uma dor que está presente não somente na arte, na filosofia, nos assuntos populares, mas que também se tornou o nosso sentimento propriamente dito. A infelicidade se torna um sofrimento individual, pois é sentida nesse nível, mas na verdade tudo isso foi um problema de toda uma época. Aos olhos de Deus, por exemplo, poucos indivíduos não parecem particularmente felizes ou infelizes. É apenas uma visão fria, chamada de história, de um país com as dores da guerra, obrigado a passar por momentos difíceis na tentativa de se livrar da miséria e do subdesenvolvimento. Será que o ser humano não deve entender e aceitar além da situação visível naquele exato momento, como pregava a religião que o senhor teve no passado? Por mais que ninguém tenha tido más intenções, com toda a certeza os infelizes sempre existiram no decorrer da história. Como eu nunca vivi a guerra, talvez ache ridículo eu falar desse assunto. Mas o que eu quero dizer é que o tempo não procurou descartar o senhor através desses fatos históricos. O senhor deve achar que ninguém foi mais infeliz do que o senhor, não é mesmo? Isso para dizer que os casos individuais não representam um critério para todos os valores. Esqueça esse negócio de órfão ou miséria. O senhor não é mais nem órfão, nem pobre. Para que continuar com isso? Por que é que o senhor continua preso às lembranças do passado, tio? E além do mais, o senhor está prejudicando a sua saúde.

— Não sei por onde continuar a conversa. História...

Com as mãos trêmulas, ele pegou a chaleira para colocar mais chá. Um sentimento intenso queimava o seu coração. "O quê? A história é mais triste do que os casos individuais? Então quer dizer que tudo o que digo não passa de choramingos, de uma infelicidade da época? Que é errado eu ter raiva de um passado miserável porque todos eram pobres naquela época?"

— Quer mais chá?

Sua voz recuperou a calma de sempre. Doo-yeon Baik tirou um lenço para enxugar a testa. Sentiu pena e desprezo ao mesmo tempo, por esse agiota que envelhecera mais do que a idade. Ele podia morrer a qualquer momento. Com certeza morrerá solitário ao lado do cofre, sem a companhia de nenhum familiar ou pessoas queridas. A vida dele não significava nada além do fedor do caixa da casa de penhores no fundo de uma ruela. Mas, talvez, ele viva mais tempo do que Doo-yeon Baik. Afinal, não se pode negar a existência do tipo de gente que acaba vivendo muito mais do que outros. O olhar de Doo-yeon Baik fixou-se no rosto do tio, de aspecto de peixe estragado, e no olhar amarelado de seus olhos. Sabendo da notícia da gravidez, a mãe do tio judiara de si mesma para perder o filho e, por isso, esse filho nascera com pouca saúde. Além do mais, os efeitos colaterais de uma severa desnutrição na infância deixaram marcas para o resto da vida, mas, como disse Doo-yeon Baik, isso não deve ter sido exclusividade desse tio. Agora a história fazia parte do passado. A geração antiga só mostrava ódio no momento da luta para continuar com o poder que tinha nas mãos. Quando isso não acontecia, eles eram simplesmente esquecidos. Talvez a sua avareza se explique pela vontade de afirmar sua existência através do poder pecuniário. De todo modo, ele tinha tido sorte. Nascera numa época em que muitas crianças morriam de fome ou mendigavam nas ruas. Roupas velhas, desemprego, fome, mentalidade fechada e abandono da dignidade em troca de comida eram frequentes. Doo-yeon Baik pensava que morrer na guerra, como o pai dele, tinha sido algo inevitável naquela época. Não era motivo para ter raiva.

— Eu não tenho dinheiro. Não o suficiente. Já perdi as contas de quanto emprestei para os primos e quanto eles deixaram de me pagar. Tive prejuízo nas ações e agora vivo só com o aluguel desse prédio, que é uma merreca. Mesmo assim, tem um bando de gente querendo tirar dinheiro desse velho doente. Vem com histórias de impostos e coisas assim. Eu não consegui juntar dinheiro nenhum. Estou numa situação em que preciso diminuir os gastos para quando ficar mais velho e doente.

— Não diga isso, tio! Até o cachorro do vizinho deve rir quando ouve que o senhor está velho. O senhor só tem pouco mais de 50. Sabe quantos anos as pessoas hoje vivem em média? É muito normal as pessoas trabalharem por mais de vinte anos depois da aposentadoria. Além do mais, o senhor não tem com que se preocupar em relação ao futuro, com todo esse dinheiro que tem.

— Em nenhum momento da minha vida eu pude viver segundo a minha própria vontade. E foi isso que causou a minha doença e me envelheceu desse jeito. Olhe para mim e veja se existe algum tipo de alegria ou júbilo. Agora não posso mudar nada. A única coisa que ficou foi a desilusão e a feiura deste mundo.

— Tio, o senhor não entende, agora pode fazer tudo o que tem vontade. Pode, por exemplo, sair desta casa escura como uma gruta e viajar para o sul, ocupar um lugar privilegiado em todos os espetáculos, ler todos os livros que quiser ou ir para a faculdade. Ninguém vai impedir. O que quero dizer é que o senhor não deve se trancar numa prisão. Esse tipo de isolamento não é nem chique e nem está na moda. Hoje em dia, nem os que procuram fazer a vontade divina vivem como o senhor, tio. A sua vida não acabou e o senhor precisa saber disso.

— Eu devia ter levado uma vida como a de Tomás de Aquino. Mas tudo me desviou dessa vida. Quando não conseguimos levar essa vida, nos tornamos um inseto perdido. Segundo a sua teoria, isso tudo é culpa da história, não é mesmo?

— Justamente. Mas a sua conclusão é extremista e nada científica. Não era bem nisso que eu queria chegar. Sei muito bem que as pessoas que viveram os fatos históricos como o subdesenvolvimento e o despotismo tendem a trazer ao nível individual com muita frequência. Para mim, o ponto de vista romântico apareceu sob essa influência. É por isso que a geração que vivenciou a guerra guarda essa lembrança em forma de lágrimas ou frustração, e a geração da miséria tende a se lembrar do passado com melancolia ou como o alimento de uma época. Deve ser por isso que uma análise objetiva sempre demanda muito tempo. Mas o importante é que é inapropriado que a história permaneça como o objeto de ódio pela infelicidade individual das pessoas. Porque são essas histórias individuais que constituem a história da Coreia, a herança que nós levamos nas costas e que deixamos para a geração futura. É o ser mais próximo da eternidade que conhecemos, cujo elo é o tempo. Não acha? Tudo, a guerra, a influência externa e a separação, tudo, ora. O senhor se tornou órfão e viveu na pobreza por causa disso; é um fato que não podemos negar. Porque o nosso presente foi fecundado ali. É por essa razão que devemos ser sinceros e fiéis à história. Não é apenas uma questão de felicidade ou infelicidade. Não podemos definir com o conforto ou as lágrimas de um indivíduo. No entanto, cada indivíduo tem a sua responsabilidade diante da história, que é o de ler o futuro no rosto das crianças. O senhor viveu uma época difícil do pós-guerra, mas as nossas crianças, a geração delas viverá um futuro melhor. O senhor não concorda com isso? E tio, seja simples e otimista, porque o senhor deve ser no mínimo algumas dezenas de vezes mais rico do que eu, não é?

Doo-yeon Baik queria consolar o tio. E o que disse por último, pelo menos, era verdade, ora. Doo-yeon Baik se inclinara em direção ao tio e dissera aquilo olhando nos olhos dele. O tio assentiu com a cabeça e com os olhos semicerrados.

— Crianças...? — murmurou ele. — As suas crianças...? É isso mesmo.

Mas ele estava pensando em outra coisa. Na época do colegial técnico, ele não passava de um estudante tímido de pouca saúde com gosto para a leitura, quando a única graça permitida na vida eram alguns livros. Agora, ele folheava as velhas anotações com as mãos trêmulas.

No colégio, Kyo não era bom aluno. Faltava a cada dois dias porque sua mãe repassava o próprio serviço ao filho, para ela poder beber com tranquilidade. Trabalhava numa fábrica. Era também vândalo e briguento. Enquanto servia no exército, vivia o tempo todo trancado numa cela. Então participou da Primeira Guerra Mundial. Foi prejudicado com gás tóxico. Para o bem de quem? Para quê? Pela pátria? Mas ele nem era belga, nem nada.

— Cuide bem das crianças.

Apesar de estar falando com Doo-yeon Baik, o olhar do tio estava em outro lugar. "Era apenas um mero ser humano cruelmente pisoteado." Foi uma frase lida há muito tempo, mas ela estava sempre no centro dele. As palavras de Doo-yeon Baik eram vagas e nada convincentes. O tio nunca tinha visto os filhos do sobrinho e provavelmente nunca os conheceria. Ele não tinha nenhum afeto ou interesse pelos filhos de Doo-yeon Baik. Naquele instante, o tio rememorava a ocasião em que tirava as velhas roupas térmicas por baixo do uniforme de colegial para dar aos pobres coitados tremendo de frio sob o vento gelado de janeiro. Ele nunca tinha tido um casaco na vida e os dedos molhados dos pés estavam congelados, por causa da neve não derretida que invadia os furos do tênis. As pessoas que receberam as roupas térmicas dele estavam perambulando pelas ruas ou estavam debaixo da ponte perto do colégio. Eram pessoas sem um braço ou perna, sem casa e com rosto deformado por queimaduras. Estavam ao lado dele, fitando a água escura do riacho congelado com os olhos cheios de olheiras profundas. Todos eles eram antigos combatentes, cujas famílias desapareceram depois da guerra e que agora viviam nas ruas. Eles ficaram um tempo em silêncio e começaram a se movimentar. Ele não sabia para onde eles estavam indo. "E se eu fugisse de casa?", ele pensou olhando para esse bando. Mas logo pairou o pavor. Esse pavor o fez estremecer. Não era apenas um pavor relacionado à fome, ao frio ou à solidão. Era o pavor de saber que, mesmo fugindo de casa, não poderia deixar essa terra que levara todas aquelas pessoas para a guerra. Por que será que Doo-yeon Baik, usando esse discurso vago, tentava incluir a sua história nada orgulhosa à dessas pessoas? "Eu tive sorte? O que é a história da Coreia e a herança?" Não existia nenhum ponto em comum com essas pessoas. Elas nunca estiveram presentes na mesma "história" e isso nunca aconteceria no futuro também. Os que são ou não órfãos, os bastardos e os legítimos, os que são ou não deformados. Até o momento da sua morte, Doo-yeon Baik não deixará de ser cínico para com eles. Durante a vida inteira, ele nunca tinha sido coreano ou coisa parecida. Era apenas um mero ser humano cruelmente pisoteado.

Palavras da autora

1

Para um leitor que considera que o romance deve ter um herói cujas aventuras são narradas cronologicamente, o meu livro *Sukiyaki de domingo* será uma grande decepção. Infelizmente, não há nada que eu possa fazer a respeito.

2

Sukiyaki de domingo foi escrito durante um longo período, e na maioria das vezes — bem diferente do meu estilo de escrever habitual — aos poucos, quando a história ameaçava se apagar na minha cabeça. Enquanto escrevia este livro, me lembro de ter terminado mais de dois romances e inúmeros contos. Muita coisa ao meu redor mudou. Não procurei ser coerente como nas outras obras. A maior motivação deste livro foi a miséria. A miséria individual, que é a mais nítida de todas e, por consequência, o sofrimento oriundo da escassez e a frustração relativa que fere a autoestima. Dependendo do ponto de vista, a miséria pode parecer não existir — em casos habituais. Mas isso não poderia ser considerado um problema vasto e popular. No meu caso, tudo foi diferente. Eu percebi o que ficava subentendido nas pessoas que encontrei direta e indiretamente até agora. Essa observação é válida para os que sentiram a miséria na pele e também aos que nunca chegaram perto da pobreza. Fora isso, não consegui observar mais nada das pessoas. Posso afirmar com veemência que nunca encontrei ninguém, inclusive eu, livre da miséria. Essa foi a motivação inicial. Não estou dizendo que o meu ponto de vista é o mais geral. Reconheço. Posso estar errada se todos forem obrigados a escrever somente sobre aquilo que é geral. Um perito já me disse que, segundo as minhas afirmações, eu era o único ser miserável do mundo, mas não ligo para isso. O âmbito da miséria está aumentando, tornando-se indefinido e diversificado, ao acompanhar o crescimento social. Ademais, vem se tornando algo abstrato, até. Foram esses aspectos da miséria que me atiçaram. Eu tinha também um desejo inconsciente de nunca terminar de escrever o livro, da mesma forma que a miséria não podia ser erradicada. No entanto, não pude. Lamento por esse fato também.

3

Logo depois de terminar de escrever o *Sukiyaki de domingo*, finalmente encontrei um objeto de paixão. Algo formidável e raro ao mesmo tempo. Eu queria ser possuidora de livros. De uma quantidade enorme de livros a ponto de poder encher um cômodo inteiro. Encher só com os livros preferidos. Mas, para isso, primeiro eu tinha que comprá-los — eu quase não tenho livros —, ter um cômodo ou um espaço para montar a biblioteca e disponibilidade para ler. Já na primeira condição, encontrei barreiras. Além de não ter estantes ou uma biblioteca, o único lugar que poderia se transformar num cantinho de leitura era minúsculo, ao lado da cama. A partir do exato momento em que senti essa vontade, uma maré de pensamentos invadiu a minha mente. Até então, eu vivia jogando livros fora. A maioria dos que eu tinha foi para o lixo. Primeiro porque eu não nutria maior afeto por eles, e segundo porque mudava de casa com muita frequência. Também porque não era eu quem os adquiria, e eu não era, enfim, apaixonada por livros. Eu lembro de um que comprei em 1979: *História da Revolução Russa*, de Hak-jun Kim. Na época, mesmo não entendendo grande coisa, carregava o livro para todos os lados e o li até o fim. Mas em 1994, numa noite de verão muito quente, ele foi parar no lixo junto com outros. Eu tinha coisas demais no minúsculo flat onde morava, e os livros eram sempre um estorvo durante as mudanças. Talvez eu tenha feito uma declaração compulsiva de não querer possuir livros. A irritação pode ter influenciado a minha decisão porque acabara de entrar numa vida instável. Eu tinha me arrependido de ter jogado também os cobertores, já que o prédio não era muito bem aquecido, mas quanto a descartar os livros, não pensei duas vezes. Foi assim que desapareceu a minha *História da Revolução Russa*, comprada perto da Universidade Feminina de Sookmyung, encapada e com a data da compra marcada com a letra de uma jovem estudante de ginásio. Eu poderia até comprar outro igual, mas não seria aquele de 1979.

Recentemente, eu me lembro de ter visto uma obra sobre decoração de interiores chamada *Vivendo com livros*. Do começo ao fim, havia belas fotos de bibliotecas e salas de estudo. Eram bibliotecas que enriqueciam não somente o intelecto, mas também a emoção.

Mas o que me cativou não foram as fotos, e sim o título. Não era viver com gente ou cachorro, mas com livros. Tive a impressão de voltar a 1979. O único livro que eu guardo daquela época é o *Doutor Jivago*, de Boris Pasternak, já sem capa. Eu não entendia por que continuava a guardar aquele volume mesmo depois de ter jogado todos os outros fora. Só pelo fato de ter comprado dois livros, o ano de 1979 foi especial para mim. Além de tudo, ganhei um audiolivro no Natal, cujo título era *1979*. Contava a história de amor de um casal homossexual durante a revolução em Teerã. O casal acabou morrendo num hospital precário no ano em questão, mas *1979,* de Christian Kracht, pode ser incluído na minha lista de motivação.

Epílogo

Este livro, *Sukiyaki de domingo,* começou com um texto recusado há alguns anos. Isso porque foi classificado como inapropriado para o que uma empresa tinha encomendado. Aquele texto fora o primeiro trecho de *Sukiyaki de domingo*. A pessoa que entrou em contato comigo desde o início até o último momento em que foi recusado se sentia muito mal e me pediu mil desculpas. Dava para perceber que ela estava fazendo de tudo para não ferir o orgulho de uma escritora. Mas a verdade é que eu não estava brava, por mais que ela não acreditasse em mim. Já imaginava ter a obra recusada, e aquela não seria a primeira nem a última vez. Naquela época eu estava pensando num romance com rupturas. *Sukiyaki de domingo* foi publicado durante alguns anos num site. Apesar do cuidado com a redação e a preocupação com o prazo, o meu último texto foi recusado. Os responsáveis pela recusa tentam ser educados e discretos ao máximo. Se continuar assim, acho que vou ter um livro inteiro só com textos recusados.

Março de 2003
Marzahn, Berlim
Bae Su-ah

ESTE LIVRO FOI COMPOSTO EM GATINEAU 11
POR 15 E IMPRESSO SOBRE PAPEL OFF-SET 75 g/m^2
NAS OFICINAS DA ASSAHI GRÁFICA, SÃO BERNARDO DO
CAMPO - SP, EM JULHO DE 2014